Martina Dierks

Baby Bellissimo

Der Clan vom Lampedusa

Martina Dierks wurde 1953 in Berlin geboren, wo sie auch heute noch lebt. Sie studierte Germanistik und Slawistik und arbeitet seit 1987 als freie Schriftstellerin. Mit ihren viel beachteten Romanen hat sie sich seit langem einen festen Platz in der Kinder- und Jugendbuchszene erobert.
Weitere Titel von Martina Dierks bei dtv junior: siehe Seite 4

Martina Dierks

Baby Bellissimo

Der Clan vom Lampedusa

Roman

Deutscher Taschenbuch Verlag

Von Martina Dierks sind außerdem bei dtv junior lieferbar:
Lackschuhtussi, dtv junior 70483
Rosensommer, dtv junior 70540
Das Wahnsinnsteam, dtv junior 70800
Das Wahnsinnsteam auf Klassenfahrt, dtv junior 70812
Das Wahnsinnsteam im Geisterfieber, dtv junior 70882
Broken Wings – Gefährliche Liebe, dtv junior 70948
Wo der Hund begraben liegt, dtv junior 70979
Blauer Vogel Sehnsucht, dtv pocket 78150

Ungekürzte Ausgabe
In neuer Rechtschreibung
August 2006
Deutscher Taschenbuch Verlag GmbH & Co. KG, München
www.dtvjunior.de

Umschlagkonzept: Balk & Brumshagen
Umschlaggestaltung: Jorge Schmidt und Tabea Dietrich,
unter Verwendung von Fotos von Jan Roeder
Gesetzt aus der Berling 10/14·
Gesamtherstellung: Ebner & Spiegel, Ulm
Printed in Germany
ISBN-13: 978-3-423-71175-3
ISBN-10: 3-423-71175-2

Für Antonia und Raimund …

1

Als meine Schwester Beatrice im fünften Monat schwanger war, hatte sie immer noch keinen bemerkenswerten Bauch!

Das wurmte sie mächtig. Schließlich lauerte sie schon seit Wochen darauf, endlich zum Club der sichtbar Trächtigen zu gehören, was ihr nicht nur Macht, sondern auch Achtung verleihen würde!

Wer der Vater ihres Kindes war, hatte uns Beatrice immer noch nicht verraten, und wir verbrachten viel Zeit mit wilden Spekulationen, denn einige Male trafen geheimnisvolle Briefe aus der Karibik ein, die der Schreiber mit niedlichen Graffitis von kleinen Herzen und tanzenden Menschen versehen hatte.

»Ich wette, diesmal iste eine Chinese!!«, spottete Roberto, mein Ziehvater und Besitzer der Pizzeria Lampedusa. »Hatte sie noche nichte gehabte!!« Vermutlich nahm er es Beatrice doch übel, dass sie seinen Sohn verschmäht hatte, obwohl sie eigentlich nicht die Schwiegertochter war, von der ein sizilianischer Padrone träumte!

Mein Vater war der Meinung, der Kindsvater wäre

irgendein nichts sagender Langweiler und Beatrice würde aus diesem Grund die Schweigsame spielen. Unsere kleine Schwester Gelsomina wollte bloß ganz schnell Tante werden, so dass sie auch einen arbeitslosen Gärtner in Kauf genommen hätte, während mein Liebster Fausto sich in verdächtiges Schweigen hüllte. Natürlich war mir am Anfang auch der Gedanke durch den Kopf geschossen, *er* könnte der Vater von Beas Baby sein, aber glücklicherweise war das zeitlich unmöglich, und ich hoffte, dass er genauso froh darüber war wie ich. Schließlich waren wir himmelhoch jauchzend verknallt und ich hatte lange genug darauf gewartet, dass Fausto endlich kapiert, wer die große Liebe seines Lebens ist, nämlich ich, Petra Blumenstock!

»Bestimmt weiß unsere Diva selbst nicht so genau, wer ihr den Braten in den Ofen geschoben hat!«, meinte Loretta, die zu dem Zeitpunkt gerade tierisch mit ihrem Abi und einer neuen Amore zu tun hatte. »Das ist Bea peinlich«, fuhr Loretta fort, »und deswegen macht sie so ein Geheimnis daraus!!«

Obwohl ich mich nicht daran erinnern konnte, dass Bea jemals irgendetwas peinlich gewesen war, hörte sich das in diesem Zusammenhang plausibel an.

Schließlich würde das Baby ja auch einmal wissen wollen, welcher Vogel für seine Zustellung verantwortlich war, und es bestimmt nicht toll finden, wenn seine Mama sich nicht mehr daran erinnern konnte!

»Ein Kind, das nicht weiß, wer sein Vater ist, kann keine richtige Identität entwickeln!«, sagte Mama wichtigtuerisch, obwohl sie meiner Schwester Loretta ihren Papa auch nie vorgestellt hat. Doch seit Gabi Blumenstock wusste, dass sie Oma wurde, schleppte sie kiloweise Erziehungsratgeber an und ließ die Psychologin heraushängen.

»Oh, sie iste wunderbare Frau!!«, schwärmte Roberto. »Wunderbare Frau mit große Herz für Bambini!! War sie gute Mama, wirte sie sein gute Nanna!!«

In diesem Zusammenhang sah das zwar außer Roberto keiner von uns. Aber von Roberto konnte man überhaupt kein objektives Urteil mehr erwarten, seit er Mama in Sizilien so umschnurrt hatte, dass sie schließlich bereit gewesen war, sich mit ihm zu verloben, nachdem sie mehr als vierzehn Jahre Widerstand geleistet und ans Heiraten auch bei den Vätern ihrer anderen drei Töchter nie gedacht hatte.

Anfang Februar konnte Beatrice uns endlich einen sichtbaren Babybauch präsentieren und war nun wirklich schwanger genug, um stolz in ihre Schwangerschaftsklamotten zu schlüpfen, die sie sich schon vor Monaten in einem solchen Umfang zugelegt hatte, als wollte sie dreimal hintereinander werfen.

In einem himmelblauen Umstandsdirndl, mit großen farblich passenden Schleifen in den geflochtenen Zöpfen, kam sie eines Abends gefährlich hohlkreuzig ins Lampedusa gestapft und bestellte Grapefruitsaft in solchen Mengen, bis auch dem begriffsstutzigsten unserer Gäste klar geworden war, in welch wunderbarem Zustand sich meine Schwester befand.

Wie es der Zufall wollte, obwohl ich an den schon längst nicht mehr glaube, spazierte am gleichen Abend auch Hubertus Focke in Begleitung einer recht schräg gestylten Dame herein, die wie ein Äffchen an seinem Arm hing und ununterbrochen Kaugummi kaute.

Wir hatten ihn seit Monaten nicht gesehen und bestimmt auch nicht vermisst!

»Wasse will der denne hier?!«, knurrte Roberto. Wie wir alle war er noch ziemlich sauer auf den Kerl, der uns mit einem Mord, der keiner war, so übel mitgespielt hatte, dass diese schaurige Komödie nicht nur mich fast um den Verstand gebracht hätte.

Weil er bei Beatrice abgeblitzt war, hatte der Focke rachsüchtig einen Callboy auf sie angesetzt, der meiner Schwester die ganz große Liebe und die Ehe versprach, aber noch vor der Hochzeit mit einem Messer zwischen den Rippen im Damenklo vom Lampedusa lag.

Er war aber nicht tot, sondern hauptberuflich Schauspieler!

»Hallo, Leute!«, rief der Focke und schwang sich neben sein Mitbringsel auf einen Hocker am Tresen, wo Roberto seine Wut zu zügeln versuchte, indem er einem Glas voller Cocktailkirschen mit bunten Plastikspießen zu Leibe rückte, als wollte er jede Einzelne ermorden.

»Kann man nicht von große Freude sprechen dich zu sehe …«, fauchte Roberto, als er sich versehentlich mit einem Spieß in den Finger stach.

»Ganz meinerseits«, erklärte der Focke gönnerhaft. »Darf ich vorstellen, meine Freundin Rita Rogge!«

Seine Herzensdame verteilte gnädige Blicke und Beatrice machte ein Gesicht, als hätte sie eine unerfreuliche Halluzination.

Ich war bis eben mit ›Faustoküssen‹ beschäftigt gewesen und brachte Beatrice nun ihre dritte Karaffe mit Grapefruitsaft an den Tisch.

»Du wirst noch einen Vitaminschock kriegen, Beatrietsche«, sagte ich.

Doch meine Schwester reagierte nicht. Von Regungslosigkeit ergriffen, fixierte sie den Focke mit leicht beschränktem Blick und offenem Mund. Entweder hatte er Beatrice noch nicht bemerkt oder er ignorierte sie einfach.

Mit der Hand auf ihrem Hintern tauschte er mit seiner Begleiterin einen mittellangen Zungenkuss.

Obwohl es Abend war, setzte Beatrice ihre Sonnenbrille auf.

»Mich blendet das Licht«, behauptete sie im Dämmerschein der lampedusischen Funzeln, schlüpfte in ihren Mantel und schlang ihn sich fest um ihren Bauch. Sie sah aus wie jemand auf der Flucht und entschloss sich bald darauf, das Weite zu suchen ohne ihren Saft ausgetrunken zu haben. Als sie sich mit eingezogenem Bauch und gesenktem Kopf so unauffällig wie möglich verdrücken wollte, hatte der Focke wohl beschlossen sie doch noch zu bemerken.

»Beatrietsche, Baby!«, jubelte er und hob dramatisch seine Hände, während die Rogge etwas angesäuert die Lippen kräuselte und einen verdrießlichen Blick auf meine Schwester warf.

»Du hier?«, brummte Beatrice. »Wie geht's denn so?« Sie schien tatsächlich verlegen zu sein, unsere Bella Beatrietsche, was mich nicht nur amüsierte, sondern vor allen Dingen erstaunte.

Der Focke wickelte einen Arm um Rita Rogges Taille und prahlte: »Mir geht's blendend! Gerade läuft meine neue Sitcom auf Superchannel-Three. Die hat megastarke Einschaltquoten! Und auch sonst kann ich mich nicht beklagen!«

Er biss der Rogge in ihr Ohrläppchen. Beatrice runzelte die Stirn und hielt sich an der Knopfleiste ihres Mantels fest. Verächtlich kriegerische Blicke sausten zwischen ihr und der Rogge hin und her. Sollte meine Schwester es nun doch bereuen, dass sie einen bis vor kurzem noch erfolglosen Drehbuchschreiberling wie den Focke so unüberlegt in die Wüste geschickt hatte?

»Ja nun! Dann weiter viel Erfolg ... Ich muss jetzt wirklich los«, erklärte Beatrice mit belegter Stimme und eilte, gar nicht mehr schwanger, zur Tür.

»Ein bisschen fett ist sie geworden, nicht wahr?«, sagte der Focke, als Beatrice es nicht mehr hören konnte.

Rita Rogge lächelte dankbar und der Focke hauchte ihr einen Kuss auf die gepuderte Nasenspitze.

»Sie iste schwangere!«, fauchte Roberto. »Sagte Mann keine solche Dinge von eine Frau, die bekommte eine Baby, was iste größte Wunder von die Leben!«

Der Focke machte ein Gesicht, als hätte er eben erfahren, wann und auf welche Weise er diese Welt für immer verlassen würde.

»Schwanger? Beatrice?«, wiederholte er fassungslos und fixierte die Kneipentür, als wäre sie das Tor zur Hölle.

»Schwanger«, murmelte er. »Das ist ja ein Ding!«

»Na und!«, sagte Rita Rogge maulig. »Was interessiert das dich?«

Der Focke antwortete nicht. Er zündete sich eine Zigarette an und blies der Rogge gedankenlos eine Ladung Qualm ins Gesicht. Beleidigt sprang sie von ihrem Hocker und wackelte aufs Klo.

»Und wer ... ähem«, der Focke räusperte sich, »... wer ist der Vater?«

»Gehte dich gar nixe an!«, bellte Roberto. »Nixe die Bohne!«

Normalerweise ist Roberto nicht so diskret. Diesmal aber kam kein verräterisches Wort über seine Lippen, obwohl der Focke genauso penetrant wie früher, wenn es um Beatrice ging, versucht hat uns auszuhorchen. Als er bei Roberto keinen Erfolg hatte, nahm er zuerst mich und dann Mama in die Mangel.

»Lass Beatrice endlich in Ruhe!«, erklärte Mama. »Sie will nichts von dir! Und wir ebenso wenig!«

Da begriff er wohl, wie vergeblich seine Mühe war. Er schlang sich seinen Schal um den Hals und ging. Als die Rogge vom Klo kam, war er schon verschwunden.

Er hatte nicht nur seine Freundin, sondern auch die Rechnung zu bezahlen vergessen. So wütend wie die Rogge habe ich selten einmal einen unserer Gäste erlebt.

›Was das wohl für eine seltsame Liebe sein mochte‹, dachte ich, als die Rogge im Tempo einer Langstreckenläuferin aus dem Lampedusa fegte, um dem Zechpreller hinterherzujagen.

»Hatte man so was schon gehörte ... machte er eine Lemmy, als wenn er iste die Vater von die Bambino!«, empörte sich Roberto und ich dankte wieder einmal allen Göttern, an die ich immer noch nicht glaube, dass der Focke auf keinen Fall als möglicher Erzeuger infrage kommen konnte, weil Beas Baby zu einem Zeitpunkt entstanden sein musste, als Bea in der Karibik und der Focke in Berlin war.

»Warum kann Roberto denn nie seine Klappe halten!«, wetterte Beatrice am nächsten Morgen, obwohl sie selbst doch sogar Fremden auf die Nase band, dass sie schwanger war. »Und im Übrigen möchte ich mir weitere Schnüffeleien ersparen und endlich meine Ruhe haben.« Beatrice fasste Mama ins Auge, die sich auch gelegentlich eine Frage nach dem Kindsvater nicht verkneifen konnte. »Deshalb habe ich beschlossen auszuziehen!«

2

So umgehebelt hab ich Mama selten erlebt! Eigentlich hätte sie damit rechnen müssen, dass Beatrice auf eigenen Füßen stehen und das Baby allein großziehen wollte. Schließlich hatte Mama es mit uns vier Mädchen auch nicht anders gemacht. Aber sie dachte, wenn Loretta nach dem Abi ins Amiland emigriert, hätten wir genug Platz in der Wohnung und sogar ein eigenes Kinderzimmer für die neue kleine Knospe der Familie Blumenstock. Als ob das ein überzeugendes Argument für Beatrice gewesen wäre!

Doch in letzter Zeit hatte ich oft den Eindruck, dass Mama auf bestimmte Tatsachen ein bisschen weltfremd und nicht halb so tough reagierte, wie wir es von ihr gewöhnt waren.

Kaum aber hatte Mama diese eine Niederlage erlitten und würde noch eine Weile daran zu knabbern haben, da lauerte die nächste schon hinter der Tür! In diesem Fall in der Gestalt von Lorettas Freundin Hedda Besenbinder, die Loretta mit ihrem Besuch überraschen wollte.

Eine Überraschung war es in der Tat! Für Loretta genauso wie für uns.

Wir spekulierten schon eine ganze Weile darüber, aus welchem Grund Loretta uns ihre neue Freundin so lange vorenthalten hatte. Nun, die Dame war mindestens zehn Jahre älter als Loretta, hatte sich als Frauenärztin mit eigener Praxis auf Naturheilverfahren spezialisiert und inzwischen auch einen Namen erworben.

Das war ein Schock! Besonders für Mama!

Vorher hatte Loretta bloß immer so schrille Mädchen angeschleppt, die zum Teil noch nicht einmal wussten, ob sie tatsächlich homo und nicht vielleicht bloß bi oder einfach nur neugierig waren, weil es irgendwie trendy war, geschlechtermäßig ein bisschen herumzuprobieren.

Aber Hedda Besenbinder war eine erwachsene Frau und damit eine Konkurrenz für Gabi Blumenstock, die nicht einmal einen richtigen Beruf gelernt hatte.

»Nett Sie kennen zu lernen …«, brummte Mama.

»Ganz meinerseits!«, erklärte die Besenbinder und lächelte. Oh, dieses Lächeln!

Ich sollte noch häufiger in seinen Genuss kommen und bekam jedes Mal eine Gänsehaut, wenn ich der Besenbinder dabei in die Augen blickte.

An der Besenbinder war alles blass, nicht nur die Augen mit ihrer seichten Durchsichtigkeit. Auch ihre Haut und ihre Haare und die Klamotten, die sie trug. Alles wirkte irgendwie fahl und glanzlos. Da stach einem der knallrote Lippenstift, den sie sich auf die blutleeren Lippen schmierte, natürlich besonders ins Auge.

Ich weiß bis heute nicht genau, was es war, das Loretta an dieser Fischfrau so fasziniert hat. Vielleicht der hypnotische Blick? Oder die Seriosität, die die Besenbinder zu bieten hatte? Was da zwischen den beiden abging, konnte ja auch so eine Art umgedrehter Ödipus sein, obwohl Loretta eigentlich diejenige von uns Blumenstockweibern war, die Führung oder Bevormundung am wenigsten brauchte.

Aber seit Beatrice ihre Seligkeit darin entdeckt hatte, Mutter zu werden, und ich nicht nur endlich eine richtig tolle Beziehung, sondern gleich meinen Traummann gefunden hatte, war sowieso alles ein bisschen aus den Fugen geraten. Das heißt, berechenbar war nun gar nichts mehr!

Vermutlich schlummern in jedem von uns eine ganze Menge Möglichkeiten und es kommt nur auf die jeweiligen Umstände an, ob die eine oder die andere zum Vorschein kommt.

»Ich wollte doch endlich einmal deine Familie kennen lernen, Loretta ...«, erklärte die Besenbinder und es klang irgendwie nach einer Entschuldigung. »Ich hoffe, es passt dir auch?!«

Loretta schien über den unerwarteten Besuch nicht so richtig froh zu sein. Ich schätze, sie fühlte sich überrumpelt und hatte die Befürchtung, dass die Besenbinder uns überhaupt nicht gefallen könnte. Oder sie war nicht so verliebt wie sonst, sondern genoss einfach die Tatsache, dass die Besenbinder ein bisschen Geld hatte und Loretta einiges bieten konnte.

»Warum hast du nicht angerufen ...«, murrte Loretta leise, als die Besenbinder ihr die Wangen küsste. »Du weißt doch ... ich ...«

Mama holte einen Käsekuchen aus dem Tiefkühlfach und kochte Kaffee.

»Wenn Sie nun schon mal da sind ... nicht wahr ...«, sagte sie knapp und bot der Besenbinder einen Stuhl an.

Ein bisschen freundlicher hätte sie schon sein können. Schließlich war die Besenbinder auch nicht unhöflich und hatte sogar Blumen mitgebracht.

»Das sind also deine Schwestern ...«, sagte die Besenbinder und musterte zuerst mich und dann Beatrice, die wie gewöhnlich sehr viel Bauch zeigte und ein paar Kilo Orangen durch die Saftpresse jagte.

Gelsomina war bei ihrer Klavierlehrerin. Sie bereitete sich auf einen Wettbewerb für Nachwuchspianisten vor und musste dementsprechend viel üben.

»Gesunde Ernährung ist wichtig in der Schwangerschaft«, erklärte die Besenbinder eifrig. »Viele Frauen glauben, es geht nur darum, viel zu essen. Dabei ist das völlig falsch ...«, begann sie uns gleich fachfraulich aufzuklären. »Alkohol und Nikotin sollten Sie natürlich auch meiden ...« Schon begann sie zu husten. »Der Qualm ...«, entschuldigte sie sich, weil Mama wieder einmal rauchte wie ein Schlot, »... den vertrag ich einfach nicht ...« Leider hatte sie ihren Inhalator nicht dabei und musste noch eine Weile weiterhusten.

Eine peinliche Stille war eingetreten und Mama drückte verdrossen ihre Zigarette im Aschenbecher aus, während Beatrice die Besenbinder mit einem kurzen, vernichtenden Blick streifte. Schließlich hatte sie jede Menge alternativer Schwangerschaftsschwarten gelesen und glaubte nicht, dass sie sich von irgendjemandem belehren lassen müsste. »Wie interessant …«, knurrte sie. »Dann mal Prost auf die Gesundheit!«, und setzte eine Karaffe voll frisch gepresstem Orangensaft geräuschvoll auf den Tisch. Mama kräuselte spöttisch die Lippen und Loretta machte ein Gesicht, als würde sie sich am liebsten in Luft auflösen. Ich fragte mich, warum sie ihre Freundin so auflaufen ließ und ihr nicht wenigstens verbal einen Rettungsanker zuwarf.

Hedda Besenbinder tastete verlegen an dem Anhänger ihrer Kette herum, einem ungeschliffenen, matt glänzenden rosa Stein von magischer Größe.

»Das ist ein Rosenquarz …«, sagte sie.

»Wie schön …«, erwiderte Mama.

»Ich arbeite viel mit Steinen … Steine haben nämlich auch eine außerordentliche Heilkraft …«

»Ach, tatsächlich …«

»Man kann jedem Menschen einen passenden Stein zuordnen … Sie zum Beispiel …«, die Besenbinder blickte mich an, »Sie sind ein Lapislazulityp!«

Ich machte ein erstauntes Gesicht. Wenigstens kam auf diese Weise ein Gespräch in Gang. »Das ist ja toll …«, sagte ich um Begeisterung bemüht.

»Da kann man mal sehen, was in Steinen alles so steckt …« Mama lachte. »Ein geheimes Leben …« Sie ließ die Augen rollen.

Spätestens da muss die Besenbinder gemerkt haben, dass keiner von uns sie ernst nahm. Eine scharfe, klirrende Stille trat ein.

»Ein geheimes Leben hat ja wohl jeder von uns, nicht wahr!«, erklärte die Besenbinder schließlich viel sagend. Jetzt hatten ihre wässrigen Augen wieder diese durchsichtige Schärfe und ihr Lächeln war hart. »Manchmal tut sich einer schwer damit, bestimmte Wünsche preiszugeben, weil er damit jemanden enttäuschen könnte, zum Beispiel!«

Gleich würde eine Bombe hochgehen, dachte ich, und die Besenbinder hatte gerade die Lunte in Brand gesetzt.

»Was meinen Sie denn damit?«, fragte Mama argwöhnisch.

Hedda Besenbinder schaute Loretta an. Loretta räusperte sich vernehmlich.

Beatrice schlürfte einen Orangensaftrest aus ihrem Glas und schien ihren Zuschauerstatus sichtlich zu genießen.

»Ich wollte es dir längst sagen …«, begann Loretta. »Es war nur nie die Gelegenheit … ich gehe nicht nach Amerika …«

Mama ließ ihre Kaffeetasse ungläubig auf den Teller sinken. »Aber Larry will dir ein Studium an der Stanford-Uni finanzieren … so eine Chance bekommst du nie wieder …!!«, rief sie fassungslos. Loretta zuckt die Schultern.

»Ich will gar nicht mehr studieren!«, erklärte sie.

Beatrice strich zufrieden über ihren Bauch und lauschte so konzentriert wie selten.

Natürlich verschaffte ihr das endlich die Genugtuung, auf die sie gewartet hatte, denn ihre Schwester Loretta war wegen ihres Scharfsinns und ihrer Vernunft immer ein Vorbild in der Blumenstocksippe gewesen, während

Beatrice uns immer wieder eine ganze Menge Ärger eingebrockt hatte!

»Und was, bitte schön, hast du stattdessen vor?«, fragte Mama schließlich mit kraftloser Stimme. Vermutlich war sie an einem Punkt angelangt, nachdem schon Katastrophen jeder Art über sie hereingebrochen waren, wo es nun nichts mehr geben konnte, was schlimmer war als die Tatsache, dass zumindest ihre drei ältesten Töchter ihr nun endgültig entglitten waren.

»Ich weiß noch nicht so genau ...«, antwortete Loretta ausweichend.

»Du kannst doch ruhig sagen, dass du dich für diesen Reiki-Kursus angemeldet hast!«, half ihr die Besenbinder auf die Sprünge.

»Ein ... *Reiki*-Kursus ...«, wiederholte Mama und fummelte eine Zigarette aus der Packung heraus. »Was ... ist das bitte schön?«

»Irgend so ein esoterischer Mist ...«, wusste Beatrice zu berichten und lachte satt. Herzhaft biss sie in einen Apfel und freute sich ihres schwangeren Lebens auf eine so unverschämt pralle Weise, dass ich ihr am liebsten eine geklebt hätte.

Außerdem tat mir Loretta Leid, die nicht nur ihre Schlagfertigkeit eingebüßt zu haben, sondern überhaupt auf dem Weg einer merkwürdigen Verwandlung zu sein schien.

»Esoterik ist ein weites Gebiet!«, sagte die Besenbinder und straffte sich. »Die meisten Menschen haben eine völlig falsche Vorstellung davon. Jedenfalls ist Reiki eine natürliche Heilmethode, die zum Beispiel durch das Ertasten von Knoten Energieflüsse wieder in Gang setzen kann.«

»Handauflegen?«, rief Mama entsetzt. »Und dafür gibst du Geld aus??«

»Auf so einen Unsinn antworte ich nicht!«, erklärte Loretta abweisend.

Vom Draufherumbeißen waren ihre Lippen rissig und trocken und ähnlich farblos wie die von ihrer Freundin geworden.

»Das mit dem Geld lassen Sie nur meine Sorge sein«, murmelte die Besenbinder und legte ihre Hand vorsichtig auf die von Loretta.

Ich sah, wie Lorettas Hand zuckte. Vermutlich in dem spontanen Impuls, sich der Bewegung zu entziehen.

»Ach so ist das ...«, sagte Mama kurzatmig. »Sie halten meine Tochter aus ... Ich wusste nicht, dass lesbische Beziehungen auch nach so einem Machtmuster funktionieren.«

Das war nun wieder mal Gabi Blumenstock in taktloser Höchstform!

Ich hatte den Eindruck, Loretta würde gleich in Tränen ausbrechen. Die Besenbinder atmete schwer und krallte ihre Finger um den Stein auf ihrer Brust.

»Wie können Sie so etwas sagen!«, murmelte sie kopfschüttelnd. »So etwas sagt man nicht zu dem eigenen Kind!«

Öl ins Feuer zu gießen hätte keine verheerenderen Folgen haben können.

»Das sagen Sie mir? Ja? Sie? Haben Sie vielleicht vier Kinder ganz allein großgezogen? Ohne Mann? Mit wenig Geld ...?«, fauchte Mama zurück.

Endlich schien Loretta aus ihrer Starre zu erwachen.

»Die Frage ist nur, wie du deine Kinder großgezogen hast, Gabi!«, erklärte sie ohne jegliches Gefühl in der Stimme. »Alle Nase lang hast du dir einen neuen Kerl geangelt oder du warst wieder mal auf deinem kreativen Trip ... Was daraus geworden ist, sieht man ja an deinem Roman, den keiner liest!«

Im letzten Jahr hatte Mama mit einem Krimi debüttiert, der aus den Regalen der Buchhandlungen genauso sang- und klanglos wieder verschwand, wie er aufgetaucht war.

»Was weißt du denn«, rief Mama. »Was weißt du von meinem Leben?!«

»Genug, um mich endlich mal um meins zu kümmern! Komm, Hedda, wir gehen!«

Loretta ergriff den Arm ihrer Freundin. Hedda Besenbinder zögerte und sah so aus, als ob sie noch etwas sagen wollte. »Es hat keinen Sinn, Hedda, lass es!«, erklärte Loretta, die die Absicht ihrer Freundin erkannt haben musste.

Das Problem, das wir als solches erst viel später erkannten, lag darin, dass Mama durch ihr Verhalten Lorettas Trotz angestachelt hatte. Außerdem wird ihr die Besenbinder irgendwie Leid getan haben oder Loretta bekannte sich erst in diesem Augenblick zu der Tatsache, dass sie so eine tröstende Liebe unbedingt nötig hatte, zu der Mama offensichtlich nicht fähig war.

»Geh doch ... meinetwegen brauchst du gar nicht mehr wiederzukommen!«, brüllte Mama.

»Das habe ich auch nicht vor!«, erklärte Loretta. »Wenn ich weiter mit dir unter einem Dach leben müsste, würde ich ersticken!«

Zum Einlenken war es nun zu spät. Es hätte auch nichts genützt, wenn ich für Mama in die Bresche gesprungen wäre und einen Schlichtungsversuch unternommen hätte.

Vermutlich hätte nicht einmal ich Mama eine solche Kränkung verziehen!

Als die Wohnungstür klappte, wusste ich, dass nun etwas endgültig vorbei war. Eine schöne, wenn auch nicht sorglose Zeit, in der wir uns trotz allem immer miteinander verbunden gefühlt hatten!

»Unsere große Amazone prostituiert sich, wer hätte das gedacht!«, sagte Beatrice und ich schwöre, wäre sie nicht schwanger gewesen, dafür hätte sie von mir jetzt tatsächlich Prügel bezogen!

3

Eigentlich hatte die Familie Blumenstock-Ubaldini geplant den Frühling auf Sizilien zu verbringen, wo Roberto diese wunderschöne Villa für Mama gekauft hatte. Während dieser Zeit sollte das Lampedusa umgebaut und die Wand zwischen dem Lokal und der Nachbarwohnung niedergerissen werden. Nun aber gab es irgendwelche bautechnischen Probleme, die sich nicht von heute auf morgen aus der Welt schaffen ließen, und wir mussten die Reise verschieben.

Abgesehen davon, dass das Lampedusa wirklich winzig ist, konnten wir uns über mangelnde Kundschaft inzwischen echt nicht mehr beklagen. Unsere Karaoke-Nächte waren immer noch eine kleine Sensation, die sich in ganz Berlin herumgesprochen hatte, so dass dementsprechend viele Touris und andere Schaulustige täglich ins Lampedusa strömten.

Die Folge war, dass wir nicht nur bombige Einnahmen, sondern auch so viel zu tun hatten, dass Roberto noch jemanden einstellen musste.

Roberto entschied sich für eine junge Frau, die uns allen sympathisch war. Sie war etwas rundlich und auch sonst der mütterliche Typ, den Italiener wie Roberto besonders schätzen. Elli war seit längerer Zeit arbeitslos und wirkte insgesamt so willig, dass ihr schon das allein Pluspunkte verschaffte. Ich hätte natürlich lieber einen männlichen Helfer gehabt, weil Faustos enorme Wirkung auf Frauen einem Leben und Arbeit nämlich ganz schön schwer machen konnte. Aber Frauen gibt es schließlich überall und leider kann ich sie nicht alle von diesem Planeten verbannen.

Am zweiten Karaoke-Abend im Monat Februar fing Elli an im Lampedusa zu arbeiten. Diesmal fand der Abend unter dem Motto: ›Phantome, Katzen und Vampire – Das Musical lebt‹ statt.

Das war wieder mal eine Stimmung, als sich die Massen in bunten Kostümen und mit wild geschminkten Gesichtern vor dem Lampedusa drängten, während sie sich dabei gegenseitig wegzuschubsen versuchten, damit sie auf jeden Fall einen Platz ergattern würden. Ganz egal, ob sie sich an einem winzigen Tisch eng an den Hintern eines anderen pressen oder sogar auch stehen mussten, Dabeisein war alles!

»Ist hier immer so viel los??«, staunte Elli, die noch nichts von den heißen Nächten im Lampedusa gehört hatte und aus irgendeinem Kaff in Brandenburg stammte, wo die Leute bestimmt noch mit den Hühnern ins Bett gingen und so schräge Typen wie unsere Gäste nur aus der Glotze kannten.

»Iste beste Adresse von die ganze Stadt ...«, prahlte Roberto. »Gibte es keine andere Pizzeria, die machte solche Sachen!!«

Das stimmte zwar, aber ich musste daran denken, dass ›Karaoke‹ für Roberto bis vor kurzer Zeit ein Unwort und bloß ein weiteres amerikanisches Übel gewesen ist, das einer seiner Rivalen um Mamas Gunst nach Berlin geschleppt hatte. Wenn es nämlich nach Roberto gegangen wäre, wären unsere Umsätze niemals so in die Höhe geschnellt und wir hätten auch nicht die ›Villa Gabriella‹ auf Sizilien kaufen können, die einst Robertos Urgroßvater Tullio gehört hatte.

»Ich finde das ganz toll«, erklärte Elli andächtig und schien unheimlich stolz darauf zu sein, dass sie nun in einem so irren Schuppen arbeiten durfte.

Das Problem war nur, dass Elli zwar Kneipenerfahrung mitbrachte, aber den Massen, die das Lampedusa inzwischen bevölkerten, ganz offensichtlich nicht gewachsen war.

Elli hatte weder vom Zapfen Ahnung, noch behielt sie den Überblick, was die Bestellungen anging.

Mit ihrer ersten Ladung Chianti und Cannelloni irrte sie orientierungslos zwischen den Tischen herum und ließ dann vor Schreck das ganze Tablett auf den Boden fallen, als eine Katzendame ihre Federboa in der Luft herumsausen ließ und Elli damit an der Nase traf.

Gerade sang sich ein ›Phantom-der-Oper‹-Fan in gefährliche Höhen, während zwei Vampire sich in Ellis Nähe darum stritten, wer von ihnen als Nächster seinen

Auftritt haben sollte, als der eine von den Cannelloni getroffen wurde und buchstäblich sein Gesicht dabei verlor.

Auch wenn unsere Gäste wirklich ganz zahm sind, den großen Auftritt vermasseln lassen wollte sich natürlich keiner von ihnen und dem Vampir war eben nicht nur seine blutrünstige Maske abhanden gekommen, sondern auch der schillernde Umhang mit Hackfleischsoße besudelt worden, die schon in fetten Klumpen auf seine Lackstiefeletten tropfte.

Elli heulte und die beiden Vampire fingen an, einander wutschnaubend an ihren Umhängen herumzuzerren.

»Close your eyes«, sang das Phantom der Oper unbeirrt weiter, »and I lead you through the night«, obwohl es den Streit der Vampire längst bemerkt hatte und beunruhigte Blicke in ihre Richtung schickte.

Roberto versuchte nun die beiden Raufbolde zu besänftigen, während ich mich um Elli kümmerte, die auf dem Fußboden kniete und mit den Fingern die Scherben zusammenzuklauben versuchte. Sie schnitt sich dabei in die Hand und heulte noch mehr!

Also insgesamt war das kein viel versprechender Anfang, obwohl es Roberto gelang, den Streit der beiden Vampire zu schlichten, indem er jedem von beiden einen Doppelauftritt versprach.

»Mir ist so was auch schon mal passiert«, versuchte ich Elli auf dem Damenklo zu trösten, wo ich ihrer Hand ein Pflaster verpasste. Das stimmte zwar nicht ganz, aber Elli war so aufgelöst, dass mir nichts Besseres einfiel, womit ich sie sonst hätte aufrichten können.

»Wirklich??«, schniefte sie, während sie sich verlaufene Wimperntusche von den Lidern wischte und das Pflaster anstarrte. »Es ist mir so peinlich ... ob Roberto mich jetzt rauswirft??«

Dann fing sie plötzlich an ganz unnatürlich zu keuchen, wurde sehr blass dabei und stürzte in die Toilette, wo sie sich übergeben musste.

»Es ist alles halb so schlimm, Elli, hörst du!«, rief ich hinter der Tür. Von so einem kleinen Malheur ging schließlich die Welt nicht unter und ich hoffte, dass Elli sich nicht völlig als Zimperliese entpuppen würde.

Als sie vom Klo zurückkam, schien sie sich aber wieder im Griff zu haben, lächelte zerknirscht und ihre Wangen waren rosig, obwohl ihr Blick noch immer leicht verschleiert und irgendwie auch traurig war.

Dann überraschte uns mein Vater mit seinem Besuch. Er kam in Begleitung seiner Sekretärin Rutchen, die der absolute Musical-Fan ist und sich ordentlich aufgebrezelt hatte.

Günter Griffel, seines Zeichens Besitzer eines Bestattungsunternehmens mit dem Namen ›The Great Event‹ und inzwischen super im Geschäft, sah auch nicht übel aus. Seit er sich von seinem tristen Bestattungsunternehmeroutfit verabschiedet hat und nur noch hippe Klamotten in hellen Farben trägt, hat er nicht nur an Attraktivität zugelegt, sondern wirkt insgesamt auch viel jünger.

»Warumme habte ihr nichte bestellte eine Tisch!!«, lamentierte Roberto, nachdem er Rutchen die Hand geküsst und ihr feines, dunkelblaues Kostüm bewundert hatte. »Iste alles besetzte ...«

Schließlich fanden wir wenigstens für Rutchen einen Platz an dem Tisch, wo sich einige Fantome der Oper mit ihren Damen versammelt hatten. Mein Vater blieb am Tresen stehen und zündete sich eine Zigarette an. Einer der beiden streitlustigen Vampire stand inzwischen auf der Bühne und gab ein Stück aus ›Dracula in Love‹ zum Besten.

»Ti amo ...«, raunte Fausto mir zu, während ich eine Ladung Spaghetti aus der Küche schleppte, und strich mir über den Rücken. Seine Hände waren so heiß, dass ich die Hitze durch den Stoff meines T-Shirts spüren konnte. Meine neapolitanischen Glocken bimmelten wie verrückt, als wäre ich eine Kathedrale und Fausto der Glöckner vom Lampedusa.

»Ich dich auch ...«, flüsterte ich heiser und machte mich mit zitternden Knien davon. Am Tresen prallte ich gegen Elli, die verzückt meinen Alten anstarrte.

»Einen netten Vater hast du ...«, sagte sie. Sollte das nun heißen ›so einen hätte ich auch gern gehabt‹ oder eher ›von dem würde ich mir gern mal Neapel zeigen lassen‹?!

Als Tochter kann ich natürlich die Attraktivität meines Vaters nicht objektiv einschätzen. Aber Elli war höchstens fünf Jahre älter als ich und mein Vater längst über vierzig.

»Blut«, sang der Vampir voller Leidenschaft. Auf jeden Fall war er talentierter als das Fantom der Oper. »Oh, ich brauche Blut!«

Elli kämpfte erfolglos mit der Logik unserer Bonkasse.

Sie war es gewöhnt, noch ganz altmodisch mit einem Bonbuch zu arbeiten. »Ich versteh das nicht«, jammerte sie. »Immerzu vertipp ich mich!«

Bevor Elli, wenn überhaupt, eine Hilfe sein würde, standen uns garantiert noch einige Geduldsproben bevor.

»Warten Sie …«, mischte sich da plötzlich mein Vater ein. »Ich werde Ihnen das mal zeigen … obwohl das ja eigentlich Aufgabe des Wirts wäre …«

So eine kleine Prise Bosheit zwischendurch konnte sich weder Roberto meinem Vater noch mein Vater Roberto gegenüber verkneifen. Obwohl sie inzwischen in so einer Art nie verhandelten Waffenstillstands lebten, der irgendwie irgendwann eingetreten war, konnten sie auf die alten, doch so lieb gewonnenen Rituale nicht verzichten.

»Ache, weißte du, Günter … ich verlasse mich auf Ahnung von eine Fachemanne wie biste du eine für die Leichen … ob iste tote oder lebendig …«, erklärte Roberto gelassen, obwohl seine Augen vor böser Schadenfreude dabei blitzten. Natürlich spielte Roberto darauf an, dass nicht einmal Günter gemerkt hatte, dass wir nach dem Mord, der keiner war, einen alten Teppich und keine Leiche in Rutchens Garten begraben hatten.

Meinem Alten schoss das Blut ins Gesicht. ›Na warte, du Gartenzwerg‹, muss er gedacht haben. ›Dir werd ich es auch noch mal zeigen!‹ Dann hat er sich aber lieber um Elli gekümmert, die absolut weggetreten an Günters Lippen hing und trotzdem nicht kapierte, warum sie welche Nummern in welcher Reihenfolge in die Kasse tippen musste.

»Nette, junge Frau ...«, sagte mein Vater. »Nicht so eine Emanze wie Gabi!«

Nein, eine Emanze war Elli nun wirklich nicht und mit Schaudern wurde mir klar, dass die meisten Männer immer noch genauso auf diese willigen, fügsamen Frauen abfuhren wie vor hundert Jahren!

Fausto hatte ja auch solche Tendenzen. Obwohl er in Berlin aufgewachsen ist, lässt er manchmal doch den sturköpfigen Sizilianer heraushängen. Zum Beispiel dann, wenn er der Meinung ist, eine Hose, die ich trage, wäre zu eng, oder eine Bluse zu weit ausgeschnitten. Allein am Abend ins Kino gehen, sollte ich nach Möglichkeit auch nicht mehr. Ich gehe natürlich trotzdem. Auch wenn ich zugeben muss, dass ich gar nicht mehr so viel Spaß an solchen Aktionen habe wie früher.

Verdammt, wo bleibt die Souveränität, wenn man so verknallt ist wie ich?!

Nachdem mein Vater eine halbe Stunde auf Elli eingeredet und ich währenddessen allein die Gäste bedient hatte, wusste sie nun wenigstens, in welcher Reihenfolge sie die Tasten auf der Bonkasse bedienen musste und Günter war stolz auf sein neu entdecktes pädagogisches Talent.

»Ich würde mich gerne dafür ... bedanken ...«, hauchte Elli meinen Alten an. »Irgendwie ...!!«

War Elli am Ende gar nicht so harmlos, wie sie tat, sondern auf diese vorsintflutliche, aber immer noch total wirkungsvolle Weise raffiniert weiblich??

Wie wollte sie sich revanchieren? Wollte sie meinem

Vater vielleicht Kaffee und selbst gebackene Kekse servieren oder am Ende sogar sich selbst?

Ellis Busen wogte und ihre Wangen brannten. Roberto zupfte mit schmalen Augen an seinen Schnurrbartspitzen. Durch das Publikum brandete Applaus für eine Katzendame, die sich ihre keimende Hoffnung aus dem Leib geschrien und dabei gar nicht so schlecht abgeschnitten hatte.

Günter und Elli lächelten einander viel sagend an. »Kommst du dann, Günter!!«, meldete sich schließlich Rutchen zu Wort, nachdem sie bestimmt eine Viertelstunde neben Günter am Tresen gestanden und er ihre Anwesenheit nicht im Geringsten bemerkt hatte. Irrte ich mich oder schwang da so was wie Eifersucht in Rutchens Stimme mit? Ich meine, Rutchen ist sechzig und das Faktotum von ›The Great Event‹. Irgendwie hatte ich sie immer als so eine Art sexuelles Neutrum empfunden. Als jemand, der den Blumenstockweibern die Oma und meinem Vater die Mutter ersetzte! Jetzt wurde mir erst bewusst, dass auch sie eine Frau war, und das Gefühl, das sie meinem Alten entgegenbrachte, vielleicht gar nicht so mütterlich war.

»Dann werde ich mir eben ein Taxi nehmen!«, sagte Rutchen schließlich mit eisiger Stimme und warf einen skeptischen Blick auf Ellis Busen. »Aber nichte doch Signora Rutchen. Ich fahre Sie ... das iste Ehrensache für eine sizilianische Mann!«, beeilte sich Roberto meinem Vater zuvorzukommen.

Das war der Anfang vom Ende! Oder besser gesagt, eine

neue Ära der Familienfehde Griffel-Ubaldini-Blumenstock brach an.

Bevor mein Vater nämlich die Situation zu seinen Gunsten verändern konnte, waren Roberto und Rutchen längst aufgebrochen, und es war zu befürchten, dass diese kleine, vergleichsweise harmlose Rangelei einige unangenehme Folgen haben würde!

4

Seitdem das Lampedusa so fantastischen Umsatz brachte, konnten wir uns endlich den Luxus eines Ruhetags in der Woche leisten.

Wenn es allerdings nach Roberto gegangen wäre, hätten wir immer noch rund um die Uhr schuften müssen. Es gibt Leute, die kriegen den Hals einfach nicht voll, obwohl mein Ziehvater mir weismachen wollte, dass es sich in seinem Fall um eine Art allumfassende Existenzangst handelte, die er schon seit seiner Kindheit in Sizilien mit sich herumschleppte.

»Gibte es gute Zeite und schlechte Zeite ...«, sagte er weise. »Musste du spare deine Geld für die Not!«

Davon konnte bei mir allerdings augenblicklich nicht die Rede sein, denn ich gab inzwischen eine Menge Kohle bloß für Klamotten aus. Ein regelrechter Kaufrausch erfasste mich, wenn ich an einem dieser wirklich wohlverdienten Ruhetage auf der Suche nach dem ultimativen Outfit durch die Stadt raste.

Ich schätze, dass ich einfach einen gigantischen Nachholbedarf hatte, denn vor meiner Fausto-Zeit habe ich nicht viel Interesse an geilen Klamotten gehabt und mich eher praktisch angezogen.

Jedenfalls war ich gerade rauschhaft unterwegs, als ich mich irgendwann in einem Laden für schrille Dessous wiederfand.

Als ich vor dem Verkaufstresen stand, verließ mich der Mut. Blöd, nicht wahr? Schließlich war das nicht irgendein Sexschuppen, wo sich haufenweise verklemmte Kerle rumdrückten, die vielleicht meinen könnten, man gehörte auch zum Inventar.

Eine Verkäuferin stöckelte mir gelangweilt entgegen und musterte mich mit einem frechen ›Was-will-die-denn-hier-Blick‹. »Suchst du was Bestimmtes?«, fragte sie lahm und musterte mich schläfrig. Sie war in diesem ozeanischen Seejungfrauenlook geschminkt, der gerade total ›in‹ war, und kam mir irgendwie bekannt vor.

»Ich möchte nur mal gucken«, schoss ich die Dame an. Dabei wollte ich cool wirken und machte vermutlich den Eindruck, als hätte ich eben eine Kriegserklärung abgegeben.

»Okay . . .«, brummte sie und stöckelte hinter den Verkaufstresen zurück.

Ich schätze, ich erkannte sie an ihrem Hintern. Der gehörte nämlich zu der Sorte, die man auf keinen Fall in enge Röcke zwängen sollte, und hatte eine unverwechselbare, überhaupt nicht hinterntypische eckige Form.

›Rita Rogge?‹, schoss es mir durch den Kopf. Der Hintern gehörte Rita Rogge, Fockes neuer Flamme, die er neulich ins Lampedusa mitgeschleppt hatte.

Ich hatte sie deshalb nicht gleich erkannt, weil sie heute brünett und neulich blond gewesen war. Was wohl Beatrice dazu sagen würde, wenn ich ihr erzählte, dass Fockes neuer Darling *bloß* eine Unterhosenverkäuferin war?

Beatrice hat zwar nie gearbeitet und ist im Prinzip *nichts*, aber sie hat trotzdem einen Status, weil sie nicht nur attraktiv, sondern vor allen Dingen kaltblütig ist. Dass sie keinen Beruf gelernt hat, ist ihr ›so was von schnuppe‹. Schließlich schickt Larry aus Amiland immer noch jeden Monat einen Scheck, dessen Wert eine Schwindel erregende Höhe erreicht hat, seit Larry weiß, dass er Grandpa wird.

Ich wühlte ein bisschen in den Sonderangeboten herum und fand schließlich einen BH, der mir gut gefiel, weil er grün war und einen raffinierten Schnitt hatte. So einen, der auch einem kleinen Busen zu einer phänomenalen Form verhalf!

Ich probierte das Teil gerade an, als plötzlich Elli hereinspazierte. Sie bemerkte mich nicht, obwohl mein Kopf gut sichtbar über den oberen Rand der Umkleidekabinenklapptür ragte.

»Hallo«, sagte die Rogge lahm, während sie ein paar Strumpfpackungen in ein Regal stopfte. »Hallo!!«, erwiderte Elli fröhlich, schwang sich auf den Verkaufstresen und ließ ihre schwarz bestrumpften Beine baumeln. »Na, wie geht's dir, mein Goldstück?«

Die Rogge ließ die Strumpfpackungen sinken. »Mensch Elli«, rief sie. »Schön, dass du dich mal wieder blicken lässt! Hat alles geklappt?«

Elli nickte pausbäckig blitzend wie ein Barockengelchen und ließ sich von der Rogge eine Zigarette anzünden. »Ich hab den Job. Es ist zwar eine tierische Schufterei ... anders als in den guten alten ›Lolita-Zeiten‹ ... haach ... aber die Leute sind ganz nett. Besonders die Kerle! Falls du verstehst, was ich meine!«

Rita Rogge pfiff durch die Zähne. »Da bist du ja fein raus!«, sagte sie knapp.

»Das kann man wohl sagen. Sorgen machen brauch ich mir vorläufig erst mal nicht!«

Ich schätze, es waren die wirklich tief greifenden Veränderungen der letzten Zeit wie Lorettas Auszug, ihre unheimliche neue Freundin und Beas Schwangerschaft, die alles ein bisschen aus den Angeln gehoben und mich sowieso schon verunsichert hatten, dass mich plötzlich so ein unangenehmes Schwindelgefühl erfasste.

Schließlich war nichts mehr so, wie es noch vor einigen Monaten gewesen war, und hier taten sich recht unerfreuliche Zusammenhänge vor meinen Augen auf. Rita Rogge war mit dem Focke befreundet und Elli mit Rita.

Außerdem hatte uns der Focke schon einmal so ein Kuckucksei ins Nest gesetzt, das wir ahnungslos ausgebrütet haben.

Als Elli ganz in Gedanken ihre Augen durch den Laden schweifen ließ, duckte ich mich schnell und ein Bügel fiel auf den Boden.

Da schien sich die Rogge dummerweise an mich zu erinnern. »Passt es??«, rief sie misstrauisch. Dann tuschelte sie was Unverständliches mit Elli. Als ich nicht antwortete, kam sie schließlich angestiefelt und spähte über den Rand der Tür, als ich gerade meine Bluse zuknöpfte. »Haben Sie den BH noch eine Größe kleiner??«, fragte ich mit Flüsterstimme, um Zeit zu gewinnen, denn aus irgendeinem unerklärlichen Grund hielt ich es nicht für ratsam, dass Elli mich hier entdeckte. »Und vielleicht auch in Rot … und den Slip … wenn möglich … nicht mit diesem hohen Beinausschnitt …«

Die Rogge sah nicht sehr begeistert aus. »Das glaube ich kaum!!«, knurrte sie. »Außerdem hab ich auch noch andere Kundschaft, wie du siehst …«

Elli sprang vom Tresen herunter und drückte ihre heruntergebrannte Zigarette aus. »Ach lass mal!!«, rief sie. »Ich muss sowieso los … ich melde mich, okay!!«

Die Rogge warf mir einen Blick zu, als ob sie mich vergiften wollte, und blies sich wütend eine schwarze haarspraysteife Ponysträhne aus der Stirn.

»Wenn Sie so nett wären und mal schauen würden …«, sagte ich todesmutig.

Es dauerte noch ein bisschen, weil die Rogge erst einmal Elli verabschieden musste, dann kam sie irgendwann zurückgestiefelt und warf mir ein hässlich rot-gelbes Teil auf den Kopf. »Das ist der einzige *kleine*, den wir haben!!«, bellte sie mich an. ›Wenn du den nicht nimmst, dann dreh ich dir den Hals um‹, funkte es aus ihren stechend blauen Augen über dem Rand der Klapptür.

Weiß der Himmel warum, aber ich kaufte das schreckliche Ding und wunderte mich, dass ich zwar die Rogge, aber sie mich immer noch nicht erkannt hatte. Ich bin bestimmt nicht das, was man unbedingt eine Schönheit nennt, aber ich habe flammend rote Haare und meiner Meinung nach auch unverwechselbar große Ohren, deren Spitzen sich, obwohl mein Haar inzwischen schulterlang war, einfach nicht verstecken ließen!

Der scheußliche BH kostete mich ein Vermögen und entsprechend tiefgekühlt kam ich nach Hause zurück, wo zwei der Weiber Blumenstock sich so fetzten, dass ihr Gebrüll durch das ganze Treppenhaus schallte.

Loretta war da, um ihre Klamotten abzuholen, und Gabriella furiosa tobte wie eine sizilianische Mama durch die Wohnung, als wäre ihre Tochter geschändet worden und nicht nur auf dem Weg in eine mutterfreie Zone.

»Solch eine Heuchlerin als Mutter zu haben ist schlimmer als gar keine ...«, rief Loretta und sammelte zitternd ihre Habseligkeiten ein.

Oh dio mio! Gerade von ihrer klugen, scharfsinnigen Tochter nicht mehr respektiert zu werden, musste für Mama fast so schlimm sein, als hätte sie ihre Wirkung auf Männer verloren. Wenn Gabi Blumenstock nicht mehr als das durchkam, was sie ihr Leben lang hatte sein wollen, war sie so gut wie tot.

»Wenn du diese Frau deiner Familie vorziehst, dann hast du hier wirklich nichts mehr zu suchen ...« Mama suchte verzweifelt nach ihren Zigaretten.

»Diese Frau, wie du sie nennst, hat weitaus mehr Gefühle im Leib als du ... und sie ... sie versteht mich. Ja verdammt noch mal, das tut sie!«

So emotional habe ich Loretta selten erlebt. Aber die

Liebe macht wohl die Hälfte der Menschheit zu blinden Idioten. Ich glaube nicht, dass man mit diesem bombastischen Gefühl wirklich souverän überleben kann. Was zum Teufel noch mal ist auch Souveränität im Vergleich mit dem Sahnetortengefühl, wenn Fausto bloß die Innenflächen meiner Hände berührt. Soll ich etwa darauf verzichten, nur um mir selbst treu zu bleiben, aber dafür bestimmt eine alte, vertrocknete Schnecke zu werden, die sich aus lauter Verzweiflung eine Sammlung von Plüschtieren zulegt und mit den Dingern auch noch spricht?

Vielleicht hatte Loretta auch bloß das getan, was Mama sich insgeheim wünschte, aber nie in die Tat umgesetzt hatte: Loretta hatte Mut zum Abweichen bewiesen und nicht aus lauter Trotz das Ziel weiterverfolgt, das ihr irgendwann einmal lohnenswert erschien. Gabi Blumenstock dagegen war nur älter geworden und in ihrem Herzen die verrückte Hippiebraut geblieben, die sie früher einmal war. Sie hält das für ›political correctness‹ und fühlt sich toll damit. Dabei ist das, was Mama für konsequent hält, bloß engstirnig.

Inzwischen war ihr die Kraft für weitere Wutausbrüche ausgegangen und sie stürzte schluchzend in ihr Kabuff, wo ihre inzwischen eingestaubte Schreibmaschine stand.

»O weh!«, murmelte ich betrübt und Loretta zuckte die Schultern.

»Das geht mir so am Hintern vorbei!«, behauptete sie. »Nach allem, was sie sich geleistet hat, soll sie mir bloß nicht mehr unter die Augen kommen!«

»Wir auch nicht?«, fragte Gelsomina jämmerlich.

»Quatsch!«, brummte Loretta und nahm unsere kleine Schwester in den Arm. »Wir bleiben die unzertrennlichen Blumenstock-Sisters! Das ist doch wohl klar.«

Gelsomina versuchte ein Lächeln zustande zu bringen. Aber ihre Augen schwammen längst in Tränen. Wie meine!

Behäbig kam Beatrice aus dem Wohnzimmer gestapft. Mit einer Hand stützte sie ihren Rücken und die andere lag zufrieden auf ihrem Bauch. Vor ein paar Tagen hatte sie zum ersten Mal ›Kindsbewegungen‹ gespürt und hielt sich nun vermutlich für das achte Weltwunder.

»Ich wünsch dir trotzdem alles Gute«, erklärte sie salbungsvoll.

»Ich dir auch ... trotzdem!«, erwiderte Loretta spöttisch und klemmte sich einen Stapel Bücher unter den Arm.

»Diese Frau wird unsere Schwester so umkrempeln, dass sie gar nicht mehr wiederzuerkennen ist«, erklärte Beatrice, als Loretta fort war.

»So ein Schwachsinn«, rief ich ärgerlich. »Loretta ist eine starke Persönlichkeit, die weiß, was sie tut!«

War ich tatsächlich so überzeugt davon? Schließlich war Loretta erst achtzehn und ich hatte so einen eindringlich suggestiven Ausdruck in den Augen der Besenbinder wahrgenommen. So einen, der einen bestimmt lähmen konnte, wenn man ihm lange genug ausgesetzt war. Vielleicht verfügte die Dame über seltsame hypnotische Kräfte oder die beiden hatten einfach guten Sex miteinander?

Doch das konnte ich mir am wenigsten vorstellen!

»Loretta hat's halt gern ein bisschen schräg«, kommentierte Fausto meine Befürchtungen, als ich ihm am Abend von Lorettas Entschluss erzählte. »Das ist doch nichts Neues!«

Ich hackte Tomaten für eine Minestrone, während Fausto tiefgefrorene Hühnerbeine aus der Kühltruhe fischte. »Heute probiere ich eine neue Soße aus. Mit Ricotta und Weißwein!«

Schon begann er sein Fleischermesser zu wetzen und ich war ein bisschen enttäuscht, dass er so wenig Anteilnahme zeigte. Wir waren zwar nicht blutsverwandt, aber doch schon lange eine Familie. Was mich beunruhigte, sollte doch auch ihn nicht ganz kalt lassen, oder?

Ich weiß nicht, ob Fausto meine Enttäuschung bemerkt hatte, doch plötzlich spürte ich seine heißen Lippen in meinem Nacken. »Mach dir nicht immer so viel Sorgen um die anderen«, hauchte er mir ins Ohr. »Ich will dich ganz für mich alleine!«

Was für ein Bekenntnis! Und was für eine Falle. Aber ich registrierte mein Unbehagen nur am Rande. Gerührt flog ich Fausto in die Arme. O ja, ich wollte diese Bedeutung für Fausto haben. Was sollte ich mir Sorgen um Loretta machen. War sie nicht alt genug um zu wissen, worauf sie sich mit Hedda Besenbinder eingelassen hatte? Loretta war scharfsinnig und hatte den unbestechlichen Blick. Ich war verliebt und nur halb so zurechnungsfähig wie sie.

»O Fausto«, seufzte ich in seinen Armen und wir küssten uns, bis die Suppe auf dem Herd aufrührerisch zu schäumen begann und Tropfen davon über die heiße Herdplatte zischten.

»Ich hab eine Überraschung für dich«, hauchte Fausto mir ins Ohr.

»Was für eine Überraschung?«

Fausto lächelte geheimnisvoll. »Das wirst du morgen Abend erfahren!«, versprach er mir und erzählte, dass er einen Tisch in einem von diesen feinen Fresstempeln in Mitte bestellt hätte, was nur bedeuten konnte, dass er mir etwas enorm Wichtiges mitteilen wollte. Mein Herz klopfte vor Erwartung besonders wild! Bestimmt bin ich nicht die Einzige, die in ihrem Herzen altmodisch und romantisch ist und gegen jede Vernunft davon träumt, mit einem Heiratsantrag beglückt und damit automatisch aufgewertet zu werden.

Meine Niedergeschlagenheit über Mamas und Lorettas Streit und ihren traurigen Abgang verflog. Warum sollte ich an der Vergangenheit festhalten, wenn sich mir mit Fausto eine so traumhafte Zukunft bot?

5

Obwohl ich schon lange den guten Vorsatz habe, die Dinge auf mich zukommen zu lassen, passiert es mir doch immer wieder, dass ich mir vorher schon alles in den glühendsten Farben ausmale und hinterher total enttäuscht bin!

Fausto wollte sich nämlich weder mit mir verloben, noch wollte er mir einen Heiratsantrag machen! Er hatte bloß eine Wohnung für uns gefunden und sie gemietet ohne mich vorher zu fragen, ob ich überhaupt mit ihm zusammenleben will. Er setzte einfach voraus, dass ich begeistert von seinem Angebot sein würde und hatte wohl nicht eine Sekunde lang mit Widerstand gerechnet.

Ich hatte mir einen besonders provozierenden Fummel von Bea geklaut und meine Füße in sehr hohe spitze Stöckelpumps gezwängt, weil ich weiß, dass Fausto total auf so ein Styling abfährt. Er beäugte mich dementsprechend gierig und mehr als einmal tastete sich sein Fuß unter dem Tisch zwischen meinen Beinen hinauf in die oberen Regionen.

»Du hast sie schon gemietet?«, fragte ich während des

Hauptgangs inmitten schmucker, schwatzender Leute, funkelnder Kronleuchter, schimmernder Kerzen und mit roter Seidentapete bespannter Wände. Die Musik spielte leise und Fausto griff nach meiner Hand, die mit der Gabel in der Hand eben enttäuscht neben den Teller gesunken war. »Es war ein Wahnsinnsangebot, drei große Zimmer mit Parkettboden, alles tipptopp in Ordnung … zusammen können wir uns das super leisten … und bei Roberto wird's mir einfach zu nervig … da musste ich doch zugreifen!!«, erklärte Fausto. Als wenn es ihm hauptsächlich ums Geld und jeden anderen praktischen Nutzen, aber am wenigsten um mich dabei ging!

»Aber … aber … wir haben doch noch gar nicht darüber geredet«, murmelte ich und nippte an meinem Prosecco.

Fausto zog seine Hand zurück ohne meine berührt zu haben und runzelte die Stirn. »Ich dachte, das mit uns ist was Ernstes.«

Was hatte das eine mit dem anderen zu tun. Gerade, weil es etwas Ernstes war, sollten doch solche Entscheidungen gemeinsam getroffen werden.

»Aber es ist doch auch etwas Ernstes … etwas sehr Ernstes …«, murmelte ich bedrückt.

»Und warum freust du dich dann nicht?«, brummte er und warf seine Serviette auf seinen halb vollen Teller.

Offensichtlich war ihm auch der Appetit vergangen und er zündete sich eine Zigarette an.

»Ich freu mich ja «, sagte ich mit gepresster Stimme. »Es ist nur … weil … ich dachte … wir …«

»Ist schon gut, Petra ...«, fauchte Fausto. »Ich hab schon kapiert ... du willst nicht ... sag es doch ehrlich!!«

Er ließ sich die Rechnung bringen und der Abend war gelaufen. Fausto kam nicht mal mit zu mir. Das war noch nie passiert, seit wir zusammen waren, und ich war ganz schön fertig deswegen. Trotzdem machte es mich wütend, dass Fausto mich so rücksichtslos unter Druck setzte. Das kam einer Erpressung ziemlich nahe: Liebesentzug als Strafe. Wo ich doch ohne seine leidenschaftlichen Umarmungen und Küsse kaum noch leben konnte!

Mehr als einmal überlegte ich mir in dieser einsamen Nacht auf meinem kalten von Tränen durchweichten Kopfkissen, ob ich nicht zum Telefon rennen und meinen Geliebten anrufen sollte. »Ich will ... ich will ...«, würde ich ins Telefon hauchen und ihm auf diese Weise das Gefühl geben, dass es in diesem Leben nichts Erstrebenswerteres für mich gab als mit ihm zusammenzuwohnen, dass es mir ganz egal war, in welcher Wohnung wir hausen würden, und dass nur diese Auf-immer-und-ewig-Gemeinschaft von Bedeutung war. Amen!

Ich hörte Mama und Roberto unisono miteinander stöhnen und konnte mich trotzdem beherrschen. ›Bei aller Liebe, Fausto, so leicht werde ich es dir nicht machen‹, dachte ich, und bin erst am nächsten Morgen zum Telefon gewetzt!

»Kleine Ehekrise??«, fragte Beatrice, die seit ihrer Schwangerschaft zu einer Frühaufsteherin mutiert war und nun bereits am Frühstückstisch hockte, obwohl es erst sieben war. Sie hatte mich belauscht, als ich ein paar entschuldigungsähnliche unzusammenhängende Sätze auf Faustos AB stammelte. »Keine Ehekrise ... im Gegenteil ...«, behauptete ich kühn und fragte mich, ob Fausto zu Hause war und schmollte oder ob er den AB angeschaltet hatte, weil er sich aushäusig amüsierte?

O dio mio, die Eifersucht packte mich und rüttelte mich kräftig durch!

»Fausto will mit mir zusammenziehen!!«, erklärte ich meiner Schwester triumphierend. »Na ja ... und ich musste mir das natürlich erst mal überlegen ...«

Das verlieh mir eine Aura von Größe und Souveränität. Nur alberne, abhängige Gänse fallen in so einem Augenblick vor Glück gleich in Ohnmacht und sagen zu allem ›Ja‹ und ›Amen‹. ›Warum habe ich es nicht auch so gemacht‹, dachte ich. Es war doch kein Verbrechen, dass Fausto für uns eine Wohnung gesucht hatte? Oder? Eigentlich bewies das doch im Gegenteil vielmehr seinen brennenden Wunsch, immer, ununterbrochen, Tag und Nacht mit mir zusammen zu sein, und was konnte das anderes bedeuten, als dass er mich wahnsinnig liebte!

Wenn ich jetzt nur nicht alles vermasselt hatte?

»So, zusammenziehen wollt ihr ... da wird das Nest ja bald leer sein und Gabi wird an die Decke springen vor Freude!«, sagte Beatrice.

Was meine Mutter in diesem Fall machen würde, war mir eigentlich egal, aber plötzlich musste ich an Gelsomina denken, weil besonders ich mich immer für sie verantwortlich gefühlt hatte, wenn Mama entweder zu viel mit Beatrice oder mit sich selbst beschäftigt gewesen war.

Aber Gelsomina war inzwischen vierzehn und zum ersten Mal bombig verknallt und hatte mit Kevin auch einen supernetten Jungen an Land gezogen, der sie nicht nur vergötterte, sondern sich auch für ihre Musik interessierte.

»Ich wollte dich übrigens um was bitten«, erklärte Beatrice plötzlich und schien tatsächlich ein bisschen verlegen zu sein. »Es geht um diese Schwangerschaftsgymnastik ... das Atmen und dieses ganze Zeugs, weißt du ...«

»Na und?«, brummte ich.

»Ich hab doch keinen Vater für das Kind ... Ich meine ... ich geh da doch allein hin ...«

»Und wo ist das Problem?«, fragte ich abweisend, weil ich bereits ahnte, was Beatrice von mir wollte.

»Da sind auch noch andere Frauen, die ihre Freundinnen mitbringen ...«, fuhr Beatrice fort ohne meine Abwehr zu registrieren. »Du könntest dann auch bei der Geburt dabei sein!«

Das verblüffte mich nun aber total! Abgesehen davon, dass Beatrice keine Freundinnen hat, was bei ihrem Verhältnis zu anderen Frauen auch kein Wunder ist, staunte ich doch, dass sie mich, gerade *mich*, mit so einer Bitte überfiel.

»Das ist doch nicht dein Ernst!«, sagte ich. »Wieso fragst du nicht Gabi?«

»Wieso ... wieso ...«, fauchte Beatrice. »Was für eine dämliche Frage. Würdest du deine Mutter um so was bitten?«

»Weiß ich nicht ... aber dich auch nicht ...«

Na ja, später tat es mir Leid, weil Beatrice eher enttäuscht als wütend auf die Abfuhr reagierte, die ich ihr erteilt hatte. Nicht dass die Schwangerschaft unbedingt einen besseren Menschen aus ihr machte, aber die Tatsache, dass sie sich *für* das Kind entschieden hatte und sich auch mächtig darauf freute, sprach zumindest dafür, dass sie nicht mehr ganz so oberflächlich war wie früher.

»Vielleicht solltest du den Vater doch einbeziehen!«, erklärte ich versöhnlich, aber da war der Zug in Richtung schwangerschaftliche Verschwesterung längst abgefahren und Beatrice warf mir bloß noch einen ihrer typisch verächtlich kalten Blicke zu, raffte ihr rotes Gewand und verschwand.

Was sollte ich machen?

Wenn Beatrice jetzt schon Unterstützung brauchte, würde sie vielleicht noch rechtzeitig kapieren, wie viel leichter sie es hätte, wenn sie sich doch einen Kindsvater besorgen würde?

Na ja, nicht irgendeinen. Obwohl Beatrice weder in dem einen noch in dem anderen Fall Probleme gehabt hätte. Vielleicht wäre sogar Fausto dazu bereit gewesen, wenn er nicht rechtzeitig auf meine Vorzüge aufmerksam geworden wäre?

Ein schlimmer Gedanke! Denn das, was möglich gewesen ist, konnte doch immer noch möglich sein, sollte Fausto sich meiner nicht sicher genug sein.

Von solchen verstörenden Gedanken gebeutelt, irrte ich den ganzen Tag wie eine Blöde durch die Wohnung und wartete auf einen Anruf.

Aber nichts da! Fausto blieb stur und war wie die meisten Männer in der Lage, sich in solchen Situationen erfolgreich zu verweigern.

Ich fragte mich, ob er mich nicht ebenso wie ich ihn vermisst haben musste. Allein in seinem Bett, das er seit Monaten nicht mehr benutzt hatte. Ohne meinen Hintern an seinem Bauch und ohne unsere ineinander verschlungenen Hände!

Ein Schmerz, so tief wie das Meer, ging durch mich hindurch und ich heulte mir meinen allerersten Fausto-Liebeskummer aus dem Leib. Mama fand mich beim Abspülen in der Küche, wo unaufhörlich Tränen in das trübe Spülwasser tropften. Auf dem Herd war das Wasser für einen Tee, den ich mir hatte kochen wollen, längst verdampft und der Kessel wäre gleich explodiert, wenn Mama ihn nicht im letzten Augenblick geistesgegenwärtig von der Flamme geschubst hätte!

»Ich werde mit Fausto zusammenziehen!!«, schluchzte ich über der Abwaschbrühe, während Mama ihre Hände unter einem Strahl kalten Wassers kühlte. »Und eine Wohnung haben wir auch schon!«

6

Einer witterte Morgenluft angesichts dieser familiären Katastrophen!

Roberto Ubaldini, seines Zeichens Verlobter von Gabriella Blumenstock, sah sich nun am Ziel seiner Wünsche angekommen.

»Iste nichte so schlimm ... dann ziehe wir endlich zusamme und Gelsomina hat eine Pappa und eine Mamma!! Ecco!!«, umgarnte er Mama noch am gleichen Abend, als sie etwas proseccobenebelt und sehr deprimiert im Lampedusa an unserem Familientisch hockte und den Eindruck machte, als hätte ihr ganz persönlicher Weltuntergangstag heute im Kalender gestanden.

Normalerweise trinkt unsere Mutter nicht. Früher hat sie sich ab und zu mal einen Joint genehmigt und Alkohol als die definitive Spießerdroge abgewertet. Heute trank sie viel und schnell und während des Trinkens verhärtete sich ihr Blick auf Unheil ankündigende Weise.

»Ist das deine Mutter?«, fragte Elli, die Mama noch nicht kannte. »Die hab ich mir aber anders vorgestellt!« Elli klang irgendwie enttäuscht und das ärgerte mich mächtig.

Schließlich war meine Mutter nicht Robertos bedeutungsloser Anhang, sondern trotz allem eine Frau mit Format, auch wenn ich mit ihren Widersprüchen nicht gerade wenig Schwierigkeiten hatte. So eine wie Elli hatte überhaupt kein Recht, in irgendeiner Weise auf Mama herabzublicken, auch wenn sie inzwischen an Attraktivität eingebüßt hatte. Aber das lag wohl vor allen Dingen an ihrem ziemlich desolaten Gemütszustand und weniger an den Jahren, die nicht so sehr an ihr genagt hätten, wenn ihr endlich bewusst geworden wäre, dass ihr Leben reichlich mit Irrtümern gespickt war.

»Die ist ganz schön frustriert, was?«, plapperte Elli munter vor sich hin. »Ich dachte, die ist viel jünger ...« Mit einem vernichtenden Blick, der Elli augenblicklich einschüchterte, drückte ich ihr eine Lasagne in die Hand und spielte zum ersten Mal in meinem Leben die Chefin in spe. »Beeil dich ein bisschen, unsere Gäste sind es gewöhnt, *warmes* Essen serviert zu bekommen!!«, sagte ich kühl. »Unterhalten kannst du dich später!«

Dann eilte ich in die Küche, um endlich mit Fausto zu reden, der mich seit einer halben Stunde angeschwiegen hatte.

»Warum hast du denn nicht angerufen?«, fragte ich ihn mit gesprungener Stimme. Leider kann ich schlecht verbergen, was ich fühle, und das merken Kerle wie Fausto sofort!

»Ich hatte keine Zeit. Schließlich musste ich den Mietvertrag rückgängig machen, bevor es zu spät ist!«, erklärte er mir, während er wild auf ein paar Basilikumblätter einhackte und eine Zigarette in seinem Mundwinkel verglühte.

Eine jähe Welle der Enttäuschung schlug über mir zusammen und lähmte mich, so dass ich kein Wort herausbrachte.

»Allein kann ich mir so eine Wohnung nicht leisten ... capito ...«

Ein Gefühl war das, als würde Fausto *mich* mit seinem Messer in tausend Stücke zerhacken!

»Deswegen also ...«, murmelte ich mutlos. »Bloß deswegen!!«

»Ist das ein Verbrechen, eh??«, bellte er mich an. »Eine Beziehung hat doch auch eine praktische Seite ... oder??«

›Nur gut, dass er mir das noch rechtzeitig rübergereicht hat‹, dachte ich und sprach den ganzen Abend kein Wort mehr mit ihm. Das fiel mir nicht einmal schwer, denn Fausto hatte mich wirklich tief enttäuscht.

Irgendwann kam meine schwangere Schwester angesegelt. Sie schwenkte ein Ultraschallfoto von ihrem Baby in der Gegend herum. Wir hatten schon mal eines gesehen, als Beatrice in der fünften Woche gewesen war. Aber im Gegensatz zu dem ersten war auf diesem hier schon ein richtiger kleiner Mensch zu erkennen. Mama liefen Tränen über die Wangen, als sie das Foto anschaute. Das ungewohnte Trinken hatte sie rührselig gemacht. »Das ist ein Mädchen«, erklärte sie schluchzend. »Die sechste Blumenstock in Folge!!«

Beatrice riss Mama das Foto aus der Hand. »Woher willst du das denn wissen?«, fauchte sie und starrte das

Foto an. »Ich möchte jedenfalls lieber einen Jungen haben!«

Mamas Lider zuckten, als sie nach ihrem Glas griff und einen letzten Schluck daraus trank. Als sie noch einen bestellen wollte, signalisierte Robertos Zeigefinger ein striktes ›Nein‹. Aber Mama setzt immer ihren Willen durch. Ganz egal, in welchem Zustand sie war!

Während sie den Kühlschrank nach ihrem Lieblingsprosecco durchwühlte, der offensichtlich alle war, hatten sich sämtliche Gäste um unseren Familientisch versammelt und wollten alle das Babybild bestaunen. Sogar Fausto ließ es sich in die Küche hineinreichen und betrachtete es mit sanftem Blick. O dio mio, dieser Blick machte mich irre. Wenn Bea sich nun verrechnet hatte und Fausto doch als möglicher Vater infrage kam?!

»Wunderschön ...«, jubelte es nun von allen Seiten.

»Niiiiedlich ...« Dann wurde Sekt am laufenden Band spendiert. Bestimmte Leute lauern bei uns nämlich immer auf einen Grund zum Feiern! Zum Beispiel Leo, der Streifenpolizist, der seit einigen Wochen Anschluss bei uns zu suchen schien. »Komm, Petra ...«, rief er. »Trink mal einen mit mir!«

›Warum eigentlich nicht?‹, dachte ich und ließ mich zu einem Orangensaft von ihm einladen! »Prosit, Fausto!!«, schmetterte ich böse in die Küche hinein, wo sich Fausto vermutlich ebenso sauer auf mich wie ich auf ihn an der Salatschleuder abreagierte.

Nur Elli schien das Baby-Ding völlig kalt zu lassen. Sie hatte nicht einmal einen Blick auf das Foto geworfen und lungerte nun in einer Wolke aus Zigarettenqualm irgendwie desillusioniert und gleichermaßen spöttisch vor dem Tresen herum und versuchte Rauchkringel in die Luft zu blasen.

Vielleicht hätte sie auch gerne Kinder gehabt und bekam keine? Es tat mir schon Leid, dass ich sie vorhin so angepfiffen hatte. »Willst du nicht auch ein Glas Sekt mittrinken?«, fragte ich freundlich. Roberto nickte beim Gläserabtrocknen.

»Nein ...«, sagte Elli und zog mit dem Fingernagel einen Hautfetzen von ihrer Lippe. »Hab keinen Bock.« Wenn sie abwesend war, wie jetzt, dann nahm ihr Gesicht plötzlich einen völlig anderen Ausdruck und ihre Stimme einen veränderten Klang an. Von der angepassten Sanftheit und ihrer naiven Koketterie, die Elli uns sonst präsentierte, war da gar nichts mehr zu spüren. Im Gegenteil! Da war plötzlich so was unerbittlich Hartes in ihrem Gesicht, so als würde sie wie die Seeräuber-Jenny in der Dreigroschen-Oper irgendwann Vergeltung an der ganzen Welt üben wollen! ›Und ein Schiff mit acht Segeln und dreizehn Kanonen an Bord wird kommen und beschießen die Stadt ... Bumm ...‹

Welchen Kopf würde sie verschonen? Meinen? Den von Fausto? Bestimmt den von Günter! Was ich bloß immer für abwegige Gedanken hatte!

Jedenfalls war Elli längst auf dem Klo verschwunden, als Hubertus Focke mit Rita Rogge im Schlepptau das Lampedusa überfiel. Nachdem er Beatrice entdeckt hatte, die an unserem Familientisch hockte und eine Pampelmuse zerteilte, riss er die Rogge so jäh an sich, dass sie fast aus ihren Pantoletten gerutscht wäre.

Beatrice lief rosa an und verlor ihr mutterseliges Lächeln für ein paar Sekunden.

»Wenn er meinte, er kann hiere komme, wanne er wille, dann ich schmeiße ihm raus … aber mitte achtekantige …«, knurrte Roberto. »Iste hier nichte erwünschte …« Er zog die flache Hand wie eine Rasierklinge an seiner Kehle entlang. »Nach die Scheiße, er hatte gemachte mit unsse … kann man ihm nichte traue über die Weg …«

›Wachsam sollten wir wirklich sein‹, dachte ich, denn solche Leute wie der Focke sind und bleiben verrückt und damit hochgradig unberechenbar, was besonders für ihre Mitmenschen gefährliche Konsequenzen haben kann!

»Hallo, Beatrice, Baby. Hab gehört, du bist schwanger …«, katerte sich der Focke an meine Schwester heran. Die Rogge atmete schwer. Sie hatte ihren Busen in einen von diesen Tüten-BHs gepackt, die sich Madonna vor einer Weile noch umgeschnallt hatte. Jedenfalls war das Ding so abartig spitz, dass die Rogge ihren Busen damit gut als Waffe hätte benutzen können, um entweder Beatrice oder dem Focke die Augen auszustechen.

»Was feiert ihr denn?«, wollte der Focke wissen. Da sah er das Ultraschallfoto von Beas Baby auf dem Tisch liegen und betrachtete es mit hungriger Neugier.

›Das geht dich gar nichts an‹, funkten Beas vernichtende Blicke. Sie schnappte sich das Bild und ließ es in ihrer Tasche verschwinden.

Da kam Elli vom Klo zurück. Sie sah so blass aus wie jemand, der gerade gekotzt hat oder jeden Augenblick muss. Ich dachte, nun würde sie gleich Rita mit einem Jubelschrei in die Arme fallen. Aber nichts passierte.

Sie begrüßten sich nur flüchtig und taten so, als hätten sie sich lange nicht gesehen und würden auch nicht besonders begeistert darüber sein, einander zu kennen.

Na, da sollte mich doch der Teufel holen!

»Ihr kennt euch?!«, fragte ich Elli arglistig, als sie ein ganzes Tablett voller schmutzigen Geschirrs in der Küche ablud, und durchbohrte sie mit meinen Blicken. »Das ist ja komisch!«

»Was ist denn daran komisch?«, rief Elli verblüfft. »Außerdem kennen wir uns gar nicht besonders gut. Von früher eben ... das ist echt Zufall, dass die mir hier über den Weg läuft!«

Denkt ihr nun auch, was ich dachte? Wo der Focke nur drei Meter von mir entfernt auf einem Stuhl hockte und meine Schwester anstarrte, während seine eine Hand der Rogge mechanisch den Rücken hinauf- und hinunterrutschte, als wäre sie ein Holzbrett, das er schleifen musste.

»Holzeauge sei aufgewachte ...«, raunte Roberto mir zu, als hätte er meine Gedanken erraten, und deutete dabei auf den Focke. »Iste er immer noche nichte geheilte von deine Schwester!!«

›Ganz meine Meinung‹, dachte ich. Aber diesmal würden wir uns nicht von ihm linken lassen, ganz egal, was der Kerl im Schilde führte!

»Noch mal Sekt für alle!!«, brüllte der Focke und schnippte mit den Fingern.

»Aber vom besten!!«

Roberto schnaufte gefährlich. »Bin ich nichte die Lakai von die Großekotze!«, knurrte er. Außerdem war uns der Sekt ausgegangen und die restlichen Flaschen Prosecco hatte Mama bereits auf dem Gewissen.

»Dann eben Wein!!«, rief der Focke und alle freuten sich, weil es ihnen um diese Zeit schon schnuppe war, was es zu trinken gab, Hauptsache, es war Alkohol drin!

Irgendwann nach Mitternacht schneite Günter Griffel herein. In letzter Zeit war er verdächtig oft mal auf einen Sprung vorbeigehüpft und ich ahnte bereits, was der Grund für seine häufigen Besuche war, da er weder das Lampedusa noch seinen Besitzer besonders ins Herz geschlossen hatte. Als er Elli dann sah, wie sie mit verwehtem Haar und einer Riesenlaufmasche in den Strümpfen aus der Küche gewackelt kam, verlor mein Alter völlig die Konturen. Zugegeben, Elli war keine Schönheit, die einem sofort auffiel wie Beatrice, aber sie hatte was! Das merkte auch ich in diesem Moment. Vielleicht war es ihre rotbackige, etwas schlampige Natürlichkeit, auf die mein Alter so abfuhr. Wenn so was auch noch mit einer gewissen auf hilflos getrimmten Naivität daherkam, haute es Männer in Günters Alter vermutlich erst richtig um.

Mama kniff die Augen zusammen und erkannte ihn wohl nicht. Elli dagegen strahlte und ließ ihre Zunge schnell einmal über ihre Lippen sausen. Sie strich ihre Bluse glatt und ließ sich von Günter zufrieden die Hand küssen.

Ich registrierte ein leichtes Zucken auf Rita Rogges mit Puder einzementiertem Gesicht.

»Wie schön, Sie zu sehen!«, hauchte Elli. »Ich hab Sie schon richtig vermisst!« Mein Vater war so entzückt, dass er sogar rot wurde. In einer anderen Situation hätte ich das süß gefunden. Jetzt fand ich ihn bloß blöde!

Er hatte sich neben Elli auf einen Barhocker geschwungen und sülzte sie mit Komplimenten voll, als Mama auf ihn zugeschwankt kam. »Sag bloß ... Günter ... was machst du denn hier?«, rief sie erstaunt und drängte sich zwischen Elli und den Barhocker, auf dem mein Alter saß.

Elli sah recht böse aus und hatte wieder diesen harten Ausdruck in den Augen. Günter seufzte und blickte ihr traurig nach, als Roberto sie in die Küche gescheucht hatte, wo sie Fausto beim Abwaschen helfen sollte, damit ich mal eine Pause machen konnte. Ich war ganz froh, dass ich der spannungsgeladenen Gewitterluft da drin entkommen konnte, und steckte mir eine Zigarette an.

»Wo du schon mal da bist, kannst du mir auch einen Drink ausgeben!«, erklärte Mama. »Am besten einen Whiskey!«

»O no ... no ... no!!«, zeterte Roberto. »Haste du für heute genug getrunke!!«

»Du hast mir gar nichts zu verbieten!«, murmelte Mama. »Noch sind wir nämlich nicht verheiratet ... und auch dann kannst du dir das abschminken!!«

Mein Alter seufzte. »Mensch Gabi ... was soll das denn jetzt ...« Sehnsüchtig starrte er die Küchentür an. »Roberto hat Recht ... du bist ganz schön hinüber ...!«

Ich schloss die Augen! Schließlich kannte Günter meine Mutter ja nicht erst seit gestern und hätte wissen müssen, dass sie sich weder bevormunden lässt noch ertragen kann, wenn ein Kerl mal nicht nach ihrer Pfeife tanzt.

»Das sagst *du* mir ... duuuu!!«, zischte Mama und packte meinen Alten an seinem minzgrünen Schlips, auf dem sich unterschiedlich große bunte Punkte tummelten. »Ein Leichenbestatter, der nicht einmal merkt, dass er einen alten Teppich in die Grube fährt?!«

Damit spielte sie darauf an, dass wir alle ohne es zu wissen nicht Beatrices Ex-Lover in Rutchens Garten begraben hatten, sondern einen Teppich. Roberto und Fausto, die eingeweiht waren, hatten es so eingerichtet, dass keiner von uns die vermeintliche Leiche noch einmal zu Gesicht bekam, nachdem sie eine Nacht in der alten Kühltruhe vom Lampedusa gelegen hatte.

»So ein Dummkopf ... ha, ha, ha!« Mamas Gelächter klang beunruhigend unkontrolliert. Sie schnappte sich die Schere, die Roberto hinter dem Tresen aufbewahrte, um damit Papierservietten zu halbieren. Unsere Gäste registrierten das kaum und Roberto sparte Geld.

»Schnipp ...«, sagte Mama mit einem teuflischen Blick, »... schnapp«, und schnitt meinem Alten die Krawatte ab.

Was für ein Auftritt! So etwas war schon lange nicht mehr im Lampedusa passiert und es schien unsere sensationsgeile Kundschaft noch mehr anzuheizen als alle Karaoke-Nächte zusammen. Das hier war echt. Voll das Leben und jeder freute sich insgeheim, dass er diesmal bloß Zuschauer und nicht selbst beteiligt war.

Mama warf den Krawattenzipfel in den Papierkorb, und bevor Roberto sie daran hindern konnte, hatte sie sich die Whiskeyflasche geschnappt und war damit aufs Damenklo marschiert.

»Das tut mir ja so Leid, Herr Griffell!!«, rief Elli und kam aus der Küche geeilt. Sie hatte sich ein Handtuch umgebunden. Normalerweise trug Elli Blusen oder Pullover, die zwar einen Riesenausschnitt hatten, aber weit waren. Jetzt sah ich, dass Elli ganz schön rund war und einen hübschen kleinen Bauch vor sich her schleppte. Dagegen hatte Mama mit Mitte vierzig wirklich noch eine astreine Figur und Elli war höchstens achtundzwanzig!

»Wie kann sie denn bloß so was machen??« Mitleidig legte Elli meinem Alten die Hand auf die Schulter. »Wissen Sie was«, sagte sie mit zärtlicher Stimme. »Ich kaufe Ihnen einen neuen. Ja wirklich, das mach ich!! Am besten morgen, da muss ich erst später zur Arbeit!«

Günter nickte mit seligem Blick. Dass ihn Mama als absoluten Idioten geoutet hatte, war vergessen, denn im Prinzip konnte er meiner Mutter ja noch dankbar sein, dass sie ihm nicht nur zu einem neuen Schlips, sondern auch zu einem Date mit Elli verholfen hatte.

»So sind die Frauen ...«, sagte Fausto mit einem Blick in meine Richtung. »Erst machen sie dich an und dann fertig ...«

Nicht nur das mit der gemeinsamen Wohnung schien nun wohl gelaufen zu sein, dachte ich schmerzerfüllt, denn auch in dieser Nacht schlief ich ganz allein in meinem Bett!

7

Ich war so unglücklich, dass ich am liebsten gar nicht mehr aufgestanden wäre. Wie konnte Fausto bloß so kaltherzig sein! Schließlich war ich weder fremdgegangen noch hatte ich ihn sonst wie betrogen. War sein Verhalten nicht total kindisch und unangemessen? Wollte ich mit so einem Mann denn tatsächlich mein Leben verbringen?

Ich wollte! Ich wollte Fausto so sehr, dass ich zu vielen sogar oberfaulen Kompromissen bereit gewesen wäre, weil ich mir dachte, irgendwann, irgendwie würde ich meinen Freund schon in den Griff kriegen und seine Macken abschleifen.

Bestimmt lauerte er längst auf einen Anruf von mir und war genau wie ich schon stundenlang um das Telefon herumgeschlichen. Hatte vielleicht ein- oder zwei- oder wer weiß wie viele Male den Hörer in der Hand gehabt und bloß sein vorsintflutlicher sizilianischer Machostolz hinderte ihn daran, schließlich meine Nummer zu wählen!

Warum war ich nicht schon früher auf diese Möglichkeit gestoßen?! Ein Meilenstein fiel mir vom Herzen und ich düste ans Telefon, als es plötzlich klingelte und Kevin mit Gelsomina auf dem Arm vor der Wohnungstür stand.

Ich bekam einen solchen Schreck, dass ich augenblicklich alles andere vergaß und nur das Blut sah, das Gelsomina über Hände und Knie lief.

»Is alles halb so schlimm ...«, erklärte sie tapfer. »Bin beim Skaten hingeflogen ... aber es sind bloß Schürfwunden ...«

Kevin schleppte sie in ihr Zimmer und legte sie behutsam auf ihr Bett!

Leider hatte Gelsomina nicht *nur* Schürfwunden, sondern sie hatte sich einen Finger ihrer rechten Hand angebrochen. Was das für eine angehende Pianistin bedeutete, die in ein paar Wochen bei einem Wettbewerb antreten sollte, kann sich jeder denken!

Wenn Gelsomina den Finger ruhig halten würde, dann könnte die Bruchstelle in zwei oder drei Wochen heilen, meinte der Arzt im Krankenhaus, der Gelsominas Finger schiente. Würde sie sich nicht daran halten, bestünde sogar die Gefahr, dass der Finger niemals wieder so beweglich sein würde wie vorher!

Roberto und Fausto waren ganz aus dem Häuschen vor Angst, als Mama sie anrief und ihnen von Gelsomina erzählte. Sie waren gerade im Umland unterwegs, um frisches Gemüse zu besorgen, und konnten deshalb nicht gleich an das Krankenbett meiner kleinen Schwester eilen.

›Arme Gelsomina‹, dachte ich. Wenn sie zwei oder drei Wochen nicht üben konnte, hätte sie kaum eine Chance, bei diesem Wettbewerb für junge Nachwuchspianisten einen Preis zu bekommen. Und sie hatte sich solche Hoffnungen gemacht!!

»Künstlerpech«, sagte meine kleine Schwester. Aber weder mich noch Mama konnte sie täuschen. Natürlich bemerkte ich, dass Gelsomina mit den Tränen kämpfte, aber viel zu stolz war, um vor uns allen einfach loszuheulen. Obwohl ihr das bestimmt gut getan hätte.

Mama durfte sie nicht einmal in den Arm nehmen. Das lag vermutlich daran, dass Mama selten zu Zärtlichkeiten dieser Art neigt und sogar unserer Kleinen gegenüber immer damit gegeizt hatte, und der andere Grund war Kevin, der ihr die ganze Zeit nicht von der Seite gewichen war. Seine Augen flossen über vor Liebe. Doch kein Wort kam über seine Lippen, während er mit einem herzzerreißend traurigen Hundeblick Gelsominas Zimmer bewachte und nicht nur mir signalisierte, wie gern er meine kleine Schwester getröstet hätte!

Ich fragte mich, wie weit diese Art von Trost gehen würde, falls wir die beiden allein ließen. Hatten sie schon oder hatten sie noch nicht?

So ein kleiner nadelfeiner Schmerz sägte sich durch mein Herz. Gelsomina war längst kein kleines Mädchen mehr. Sie war vierzehn und noch hübscher geworden. Logisch, dass das auch Kevin nicht entgehen konnte.

»Nimmt Mina eigentlich die Pille?«, wollte ich von Mama wissen, als ich uns in der Küche einen Kaffee kochte, und dachte mir nichts dabei. Schließlich war Mama in dieser Hinsicht immer äußerst großzügig gewesen.

»Natürlich nicht!«, rief sie ärgerlich. »Sie ist erst vierzehn!«

»Na und?«, sagte ich verblüfft. »Bea hat sie doch auch mit vierzehn gekriegt!«

»Bei Beatrice war das etwas anderes ... sie war ... ähem ... eben schon früher so weit!!«

»Woher willst du denn wissen, dass Gelsomina noch nicht so weit ist«, sagte ich spöttisch. »Ich hab da nämlich einen ganz anderen Eindruck ...«

Das Ergebnis war, dass Mama Kevin noch vor dem Abendessen nach Hause schickte und ich aus dem Staunen nicht mehr herauskam!

Sollte Gabi Blumenstock etwa genau die Großzügigkeit abhanden gekommen sein, die sie auszeichnete und von vielen anderen Müttern wohltuend unterschied, nur weil sie merkte, dass ihr die Felle langsam davonschwammen? So was gibt's ja häufig, dass Mütter auf ihre Töchter eifersüchtig sind. Nur von unserer Mutter hätte ich das nie erwartet.

Als Kevin weg war, eilte sie mit einem Tablett voller Kekse und heißer Schokolade zu Gelsomina ins Zimmer. »Soll ich dir etwas vorlesen?«, hörte ich sie fragen. »Oder wir spielen was ... Monopoly ... na, was meinst du??«

Gelsomina hatte weder Lust auf das eine noch auf das andere. »Was ist denn mit der los??«, fragte sie mich, als Mama sich irgendwann niedergeschlagen in ihr Kabuff zurückgezogen hatte.

»Midlife-Crisis ...«, erwiderte ich. »Das scheint in dem Alter ansteckend zu sein!«

Kurz bevor ich zur Arbeit musste, sah ich Mama im Badezimmer vor dem Spiegel stehen und ratlos an ihrem blondierten Haar herumzupfen. Sie zog die kleine schlaffe Falte an ihrem Kinn herunter und kniff in die Speckrolle über ihrem Bauch, die sich im Lauf der letzten Jahre behäbig um ihre einstige Supertaille herumgelegt hatte und in gehässiger Geschwindigkeit tagtäglich anzuwachsen schien.

Im Vergleich mit anderen Frauen in ihrem Alter sah Mama immer noch gut aus. Aber irgendwie hatte sie an Glanz verloren. Früher war sie umwerfend und jetzt war nicht einmal Günter mehr verrückt nach ihr. Andererseits hätte sie doch froh sein müssen, dass sie Roberto hatte. Andere Frauen über vierzig kriegten entweder nur noch Schrott oder gar keinen mehr ab.

Außerdem hatte Mama in ihrem Leben nichts ausgelassen und hätte nun endlich in Würde alt werden können.

»Vielleicht machst du ihr noch einmal einen Heiratsantrag?!«, schlug ich Roberto vor, als ich ihn wegen Gelsomina beruhigt und er mich gefragt hatte, ob meine Mutter sich nach dem Attentat auf Günters Krawatte wieder erholt hatte.

»Meinste du …?«, fragte er zweifelnd. »Habe ich ihr schon ixemale eine gemachte!«

»Aber vielleicht nicht richtig … ich meine … so was muss auch romantisch sein … verstehst du? So eine wie Mama kannst du nicht einfach nur fragen …! Du musst das mit Leidenschaft machen …«

Fausto, der Weinkisten in den Keller schleppte, lachte spöttisch. Er hatte mich bloß mit einem schnöden ›Hallo‹

begrüßt und sah nicht danach aus, als ob er sehr gelitten hätte. Im Gegenteil! Seine Attraktivität stimuliert mich nicht nur mächtig, sondern kann mich auch rasend machen.

»Ich werde mir überlege die Sache ...«, erklärte Roberto. »Möglicherweise du haste Rechte ... iste sie eine Frau wie alle andere ... will sie erobert werde ... auch wenn sie so tut, als ob sie hatte die Hose an ...«

Nun war mir ein bisschen unbehaglich zu Mute und ich fragte mich, ob ich da wirklich etwas Gutes angerührt hatte. Wäre es vielleicht besser gewesen, wenn ich mich diesmal nicht eingemischt hätte?

Doch als Mama eine Stunde später ins Lampedusa kam und blendend aussah, weiß der Kuckuck, wie sie das so schnell hingekriegt hatte, zerstreuten sich alle meine Zweifel. Mama hatte sich ein astreines Make-up verpasst und die Haare blondiert. Außerdem hatte sie sich endlich mal wieder in Schale geschmissen und schien auch sonst guter Dinge zu sein.

»Was iste mit Gelsomina ... lässte du sie allein in die Zustand!!«, bellte Roberto meine Mutter an. »Wenn ich habe keine Zeit ... musste du aufpasse auf unsere Tochter!!«

›Wunderbar‹, dachte ich. ›Wirklich wunderbar!‹ Denn Mamas eben noch so strahlendes Gesicht verzerrte sich zu einer wutschnaubenden Grimasse.

»Meinst du, ich lass das Kind allein, ja, meinst du das wirklich?!«, keifte sie los. »Wenn du so etwas von mir denkst, dann frage ich mich wirklich, was das mit uns noch soll. Deine Tochter hat nämlich gar keinen Wert auf meine Anwesenheit gelegt und die von Beatrice vorgezogen!«

Zum Glück war es noch nicht sehr voll. Nur zwei Tische waren besetzt. An dem einen saß ein Pärchen, das regelmäßig zum Essen kam. Außer den beiden war nur Leo da, der mir schon den ganzen Abend Komplimente machte.

Leider schien das Fausto zu entgehen oder er ignorierte absichtlich, dass seine Freundin auch noch bei anderen Männern ziemlich Chancen hatte.

»Bring mir was zu trinken, Petra!«, knurrte Mama und setzte sich an den Familientisch. »Hat Günter sich noch mal blicken lassen?«, fragte sie mich, als ich ihr eine Cola brachte. Unsicher blinzelte sie mich an.

»Willst du ihm noch einen Schlips entwerten ...«, sagte ich schnippisch. »Ich glaube nicht, dass Papa im Augenblick sehr scharf darauf ist, dir über den Weg zu laufen ... außerdem ist er anderweitig engagiert ...«

Mit Genugtuung registrierte ich Mamas verblüfften Blick.

Jahrelang war mein Alter ihr ohne Erfolg hinterhergetigert und hatte es zähneknirschend akzeptieren müssen, dass Roberto die Sahne abschöpfte. Mama hatte vermutlich nicht einmal daran gezweifelt, dass das bis an unser aller Ende immer so weitergehen würde. Dementsprechend verplüscht reagierte sie, als Günter und Elli um neun hereinsegelten und bombig in Stimmung waren.

Elli kam eine halbe Stunde zu spät und Roberto war ziemlich sauer deswegen.

»Kannste du nichte komme, wann du willste ...«, pfiff er Elli an. »Siehste du iste Laden schon voll von die Gäste ...« Inzwischen waren alle Tische besetzt. Ich war zwar daran gewöhnt, den Laden auch mit Fausto allein zu schmeißen, aber heute waren die Gäste extrem ungeduldig und außerdem hatte ich mich darauf verlassen, dass Elli rechtzeitig kam. Was mich am meisten ärgerte, war die Tatsache, dass Elli nicht ein bisschen zerknirscht war. »Es hat halt ein bisschen länger gedauert, bis wir was Passendes gefunden hatten!!«, kicherte sie.

»Iste egal ... hier iste deine Arbeit ... und wenn du nichte machste die Arbeit ... dann du kannst dir eine andere suche ...«, fauchte Roberto und warf Elli die Schürze zu.

»Nicht in diesem Ton, Herr Ubaldini!«, mischte sich nun mein Vater ein und legte beschützend seinen Arm um Ellis Schulter. Erst jetzt bemerkte ich die alberne Krawatte, die vermutlich Elli ihm geschenkt hatte. Abgesehen davon, dass Günter sowieso einen sehr seltsamen Geschmack hat, setzte dieses Ding seinen klamottenmäßigen Entgleisungen endgültig die Krone auf.

Der Binder war gelb und mit einem Hahn bedruckt, der auf einem Sarg hockte und krähte! Günter trug das Ding zu einem blauen Hemd und einem roten Jackett!

»Was mischtste du dich da ein ...«, zischte Roberto. »Gehte diche gar nixe an, was ich hab zu sage mit meine Personal ...« Ungläubig starrte er den abgefahrenen Binder an. Roberto trägt nie einen und seine Klamotten nur in Schwarz oder Weiß. Weil er recht klein und dick ist, steht ihm das am besten.

»Dann geh an die Arbeite jetzte ... Elli!«, sagte er ganz im Ton eines sizilianischen Patriarchen. Schließlich hatte er oft genug Burt Lancaster in ›Der Leopard‹ gesehen, jenem Film, dem das Lampedusa seinen Namen verdankt.

Schmollend band Elli sich die Schürze um und blinzelte kleinmädchenhaft meinen Alten an. Väterlich nickte Günter ihr zu. Natürlich würde er alles regeln und wenn er sich mit Roberto deswegen prügeln musste!

Ich hatte keine Lust mehr, mir das weiter anzutun. »Die sind doch alle total bescheuert!«, sagte ich zu Fausto. »Findest du nicht?«

Fausto zuckte die Schultern. »Mir doch egal!«, brummte er.

»Dir ist wohl im Augenblick alles egal, was!«, fauchte ich ihn an. »Nur weil ich nicht gleich in Jubelschreie wegen der Wohnung ausgebrochen bin ...«

Finster blickte Fausto mich an. »Wenn du meinst!!«, sagte er.

»Was denn sonst ...«, rief ich empört.

»Du kapierst gar nichts, Petra ... und ich hab gedacht, du zickst nicht so rum wie die anderen ... bist nicht so eine von diesen blöden Emanzen ... Warum soll der Mann sich nicht um so was kümmern ... he?«

Also da lag der Hase im Pfeffer! Fausto glaubte tatsächlich, ich würde aus Prinzip auf meine Rechte pochen. Es war unglaublich!

»Du bist vielleicht engstirnig ...«, erklärte ich kopfschüttelnd und wollte ihn darüber aufklären, dass in einer Beziehung immer zwei das Sagen haben sollten, als Elli auf dem Weg zum Klo plötzlich umfiel und auf dem Boden liegen blieb!

Zuerst dachte ich, Elli simulierte, weil Roberto sie so heruntergeputzt hatte und Elli nun unser aller Mitleid erregen wollte. Schon kniete Günter an ihrer Seite und rang die Hände. Er machte den Eindruck, als wüsste er nicht genau, ob er Elli die Bluse aufknöpfen durfte oder nicht. Was für eine Gelegenheit, nicht wahr?

»Einen Arzt«, jammerte er stattdessen und presste Ellis Hand. »Warum holt denn hier niemand einen Arzt?« Roberto schnappte sich das Schnurlose und warf besorgte Blicke auf unser kleines Busenwunder, das genau im richtigen Augenblick die Augen wieder aufschlug und stöhnte: »Das ist nicht nötig ... wirklich ... Es geht schon wieder!«

Günter half ihr beim Aufstehen und Elli klärte uns darüber auf, dass sie einen schwachen Blutdruck hätte und deswegen öfter mal umfallen würde!

»Bestimmt ist die Arbeit viel zu schwer für dich!!«, sagte Günter mitfühlend. Ich sah Mamas Kopf hinter einer Menge anderer Köpfe auftauchen.

»Ein raffiniertes Biest ...«, hörte ich sie murmeln und war nach langer Zeit wieder einmal einer Meinung mit ihr.

Elli zupfte an einer Laufmasche an ihrem Strumpf, nicht ohne ihren Rocksaum so hoch über ihren Schenkel zu schieben, dass jeder sehen konnte, was für geile rote Strumpfbänder sie sich umgeschnallt hatte. Nicht nur Günter stockte der Atem und Roberto hatte Mühe, unsere männlichen Gäste wieder an ihre Tische zu scheuchen. »Ich müsste mich erst mal ein bisschen frisch machen und mir neue Strümpfe anziehen ...«, hauchte Elli in Robertos Richtung. »Mir ist immer noch ein wenig schwindlig!!«

Was sollte Roberto dagegen haben? Besser noch, was hätte er dagegen haben können ohne vielleicht für immer sein Gesicht zu verlieren. Als Kneipenwirt und als Mensch?!

Günter geleitete Elli bis an die Tür vom Damenklo und wartete dort, bis sie wieder herauskam. Wie ein Wächter stand er davor und ließ niemanden passieren. Nicht einmal Mama, obwohl sie ganz dringend mal musste.

»Den einen Augenblick wirst du warten können, Gabi!«, erklärte er mit ernstem Gesicht, als Mamas rote Gesichtsflecken bereits ankündigten, dass sie bestimmt gleich wieder die Beherrschung verlieren würde.

»Was?«, brüllte sie.

»Ich bitte um einen Augenblick Geduld!«, erwiderte mein Vater ruhig und zog am Knoten seiner Krawatte.

Mama schnappte nach Luft.

»Dir werd ich was! Von wegen Geduld, auf der Stelle gehst du mir aus dem Weg, sonst mach ich einen Kastraten aus deinem Hahn!«

Ich seufzte und fragte mich, ob Mama nicht merkte, dass *sie* nun diejenige war, die sich lächerlich machte! Aber total!

Auf so eine Person wie Elli eifersüchtig zu sein, war nicht nur albern, sondern ließ auch jegliche Souveränität vermissen.

Was war nur los mit Gabi Blumenstock?

Jedenfalls gipfelte das ganze lampedusische Theater darin, dass Elli mit einem bombastischen Strauß roter Rosen beglückt wurde. Genau im richtigen Augenblick war einer von diesen Blumenverkäufern aufgetaucht, die nachts immer durch die Kneipen ziehen und bestimmt noch nie auf einen Schlag ihre ganze Ladung Blumen losgeworden waren.

»Damit du nichte denkste, ich habe keine cuore in meine Brust!« erklärte Roberto, als er Elli die Rosen in den Arm legte. »Binne ich nichte die Leuteschinder, die will Günter Griffel machen aus mir.«

Ellis Wangen glühten mit den Rosen um die Wette. Nun schmachtete sie Roberto an. Mama rang um ihre Fassung und mein Vater war bloß verblüfft.

Er hätte einfach schneller reagieren müssen. Aber so eine List hätte wohl niemand von Roberto erwartet, für den keine andere Frau mehr zu existieren schien, seit er unsere Mutter kannte!

Vermutlich um ihr Gesicht zu wahren und Roberto zu demonstrieren, wie unabhängig sie immer noch war, auch wenn die Männer ihr nicht mehr scharenweise zu Füßen lagen, verlangte Mama ihre Wohnungsschlüssel von Roberto zurück und warf ihm seine wie eine Ladung kalter Kippen in einen Aschenbecher, der auf dem Tresen stand.

Ungläubig starrte Roberto den Schlüsselbund an.

»Das machste du nur eine Mal mit mir, Gabriella!«, sagte er zornig. »Nur eine Mal und nie wieder!«

Ich weiß nicht, ob Mama sich darüber im Klaren war, dass Roberto so etwas nicht nur einfach dahinsagte. Er ist nämlich nicht nur besonders schlau, sondern genau wie Fausto unglaublich nachtragend.

Wenn eine Frau einen sizilianischen Mann außerdem so vor Publikum auflaufen lässt, dann ist das nicht ein Verbrechen gegen die männliche Rasse, sondern gleich Gotteslästerung!

Es würde eines großen Wunders bedürfen, um die beiden wieder miteinander zu versöhnen!

Und an allem war nur diese unsägliche Elli schuld, die so dreist war, Günter nun völlig zu ignorieren und stattdessen wie eine satte Biene Roberto zu umsurren.

»Ist das nicht alles total albern«, sagte ich zu Fausto. »Dabei lieben sie sich doch!!« ›Wie wir‹, dachte ich und blickte ihn voller Sehnsucht an. »Wollen *wir* uns nicht wenigstens wieder versöhnen??«

Weil ich echt total zermürbt war, hätte ich in diesem Augenblick bestimmt zu allen Bedingungen, die er stellen könnte, Ja und Amen gesagt. Ich wollte nur endlich von ihm in den Arm genommen werden!!

Eine Weile blickte Fausto mich schweigend an.

Wäre ich nicht so hinüber gewesen, hätte ich gemerkt, dass er etwas im Schilde führte!

»Ach, Petra mia«, seufzte er endlich, riss mich an sich und küsste meine Lider. Was für ein wunderbares Gefühl der Erlösung. Natürlich hatte Fausto Recht mit diesen Abgrenzungsmätzchen aller meiner doch bloß auf Widerspruch programmierten Geschlechtsgenossinnen. »Ich hätte auch nichts mehr dagegen, mit dir zusammenzuwohnen!«, hauchte ich besinnungslos vor Glück.

Fausto strich mir sanft über die Wange und lächelte mich an. »Ach, weißt du, Petra ... ich hab mir auch Gedanken gemacht«, erklärte er mir. »Mit dem Zusammenleben sollten wir uns wirklich ein bisschen Zeit lassen!«

8

Ein Hieb mit dem Vorschlaghammer hätte mich nicht mehr demolieren können!

Das Hinterhältige an Faustos Rückzieher war die Tatsache, dass ich nun nicht einmal einen Grund gehabt hätte, mich zu beklagen. Schließlich zeigte mein Liebster das totale *Verständnis* für mich. Er würde mich nicht mehr drängen und respektierte sogar meine Zweifel. Was hätte ich mehr verlangen können?!

Am liebsten hätte ich Fausto in dieser Nacht auflaufen lassen und ihn aus meinem Bett geschubst. Aber dann hätte ich mir bloß wieder ins eigene Fleisch geschnitten, weil ich total scharf auf ihn war und er das auch wusste. Die Möglichkeit einer entsprechenden Revanche würde sich schon irgendwann bieten, dachte ich, als ich noch denken konnte, und überließ mich Faustos Küssen. Wow!

Vermutlich würde ich mich den Kerlen nie so konsequent entziehen können wie meine Schwester Beatrice, die sich entweder noch nie richtig verliebt hatte oder auf solche Gefühle in ihrem Leben nicht so angewiesen war wie ich.

Seit sie schwanger war, machte sie außerdem den Eindruck, als ob sie auf Männer nun ganz verzichten könnte und irgendwie beneidete ich sie darum.

Nicht einmal die Tatsache, dass sie inzwischen immer mehr aus dem Leim ging, schien sie zu beunruhigen. Im Gegenteil! Einmal ertappte ich sie dabei, wie sie sich völlig nackt im Spiegel betrachtete und dabei stolz über ihren Bauch strich. Sie hatte nicht nur in der Taille, sondern auch an ihrem Hintern und den Schenkeln zugelegt. Ihre Wangen waren voller geworden und sie hatte immer so einen schläfrig selbstzufriedenen Blick, als würde sie sich in einem Zustand völligen Vertrauens und Einklangs mit sich und dem Baby in ihrem Bauch und überhaupt dem ganzen Universum befinden.

›Wenn ich nun auch ein Baby bekäme‹, dachte ich plötzlich und mir wurde siedend heiß bei der Vorstellung. Dann hätte Beas Baby gleich einen blutsverwandten Spielgefährten und ich besäße auch so eine besondere Macht. Genau wie Roberto fährt Fausto nämlich auch total auf die Bambinis ab. Die Vorstellung einer eigenen unbestreitbaren Schwangerschaft gefiel mir so gut, dass ich ernsthaft darüber nachdenken wollte. Schließlich hatte ich sowieso nicht vor, eine von diesen alten Müttern zu werden, die man heute so oft zu sehen kriegt und die vor ein paar Jahrzehnten gerade mal als die Omas ihrer Babys durchgegangen wären.

»Hast du inzwischen jemanden gefunden, der dich zur Schwangerschaftsgymnastik begleitet?«, fragte ich Beatrice betont beiläufig, als ich am nächsten Morgen den

Frühstückstisch deckte, während sie einen Haufen Körner in einer Schüssel mit Quark verrührte.

»Nein«, antwortete sie brummig. »Ich pack das auch allein!!«

»Wenn du willst, dann würd ich's machen ... weißt du, es war nur so überraschend, dass du mich gefragt hast ... aber nachdem ich darüber nachgedacht hab ... na ja ... da finde ich das eigentlich ganz spannend!«, erklärte ich stockend.

Beatrice warf mir einen überraschten Blick zu. In ihren Mundwinkeln hingen Quarkreste. »Das hätte ich ja nun nicht mehr gedacht ...«, murmelte sie. »Aber wenn du willst ...«

Ich weiß auch nicht, welcher Teufel mich plötzlich geritten hatte. Schließlich ist ein Kind nicht irgendein x-beliebiger Gegenstand, den man sich unbedingt anschaffen muss, um ihn irgendwann achtlos irgendwo herumliegen zu lassen.

Sollte es wieder bloß Missgunst sein, die an mir nagte und mich zur Konkurrentin meiner Schwester machte, weil ich dachte, sie wäre in jedem Fall die Glücklichere, was immer sie auch tat?

Bestimmt waren das die Hormone, die uns gelegentlich so durcheinander brachten und zu den unüberlegtesten Aktionen verleiteten.

Es waren zu diesem Zeitpunkt bloß verrückte Gedanken. Denn ich hatte nicht wirklich die Absicht, schwanger zu werden. Obwohl ich Babys ganz süß fand, machten sie mir immer auch ein bisschen Angst. So ein kleiner Mensch bringt schließlich einen Haufen Verantwortung mit sich. Dabei fürchtete ich nicht einmal um meine persönliche Freiheit, sondern mich beunruhigte viel mehr die Vorstellung, dass ich ja nicht ewig leben und ich mein Kind dann irgendwann ganz allein in dieser beschissenen Welt zurücklassen musste.

Also war es in diesem Zusammenhang nicht klug, sich rechtzeitig mit den ganzen Problemen zu befassen, die so ein Würmchen mit sich bringen würde?

Genauso wenig wie ich eine alte Mutter sein wollte, hatte ich Bock, mich wie Beatrice mit so einem Zufallsprodukt auseinander setzen zu müssen. Ich wollte auch nicht, dass so ein Kind zu einem Ersatz für andere noch unentdeckte Bedürfnisse werden könnte. Eigentlich wollte ich bloß Fausto und mit ihm glücklich sein.

Ich dachte auch, ein Kind von mir und Fausto könnte Gelsomina vielleicht zu ihrer alten Fröhlichkeit verhelfen, die sich nicht erst seit dem Unfall recht verdrossen und trotzig präsentierte. In meiner Pubertät bin ich zwar auch nicht anders gewesen, aber ich hatte immer gehofft, dass Gelsomina von den damit verbundenen unerfreulichen Begleiterscheinungen verschont und für immer unsere strahlende ›Bella Bellissima‹ bleiben würde, die alle bedingungslos liebten.

Stattdessen entwickelte sie sich immer mehr zu einem komplizierten, empfindlichen Geschöpf, das weder so mitteilsam noch so mitfühlend wie früher war.

Nun musste sie außerdem noch von einem großen Traum Abschied nehmen und auf den Wettbewerb verzichten, für den sie so lange geübt und eine Menge Opfer gebracht hatte. Seit meine kleine Schwester vier Jahre alt war, hat sie Klavier gespielt und schon damals wurde ihr von ihrer Lehrerin eine große künstlerische Zukunft prophezeit.

»Was für ein dummes Missgeschick!«, klagte Rutchen, als sie Gelsomina besuchte und einen nagelneuen, tragbaren CD-Player mitbrachte. »Aber bei euch scheint ja in der letzten Zeit alles ein bisschen durcheinander geraten zu sein!« Neulich hatte sie Loretta und die Besenbinder in der Stadt getroffen und erfahren, was passiert war. »Das ist doch eine ganz patente Frau! Ich weiß gar nicht, was Gabi gegen sie hat. Wir haben uns blendend unterhalten und demnächst will sie einmal bei uns im Laden vorbeischauen.«

Gelsomina hatte sich den CD-Player geschnappt und war mit den Kopfhörern auf den Ohren eingeschlafen. Sie stopfte sich jetzt immer mit Süßigkeiten voll und lag die meiste Zeit träge auf ihrem Bett herum. Auch wenn Kevin sie besuchte, huschte bloß noch ein Schatten einstigen Frohsinns über das Gesicht meiner kleinen Schwester und selbst Tullio, Kevins kleiner Hund, rang ihr höchstens ein mattes Lächeln ab, wenn er schwanzwedelnd angesprungen kam und ihr die Hände leckte.

Doch auch an Rutchen schien irgendein Kummer zu nagen.

»Ständig mäkelt dein Vater an meiner Arbeit herum«, klagte sie, nachdem ich lange genug gebohrt und erfahren hatte, dass Günter Griffel sich nicht nur als Boss zu einem Scheusal entwickelt hatte. »Manchmal habe ich sogar den Eindruck, dass er mich loswerden will. Vielleicht bin ich ihm inzwischen zu alt, wo doch die anderen Firmen ganz junge Leute für sich arbeiten lassen. Das würde den Leuten die Angst vor dem Tod nehmen, behaupten sie!«

Rutchen perlten kleine Tränen über ihre Wangen. Ich streichelte seufzend ihre Hand. »Ach, Petra! Dabei wollte ich dir gar nichts davon erzählen!«, schluchzte sie.

Obwohl sie mich bat meinem Vater nicht zu sagen, dass sie sich beklagt hatte, suchte sie vermutlich doch einen Verbündeten, der ihr zur Seite stand und mit Günter Griffel einmal Tacheles reden würde.

So etwas ist menschlich. Vor allen Dingen dann, wenn es sich um einen verknallten Mittvierziger handelte, der offensichtlich vergessen hatte, wer seine wirklichen Freunde waren!

Als ich ihn ein paar Tage später besuchte, hing er schlaff und übellaunig in seinem neuen orangenen Chefsessel und kickte mit den Fingern aus Zigarettenpapier zusammengeknüllte Kügelchen über seinen Schreibtisch.

Rutchen schwirrte unauffällig wie eine graue Eminenz im Hintergrund herum und erschrak, als sie mich kommen sah.

»Aber bitte …«, flehte sie und presste den Zeigefinger an ihre Lippen.

Gerade traf eine Lieferung schräger, neuer Särge ein, die Harry und Ritschie auf den Schultern in das Lager trugen.

Der junge Designer, mit dem Günter seit einiger Zeit zusammenarbeitete, hatte sich wieder einmal selbst übertroffen. Oder schrecklich verirrt.

Schließlich sind kirschrote Särge mit geschnitzten goldenen Blumenreliefs nicht jedermanns Sache.

Inzwischen hatte Günter jede Menge Homos als Kundschaft und im Gegensatz zu früher ganz junge Leute. Das liegt leider nicht nur an den abgefahrenen Särgen. Seit Aids wissen schon die Schulkinder, dass sie einmal sterben müssen!

»Modell Fin du siècle«, sagte Harry. »Der absolute Renner im Augenblick!«

»Schon tausendmal vorbestellt!«, fügte Ritschie hinzu. Er hatte eine Fahne, die mir fast den Atem raubte, und sah krank aus.

›Wieder einer, der es nicht geschafft hatte, trocken zu bleiben‹, dachte ich traurig.

Bei dem ständigen Kontakt mit Leichen war das vermutlich kein Wunder!

»Was willst du denn hier?«, fragte mich mein Vater mürrisch. »Hast du wieder einmal einen alten Teppich zu entsorgen?«

Früher hatte er sich gefreut, wenn ich ihn mit einem Besuch überrascht habe. Aber jetzt schien ihm meine Anwesenheit so gleichgültig zu sein, als hätte er vergessen, dass ich seine Tochter war.

»Ich wollte mal mit dir reden«, sagte ich versöhnlich und setzte mich auf die Lehne eines Sessels. »Wenn du ein Problem hast ... Ich meine ...«

Wütend richtete er sich auf »Hat sich wer beklagt?«, schnaubte er. »Sie vielleicht?«

Rutchen hockte im Büro am Computer und tat so, als ob sie völlig in ihre Arbeit vertieft wäre.

»Jetzt sag ich dir mal was, Petra!« Mein Vater senkte seine Stimme und beugte sich nach vorn. »Sie ist auch nicht mehr das, was sie mal war. Ständig vergisst sie was. Außerdem ist sie unglaublich empfindlich geworden. Bei aller Loyalität ... aber wenn man das Private nicht mehr von der Arbeit trennen kann, dann ...«

»Was dann?«, fuhr ich ihn an. Schließlich war Rutchen seit dreißig Jahren in der Firma und hatte schon für meine Großeltern gearbeitet. So jemanden konnte Günter doch nicht kaltblütig auf die Straße setzen.

»Dann geht sie eben in Rente ...« Mein Vater strich sich behutsam über den Schlips, den Elli ihm geschenkt hatte. »Schließlich ist sie in dem Alter!«

Vor einer Weile war Günter noch ganz froh gewesen, dass Rutchen nicht scharf darauf war, so schnell Rentnerin zu werden. Außerdem war sie nicht nur eine Angestellte, sondern gehörte zur Familie!

»Ich würde sie natürlich entsprechend abfinden«, murmelte mein Vater.

Dass man ihn noch in Verlegenheit bringen konnte, gab wenigstens Anlass zu der Hoffnung, dass ihm nicht alles egal war, was uns anging, und plötzlich hatte ich eine Idee.

Wenn etwas außer einer handfesten Streitkultur in unserer Familie Tradition hatte, dann waren das große funkelnde Feste.

Warum nicht darauf zurückgreifen, um nicht nur Gelsomina eine Freude zu machen, sondern alle miteinander zu versöhnen?

»Ein Fest für Gelsomina!«, erklärte ich. Das war das Ass in meinem Ärmel. Denn an Gelsomina hing auch Günter mit einer besonderen Innigkeit, obwohl sie Robertos Erzeugnis und nicht sein eigenes war.

»Es müsste so eine Art Surprise-Party sein, weißt du ...«, schwärmte ich. Auch wenn Loretta alles andere als begeistert sein würde mit Mama ein Fest zu feiern, wäre sie bestimmt bereit, dieses Opfer für unsere kleine Schwester zu bringen.

Roberto würde sich mit Mama wieder vertragen und der erste Schritt in Richtung Wiedervereinigung unserer übel zerstrittenen Familie wäre getan.

Ich war ganz entzückt von meiner Idee und überlegte gerade, welche Location sich für so ein Fest eignen würde, als Hedda Besenbinder plötzlich vor uns stand. Lautlos wie ein Geist schien sie hereingeschwebt zu sein. Ich hatte weder die Tür noch ihre Schritte gehört und erschrak wie immer, wenn ich sie sah!

»Guten Tag, meine Liebe!«, rief sie Rutchen entgegen. »Wie versprochen bin ich zur Stelle!«

»Schön, dass Sie kommen«, rief Rutchen glücklich. Geschäftig schleppte sie Kataloge heran und ließ sich von der Besenbinder vertraulich die Hände drücken.

»Einen Kaffee ... oder Tee?«, fragte Rutchen.

»Ein Glas Wasser, wenn es geht ...« Die Besenbinder lächelte Günter an.

Mein Vater setzte sein Bestattungsunternehmergesicht auf und ich fragte mich, ob es der Besenbinder wirklich um Vorsorge ging.

»Das Finanzielle ist kein Problem«, erklärte sie, während sie in einem der Kataloge blätterte.

Dass sie genug Kohle hatte, sollte wohl für alles andere entschädigen, was ihr fehlte. Irgendwie rührte mich das. Dass ich die Besenbinder so unsympathisch fand, hatte bestimmt nichts damit zu tun, dass ich ihr einen miesen Charakter unterstellte. Aber Menschen mit so einer Haut und solchen Augen waren mir schon immer unangenehm. Dafür konnte sie schließlich nichts. Also gab ich mir wenigstens Mühe, höflich zu sein.

»Ich bin der Meinung, man sollte sich möglichst früh mit dem Tod befassen«, fügte sie Beifall heischend hinzu und streifte mich mit einem Blick, der mir verriet, wie wenig sie gerade mich einschätzen konnte.

›Warum nicht?‹, dachte ich, ›endlich mal jemand, der mich für undurchsichtig hält.‹

Das war spannend und würde mir die Möglichkeit bieten, mal in eine ganz andere Haut zu schlüpfen.

»Sie sollten etwas mit Ihrem Teint machen, Petra«, sagte die Besenbinder vertraulich. »Kommen Sie doch einmal zu mir in die Praxis. Ich kann bestimmt etwas für Sie tun!«

Natürlich habe ich als Rothaarige keine Elefantenhaut. Das ist ja sicher auch nicht erstrebenswert, oder? Doch gerade neulich hatte Fausto meinen zarten Teint gepriesen. ›Bella Bellissima, mit einer Haut wie Marzipan! Oh, là là!‹ Was wollte diese aufdringliche Trine also von mir?

»Ich habe wenig Zeit!«, erwiderte ich kühl.

Eine sanfte Röte stieg der Besenbinder in die Wangen.

»O bitte!«, rief sie erschrocken. »Ich wollte Sie nicht beleidigen. Sie sind ein sehr hübsches Mädchen mit diesem herrlichen roten Haar …«

Rutchen strahlte mich an, als wäre ich ihr Produkt.

»Das sage ich auch immer!«, freute sie sich. »Im Grunde genommen ist sie die Hübscheste von allen!«

Das bin ich mit Sicherheit nicht. Aber immerhin, wenn man so etwas gesagt bekommt, hat man auf einmal das Gefühl, es könnte stimmen.

»Wie geht es eigentlich Loretta?«, wechselte ich schnell das Thema. Seit Loretta ausgezogen war, hatten wir nichts mehr von ihr gehört.

»Loretta geht es gut«, antwortete die Besenbinder. »Sie ist natürlich sehr traurig über das Zerwürfnis mit ihrer Mutter …«

›Das sind wir alle‹, dachte ich. ›Und du bist nicht ganz unschuldig daran.‹

»Wäre es nicht dann eine wunderbare Gelegenheit, wenn Sie auch zu dem Fest kämen, das Petra für Gelsomina geplant hat?«, rief Rutchen.

So hatte ich mir das eigentlich nicht gedacht!

»Richtig geplant habe ich ja eigentlich noch gar nichts«, versuchte ich mich herauszuwinden. »Das war nur so eine vage Idee … außerdem weiß ich auch gar nicht, wo …«

Das Lampedusa kam auf keinen Fall infrage. Ich wollte einen neutralen Ort, der nicht so explosiv aufgeladen war.

»Warum dann nicht hier?«, fragte Günter beiläufig und

witterte vermutlich eine Chance, Roberto das Wasser abzugraben.

»Also, Papa«, brummte ich vorwurfsvoll.

»Warum nicht ... man könnte Lampions aufhängen ... und Luftschlangen werfen «, erwiderte er. »Wir könnten ja auch wieder jemanden sterben lassen! Das hat doch schon einmal ganz prächtig funktioniert!«

9

Man soll dem Schicksal nicht ins Handwerk pfuschen!

Das hätte uns seit der Geschichte mit dem Mord, der keiner war, eigentlich ins Hirn eingemeißelt sein müssen. Denn es ist durchaus möglich, ins Leben einzugreifen und nicht nur dem eigenen dramatische Wendungen zu geben, an denen man hinterher lieber nicht schuld sein möchte!

Doch manchmal reicht es vermutlich schon aus, über bestimmte Dinge bloß nachzudenken, um damit etwas in Gang zu setzen!

Plötzlich war nämlich Ritschie gestorben. Er war in seinem Auto mit 2,9 Promille gegen einen Baum gerast und sofort tot.

Warum er mit dem Saufen wieder angefangen hatte, wusste keiner so genau. Nicht einmal sein bester Freund Harry!

»Er war genauso alt wie ich!«, sagte mein Vater düster. Vermutlich war genau das Ritschies Problem gewesen. Außerdem hatte er nicht einmal eine Familie gehabt und sich vielleicht auch gerade unglücklich in eine verknallt, die zwanzig Jahre jünger war als er?!

Jedenfalls war dieser traurige Anlass Grund genug, unsere ganze Familie auf dem Friedhof zu versammeln und ich erinnerte mich mit Schrecken daran, wie seltsame Zufälle ähnlicher Art schon einmal heftig in unser Leben eingegriffen hatten. Aber diesmal war wirklich einer gestorben und mich beschlich das unbehagliche Gefühl, auch ich wäre nicht ganz unschuldig daran!

Mama und Roberto gingen sich seit ein paar Tagen aus dem Weg. Wenn Fausto und Roberto nach Gelsomina sehen wollten, hatte sich Mama in ihrem Kabuff verbarrikadiert, so dass sich das immer noch mächtig zerstrittene Paar erst in der Trauerhalle des Friedhofs wieder traf, wo Ritschie aufgebahrt worden war, damit wir ihn alle noch einmal sehen konnten. Günter hatte ihm einen von den ›Fin du siecle‹-Särgen spendiert, die Ritschie so gut gefallen hatten, und Harry wollte eine Rede halten.

Ritschie trug einen roten Theaterfrack und Rutchen hatte ihm eine Rose auf die Brust gelegt. Ich heulte, als ich ihn in dem Sarg liegen sah. Schließlich war es erst ein paar Monate her, dass wir als Revanche für Fockes Intrige Beas Tod so echt inszeniert hatten, dass sogar der Focke auf Bea als Leiche hereingefallen war, was uns jede Menge Genugtuung verschafft hatte!

Jetzt lag Ritschie selbst in einem Sarg und schien irgendwie geschrumpft zu sein. Ansonsten war er unversehrt und hatte nicht einmal sein skurriles Grinsen ganz eingebüßt.

An wen mochte er wohl gedacht haben, bevor er in die

ewigen Jagdgründe aufgebrochen war? Viele behaupten doch, dass im Augenblick des Todes noch einmal dein ganzes Leben in Sekundenschnelle an dir vorbeibraust. Vielleicht passiert aber auch gar nichts und du schläfst einfach ein ohne zu wissen, dass du nun tot bist?!

»Iste seine Seele voll von Frieden und brauchte er auch keine Whiskey mehr da oben!«, sagte Roberto. »Weil er hat keine Kummer mehr mit die Frauen und anderes Unglück!!«

Und so einer behauptet nun von sich, er wäre ein Christ! Genauso geschmacklos fand ich, dass Roberto Elli mitgebracht hatte, die sich aufführte, als wäre sie die neue Signora Ubaldini und ganz frech ihren Arm unter Robertos Arm geschoben hatte. Günter zuckte zusammen, als er die beiden sah. Er warf einen Seitenblick auf Mama, die mit Gelsomina gerade an Ritschies Sarg vorbeigegangen war und so viel verhaltene Wut abstrahlte, dass sie vermutlich ein ganzes Kraftwerk mit ihrer Energie hätte versorgen können.

Aber das bemerkte wahrscheinlich nur ich, denn Mama fiel weder aus der Rolle noch schoss sie verbal einen spitzen Pfeil ab, sondern grüßte sowohl Elli als auch Roberto sehr nett, aber genauso unpersönlich, zog sich ihre schwarzen Handschuhe aus und setzte sich in königlicher Haltung neben Gelsomina auf einen der Stühle, die in der Trauerhalle für uns aufgestellt worden waren.

»Mensch, Günter ... Das tut mir ja so Leid für dich ... Ich hab gehört, das war so ein netter Kerl ...«, plapperte Elli drauflos und schüttelte meinem Vater die Hand.

Rutchen versteifte sich zu einer pikierten Pose. Aber mein Vater strahlte. Immerhin hatte Elli ihn nicht ganz vergessen. Wenn er schon nicht den ganzen Braten haben könnte, würde er sich mit den Resten begnügen!

»Ist das der Freund von dem?«, wollte Elli von mir wissen. Sie meinte Harry, der eingesunken und irgendwie verwaist neben Ritschies Sarg stand, als hätte er mit ihm seinen siamesischen Zwilling verloren.

Ich bedachte Elli mit einem kühlen Blick. Es fiel mir schon schwer genug, seit Mamas und Robertos Streit mit ihr zusammenzuarbeiten, und ich fand es ekelhaft, wie sie sich immer wieder aufdringlich an mich heranzumachen versuchte.

»Na, jedenfalls ist er einer, der seine Freunde nicht vergisst, wenn es ihm gerade in den Kram passt!«, sagte ich und durchbohrte Elli mit einem ›Ich-weiß-alles-du-dumme-Trine‹-Blick.

»Wie??«, sagte sie verblüfft und schaute sich Hilfe suchend nach Roberto um. Aber der war noch einmal mit Fausto hinausgegangen, um eine Zigarette zu rauchen.

»Du weißt schon *wie!!*«, erwiderte ich giftig und setzte mich neben Mama auf einen Stuhl.

»Take it easy!«, sagte ich leise.

»Wenn du wüsstest, wie egal mir das ist, Petra. Ich meine, wenn er mit so einer rummacht ... also dann ...«

»Du glaubst doch nicht im Ernst, dass Roberto wirklich was von *der* will??«

»Bei Männern in seinem Alter ist alles möglich ... schau dir doch bloß mal deinen Erzeuger an ...«

»Du hättest Roberto eben schon längst heiraten sollen ...«, erklärte ich.

»Püh ...«, machte Mama. »Was glaubst du, wie froh ich bin, dass ich gerade *das* nicht getan habe ...«

Gelsomina, die bis jetzt geschwiegen hatte, stieß einen traurigen Seufzer aus.

»Wenn ihr euch hören könntet ...«, murmelte sie niedergeschlagen. »Du bist nicht viel besser als *er* ... Mama ...«

»Es wird schon alles wieder werden!«, raunte ich meiner kleinen Schwester zu. Gelsomina schaute zuerst mich dann ihren bandagierten Finger an. »Glaubst du das wirklich?«, fragte sie leise. Was hätte ich da noch sagen sollen?

Außerdem hatte gerade Beatrice Blumenstock in einem umwerfenden Beerdigungsoutfit ihren Auftritt, dass vermutlich nicht nur mir die Spucke wegblieb. Ich weiß nicht, wie viele Meter schwarzer Seide um Beatrice herumflatterten. Der Fummel, den sie anhatte, war so lang, dass Bea mit dem Saum den Boden fegte. Sie trug ein turbanartig um den Kopf geschlungenes Tuch dazu und schleppte einen großen Strauß funkelnder blutroter Lilien an.

»Nun fehlt bloß noch Loretta ...«, sagte Mama, als Beatrice sich zu uns gesetzt hatte. Rutchen war auf den Stuhl neben Gelsomina gerutscht, nachdem Günter es sich schon an Ellis Seite bequem gemacht hatte.

»Loretta kommt bestimmt nicht«, behauptete Beatrice, während sie die Falten ihres Gewandes über ihrem Bauch drapierte. »Warum sollte sie auch ... sie kannte Ritschie ja nicht einmal gut ... und dir mag sie bestimmt auch nicht über den Weg laufen.«

Gelsomina gab einen gequälten Laut von sich. Mama schlug eingeschnappt ein Bein über das andere und dann kamen die beiden Ubaldinis vom Qualmen zurück.

Schließlich stellte Harry sich an das kleine Pult vor dem Sarg und wollte mit seiner Rede beginnen.

Über ein paar hilflos in die Menge gestammelte Worte kam er jedoch nicht hinaus. Denn bevor er noch den ersten Satz zu Ende gesprochen hatte, liefen ihm schon Tränen über die Wangen, seine Stimme stockte und zuletzt stützte er sich schluchzend auf das Pult und verbarg sein Gesicht in den Händen und schluchzte: »Ich kann das nicht ... Mensch ... ich kann das nicht ...«

Schließlich hat Günter die Rede gehalten und später hatte Harry sich glücklicherweise wieder beruhigt, so dass er den anderen drei Männern beim Tragen von Ritschies Sarg helfen konnte.

Vorne gingen Fausto und Roberto und hinten ging Günter mit Harry. Das war insofern eine ungünstige Aufteilung, weil Roberto der kleinste der vier Männer war. Er versuchte besonders aufrecht zu gehen, um zu vermeiden, dass Ritschies Sarg immer wieder diese gefährliche Schräglage einnahm, was nicht nur komisch aussah, sondern die Schlepperei auch besonders erschwerte.

Nun war natürlich Günter der Große wieder obenauf! Er besaß doch wirklich die Frechheit sich nach unserem kleinen Busenwunder umzudrehen, die schwerfällig wie eine athritische Kuh hinter uns ging und sich darüber ärgerte, dass die Weiber Blumenstock samt Rutchen sie an den Schluss des Leichenzuges verbannt hatten und keiner der Kerle angesprungen kam, um ihr zu helfen. ›Ich hab völlig den Verstand verloren‹ stand Günter ins Gesicht geschrieben, aber Elli bemerkte das nicht. Ich ging mit Rutchen untergehakt und drückte ihren Arm!

Am Grab spielte Harry noch eins von Ritschies Lieblingsliedern auf der Mundharmonika, als schließlich zu unser aller Überraschung Loretta und die Besenbinder plötzlich um eine der Friedhofspappeln bogen.

»Ich hab Loretta doch noch überreden können und extra die Praxis zugemacht!«, erklärte die Besenbinder atemlos. »Wie ich gehört habe, war dieser Ritschie doch so etwas wie ein Familienmitglied!«

So ein Begräbnis war eine noch viel bessere Gelegenheit sich Pluspunkte zu verschaffen und bei Rutchen hatte sie ja sowieso schon einen Stein im Brett. »Ach, Frau Besenbinder!«, flüsterte sie strahlend. »Das ist aber schön, dass Sie Loretta hergebracht haben!!«

Mama versuchte ihre Gesichtszüge unter Kontrolle zu halten.

›La Paloma ole … auf in die wogende See …‹, blies Harry auf der Mundharmonika. ›Einmal wird es vorbei sein …‹

Die Besenbinder legte Loretta einen Arm um die Schulter. »Frierst du?«, hörte ich sie flüstern.

Mama schnaufte.

»Halte durch …«, raunte ich ihr zu und schob meinen Arm unter ihren Ellenbogen. Überrascht blickte sie mich an. »Na, was …«, brummte ich. Schließlich hatte sie ja nicht einmal mehr Roberto, der ihr wie sonst zur Seite stehen konnte. Beide Ubaldinis hatten sich wie eine Front auf der gegenüberliegenden Seite postiert und erinnerten noch in ihrer Bewegungslosigkeit an die Bodyguards irgendwelcher Promis oder Mafiabosse.

Dass nun aber gerade ich in die Bresche sprang, verblüffte nicht nur Mama, sondern auch mich selbst.

Irgendwann spürte ich ihre Hand auf meiner. Etwas kalt und spröde, aber mit sanftem gut gemeintem Druck!

Matt lächelte Mama mich an. Das war nicht die toughe Gabi Blumenstock, die ich kannte. Das war eine Frau, die vielleicht endlich einmal begriff, dass auch sie nicht unbesiegbar war.

Beim anschließenden Leichenschmaus im ›Great Event‹ kochte Mama dann doch noch über und diesmal hab ich sie nicht retten können.

Ich wundere mich echt oft, wie fies Frauen zueinander sind. Und das im Zeitalter der Frauenbewegung. Unsere Omas waren bestimmt noch viel netter zueinander!

Jedenfalls hatten sich Mama und die Besenbinder in irgend so ein Zuständigkeitsgerangel verwickelt. Rutchen hatte ein paar kalte Platten hergerichtet und vergessen Teller und Besteck bereitzustellen. »Das kann ich doch machen«, rief die Besenbinder. »Sie müssen mir nur sagen, wo ich was finden kann!«

Eigentlich ja eine nette Geste. Außerdem belanglos. Aber Gabi Blumenstock muss wohl auch darin die Berechnung gewittert haben.

»Ich glaube nicht, dass Sie hier irgendetwas zu *finden* haben!«, fuhr sie die Besenbinder an. »... Und zu *suchen* im Prinzip auch nichts ...!« Dann raste sie in die Küche von Griffel-Grabesruh und kam mit einem Schwung Teller und Gabeln zurück. Mit Loretta hatte sie bis dahin noch kein Wort gesprochen. Dabei hatte ich mir nach einem scheuen Austausch von Mutter-Tochter-Blicken schon Hoffnungen auf eine Versöhnung gemacht. Das konnte ich mir nun natürlich abschminken.

Die Besenbinder machte einen auf erschrocken zerknirscht. Ob das gespielt war oder echt, weiß ich nicht. Jedenfalls wurde der Kampf zu ihren Gunsten entschieden.

»Also, Gabi, Frau Besenbinder wollte doch bloß helfen ...«, sagte nun nämlich Rutchen vorwurfsvoll. »Ich versteh nicht, warum du gleich so einen Aufstand machen musst!«

Loretta musterte Mama mit so viel verächtlicher Gleichgültigkeit, dass ich mir nun überhaupt nicht mehr vorstellen konnte, die beiden würden jemals wieder ein vernünftiges Wort miteinander reden, geschweige denn nett zueinander sein. Gelsomina stand abseits und kaute mit hartem Gesicht an einem Fingernagel, während es sich Beatrice in Günters Angebersessel bequem gemacht hatte und zufrieden zuschaute, wie Mama von zwei Weibern verhackstückt wurde.

»Zu mir ist sie auch immer so komisch ...«, mischte sich nun Elli ungefragt ein, die vorher ausschließlich damit beschäftigt war, neugierig durch Günters Laden zu wandern und die Särge zu bestaunen. »Dabei hab ich ihr nie was getan …«

Mama stellte die Teller auf den Tisch. Ein paar Gabeln fielen zu Boden und Mama hob in jäher Hilflosigkeit die Hände. Am liebsten hätte ich Elli eine der Gabeln in ihren dicken Hintern gestochen. So dickhäutig, wie sie war, hätte sie vermutlich nicht einmal einen echten Schmerz empfunden!

Die Besenbinder und Elli lächelten einander wissend an. Als Opfer der Gabi Blumenstock waren sie Verbündete und würden bei Gelegenheit zurückschlagen. Denn zu zweit war das ein Kinderspiel. Außerdem waren sie beide noch jung und Mama wurde alt und schon allein das genügte, um sie zur Verliererin zu machen.

10

Als ich Bea das erste Mal zu ihrer Schwangerschaftsgymnastik begleitete, war ich so aufgeregt, als wäre ich selbst das Muttertier und nicht meine Schwester.

Dabei traf ich bloß auf einen Haufen von etwas trägen Frauen mit dem gleichen erleuchteten Blick wie Beatrice. Bis auf eine hingen sie hingebungsvoll zwischen den Schenkeln ihrer Männer und ließen sich genussvoll die Bäuche tätscheln.

Leider gehörte ich noch nicht zu den Eingeweihten und wurde zwar freundlich, aber nachsichtig von ihnen beäugt.

Dabei war ich inzwischen wieder vernünftig geworden und sehr froh darüber, dass ich *nicht* schwanger war.

Auch wenn ich mich mit Fausto versöhnt hatte, nahm ich ihm die Geschichte mit der Wohnung immer noch übel.

Außerdem ärgerte mich Faustos Kaltschnäuzigkeit Mama gegenüber.

»Endlich zeigt ihr Roberto mal, was eine Harke ist!«, hatte er mir nach Ritschies Beerdigung erklärt und in dieser Nacht hatte ich zum ersten Mal keine richtige Lust auf Sex mit ihm.

Nach der ersten großen Zeit absolut blinder Amore stellt sich wohl gelegentlich eine Phase der Ernüchterung ein, und bevor ich mich auf irgendwelche Verbindlichkeiten mit Fausto einlassen würde, musste ich ihn mir wohl noch ganz schön zurechtbiegen!

Inzwischen fragte ich mich auch, was ich hier sollte. Denn ich hatte mich doch nicht aus übergroßer Liebe zu meiner Schwester darauf eingelassen, sondern bloß aus Neugier.

Ich konnte mich nicht erinnern, irgendwann einmal so viel Körperkontakt mit Beatrice gehabt zu haben. Auch als kleine Mädchen haben wir nie zusammen gebadet, wie andere Geschwister das machen. Vielleicht hatte Mama Angst gehabt, ich könnte Beatrice ertränken, und uns deshalb nie zusammen in die Wanne gesteckt. Dabei hatte ich bloß einmal ihre Barbies in dem Aquarium versenkt, das wir damals hatten, und musste grinsen, als ich jetzt daran dachte.

»Konzentrier dich!«, fauchte Bea mich an. Sie hing nun auch zwischen meinen Beinen und wir sollten das Wehenveratmen üben.

»Das bringt sowieso nichts ...«, flüsterte die Frau mir zu, die nicht mit einem Mann, sondern mit ihrer Freundin da war. »Ich hab schon zwei Kinder ... und jedes Mal wenn's losgeht, vergess ich den Scheiß ...!!«

›Wozu dann das Ganze‹, dachte ich. Die Frau lachte und ich lachte auch!!

So ist mein erster Besuch in diesem Verein mein einziger geblieben!

Beatrice war ziemlich sauer auf mich. Auch dass ich sie noch in eine Buchhandlung begleitet habe, wo sie sich so einen naturheilkundlerischen Mutter-und-Kind-und-Schwangerschaft-ohne-Sorgen-Schinken besorgen wollte, und ich auf dem Nachhauseweg ihre schwere Tasche geschleppt habe, hat mir nicht viel genützt!

»Das hätte ich mir gleich denken können, dass du mir bloß wieder ein Ding reinwürgen willst«, wetterte sie. »Darauf kann ich gut verzichten!«

Traurig war ich nun nicht gerade. Ich dachte nur, dass es vielleicht ganz schön gewesen wäre, Beatrice ein bisschen näher zu kommen. Schließlich war sie meine Schwester und ich würde bald die Tante ihres Babys sein.

So was verbindet doch, oder?

Ich bin gar nicht erst nach Hause, sondern gleich zur Arbeit gegangen, weil es schon ziemlich spät war und ich keine Lust hatte, mich mit Beatrice zu streiten. Irgendwie hatte sie mir das Gefühl vermittelt, eine Versagerin zu sein. Das war mir auf den Magen geschlagen und ich machte mir einen Kamillentee, als ich ins Lampedusa kam.

»Wasse kommste du heute so früh ... Fausto und Elli sinte noch lange nicht da??«, fragte Roberto erstaunt. »Haste du gehabte Sehnsuchte nach die gute alte Lampedusa ... iste besser als zu Hause bei Signora Blumenstock ... nichte wahr?«

Ich schenkte ihm einen müden Blick und da bemerkte ich, dass ich Beas Tasche immer noch mit mir herumschleppte.

»Habbe ich gekaufte eine neue CD mit astreine Musik von italienische Sänger ... fantastico ... ich sagge dir ...«, rief Roberto und schmiss den CD-Player an.

Ich hatte mich auf den Schemel in der Küche gesetzt, trank meinen Tee und blätterte in Beas Buch herum. Da waren haufenweise Fotos von stillenden Müttern und prallen schwangeren Bäuchen drin. Ganz in Gedanken begann ich mir plötzlich über meinen eigenen Bauch zu streichen und stellte mir vor, was für ein Gefühl das sein würde, wenn ich auch einmal schwanger bin.

»... Primavera del amore ...«, sang Roberto. »Hörste du, Petra, mia, wasse iste für gute Musik.«

Roberto kam in die Küche gewatschelt und blickte mir über die Schulter.

Ich hatte gerade eine Seite mit der dicken fetten Überschrift: *Wege in eine sorglose Schwangerschaft* und war immer noch damit beschäftigt, mir versonnen den Bauch zu streicheln. Vermutlich hatte ich den entsprechend entrückten Blick, den ich von Beatrice und den anderen schwangeren Frauen kannte. Und das war mein Verhängnis!

»Iste das die Möglichkeite!«, hörte ich Roberto hinter mir keuchen. »Warum du haste gesagte keine Wort?«

Schon hatte er mich an sich gerissen und wollte gar nicht mehr aufhören mir die Wangen abzuküssen.

»Was denn gesagt?«, murmelte ich verblüfft.

»Musste du mache doch keine Geheimnisse ... nur weil ihr seite noch nicht verheiratet ... könnt ihr ganz schnell machen ... iste gar keine problema ...«

Langsam dämmerte mir, was Roberto meinen könnte.

»Aber nein ...«, rief ich. »Das ist ganz anders ...«

»Weiße Gabriella schon ... wenn sie weiße und ich habbe nicht gewusste, iste große Gemeinheit für zukünftige Opa ...«, fuhr Roberto mir ins Wort und drohte schelmisch mit dem Zeigefinger. »Wenn sie noch nichte weiß ... Oh, sie wirte sein glucklich mit die zwei Enkel ...«

Ich schätze, die meisten Missverständnisse kommen so zustande. Rein zufällig, aber dann immer auch ein wenig absichtsvoll. Vermutlich glauben die Menschen, was sie glauben wollen, und Roberto witterte bestimmt ähnlich wie ich eine Möglichkeit, sich mit Mama zu versöhnen ohne dabei das Gesicht zu verlieren.

Wenigstens bis dahin könnte ich so tun als ob, dachte ich. Dann würde ich umgehend ein Geständnis ablegen und keiner würde mir böse sein. Schließlich würde ich dann ja für einen guten Zweck gelogen haben!

»O Petra mia ... machste du mir eine große Freude ... eine so große Freude!!« Roberto tanzte mit mir im Kreis herum. »Wann iste so weit ... in Sommer ... oder in Herbst ...?«

Ich überlegte, welches Geburtsdatum realistisch sein könnte, und entschied mich für den August. »Dann es ist eine leone ... eine corleone ... keine gattopardo, aber ein Löwe mit große Herz!!«

So bin ich *schwanger* geworden!

Fast so wie die Jungfrau Maria, die wohl auch ziemlich geplättet gewesen ist, als sie erfahren hat, dass sie Mutter wird.

»Und weiße Fausto schon?«, wollte Roberto wissen.

Meine Hände waren kalt wie Eis und meine Wangen brannten, als hätte ich Fieber.

»Du haste ihm noch nichte gesagte, dass er wirte Vater??« Roberto runzelte missbilligend die Stirn, als ich seufzend den Kopf schüttelte.

»Dann du musste ihm erzähle … subito … kannst du ihm nicht verbergen so eine miracolo …«

Wäre es ein Geheimnis zwischen Roberto und mir geblieben, hätte ich die Katastrophe bestimmt noch aufhalten können, aber so?!

Wer von euch schon einmal in einer ähnlichen Situation war, wird genau wissen, wie ich mich gefühlt habe. Das Schlimme bei einer Lüge ist nämlich, dass sie utopisch zu wuchern beginnt, sobald du sie einmal in die Welt gesetzt hast. In den meisten Fällen lügen Leute vermutlich so spontan, dass sie gar keine Zeit haben, darüber nachzudenken, wie viele kleine Lügen auf die große folgen müssen, um sie glaubhaft zu machen.

In Sekundenschnelle hatte ich mich in den ganzen Mist derart verwickelt, dass es mir auf jeden Fall Ärger eingebracht hätte, auch wenn ich gleich geständig gewesen wäre. ›Warum hat sie das getan‹, hätte es bestimmt geheißen. Vermutlich wollte sie sich wichtig machen, wegen Beatrice und so weiter und so weiter!!

»Aber ich will es Fausto selber sagen, ja ...«, bat ich Roberto.

»Naturalmente ... naturalmente ... aber du musst ihm sagen ... heute ... ist molto importante ...!«

»Ich weiß ja gar nicht, ob er sich freut!«, wandte ich ein.

»Was für eine Frage ...« Roberto schüttelte empört den Kopf. »Iste größte Glück für eine sizilianische Mann, wenn er wirte eine Papa ...«

Was würde es dafür geben, wenn das, was ich getan hatte, eine Straftat wäre? Zwei Jahre, fünf, zehn oder lebenslänglich??

Als Fausto kam, war mir so übel, dass ich mich auf dem Klo übergeben musste!!

Alles, was mich aufregt, schlägt mir auf den Magen, aber für Roberto waren sowohl der Kamillentee, den ich getrunken hatte, als auch meine Übelkeit ›naturalmente‹ bloß zwei eindeutige Zeichen mehr dafür, dass er sich in die Riege werdender Großväter einreihen konnte. Als ich vom Klo zurückkam, hatte er Fausto mit Andeutungen schon so spitz gemacht, dass ich gar nichts mehr sagen musste!

»Ist das wahr, Petra ... wir kriegen ein Baby?«, rief er und schien total aus dem Häuschen zu sein. »Mensch ... warum hast du mir das nicht eher gesagt ... verdammt, jetzt versteh ich auch, warum du wegen der Wohnung so komisch reagiert hast ... und alles zusammen mit mir planen wolltest. I'm so sorry ... echt!!«

Wie praktisch so eine Lüge doch war. Abgesehen davon, dass sie mich früher oder später den Kopf kosten würde, war ich jetzt erst mal die Gute, die zu Unrecht Verdächtigte, die absolut Schuldlose und wurde nicht nur mit Entschuldigungen, sondern auch mit Zärtlichkeiten und Versprechungen jeder Art nur so überhäuft. Warum sollte ich das nicht auskosten, solange es möglich war?!

Im Lampedusa jedenfalls war ich der Star des Abends und auf Kosten des Hauses Ubaldini, das einen zukünftigen Erben zu feiern hatte, gab es Champagner für alle! Ein paar unserer Stammgäste wie Leo waren da, der sich zwar freute, aber eine gewisse Traurigkeit darüber, dass ich ihm nun wohl endgültig durch die Lappen gegangen war, nicht verhehlen konnte.

Die Einzige, die sich nicht mitfreute, war Elli! Sie hatte mir zwar alles Gute gewünscht, aber das ziemlich lahm und außerdem so unaufrichtig, dass ich mich zu fragen begann, ob Elli nicht eine heimliche Babyhasserin und deshalb natürlich auch gefährlich war!

»War das ein Unfall oder wolltest du …?«, fragte sie mich. Unausgesprochen hing entsetzt ein *etwa* am Ende ihrer Frage, als wenn Schwangersein oder -werden etwas unvorstellbar Ekelhaftes für Elli wäre. Etwas, das einem nur irgendwie zugefügt werden, das aber auf keinen Fall wirklich gewollt werden kann.

»Natürlich wollte ich!«, antwortete ich empört, obwohl ich mir da nicht so ganz sicher war. Hätte ich gewollt, wenn? Irgendwie, irgendwann schon. Aber jetzt bestimmt noch nicht! Und wenn ich tatsächlich schwanger gewesen wäre, was hätte ich dann gemacht? Mich für eine Abtreibung entschieden?

»O bella mia ... dolce ... dolce ... tu ...«, flüsterte Fausto mir ins Ohr und legte seine Hände auf meinen Bauch. »Ich wünsche mir ein Mädchen ... eins mit knallroten Haaren ... so wie du ... und wenn es ein Junge wird, dann soll er Salvatore heißen!«

Seltsamerweise brachte er meine neapolitanischen Glocken nicht ein bisschen zum Bimmeln. Ich schätze, sie schwiegen vor Scham und würden sich vielleicht nicht eher wieder melden, bis ich die Lüge aufgedeckt hatte!

»Man spürt schon ein bisschen ... findest du nicht ...«, freute sich Fausto, während er sanft über meinen Bauch strich. »Irgendwie ist er runder ...«

Nun wusste ich genau, dass ich garantiert einen der größten Fehler meines Lebens gemacht hatte. Wenn alles herauskäme, hätte Fausto bestimmt nur noch Verachtung für mich übrig und ich würde ihn für immer und ewig verloren haben!

Als ich mich auf dem Damenklo ausgeheult hatte und in die Küche zurückkehrte, sah ich meinen Vater graugesichtig, ohne Krawatte und auch sonst ziemlich zerfleddert am Tresen hocken.

»Harry hat gekündigt ...«, erklärte er tonlos. »Ohne Ritschie kann er nicht mehr bei mir arbeiten ... und Rutchen hat sich krankschreiben lassen ... einfach so ... jetzt steh ich da ... ohne Leute ...« Günter seufzte und ließ sich von mir einen extra starken Kaffee machen. Nicht einmal der Anblick unseres kleinen Busenwunders brachte ihn heute in Stimmung.

Roberto feuerte ein paar verdrießliche Blicke auf meinen Vater ab. Schließlich würde er sich den Enkel mit Günter teilen müssen und das passte ihm natürlich überhaupt nicht. Deswegen hatte er ihm die Neuigkeit auch noch gar nicht gesteckt. Dafür tat es Fausto jetzt. Er kam auf Günter zugeschossen und klopfte ihm feste auf die Schulter. »Herzlichen Glückwunsch, Opa!«, rief er und seine schönen schwarzen Augen blitzten dabei.

Mein Vater hob den Kopf. Er schaute Roberto, dann Fausto an und dann nagelte er mich mit einem Blick fest, der jedes Abtauchen unmöglich machte ohne einen Verdacht zu erregen.

»Ist das wahr, Petra?«, fragte Günter beklommen. »Du bist ... schwanger?«

Ich nickte gequält. Da zog ein Strahlen über Günters Gesicht. »Na, das ist doch mal eine freudige Nachricht ... so was ... Komm an Papas Brust, mein Kind!!«

Ich glaube, so viel wie in dieser Nacht bin ich in meinem ganzen Leben nicht umarmt worden! Wäre ich nicht so ein verlogenes Stück gewesen, hätte ich das bestimmt genießen können.

Aber so ...

»Bravo!!«, rief einer unserer Gäste plötzlich, als ich noch Arm in Arm mit meinem Vater am Tresen stand, sprang auf und fing an, wie ein Verrückter zu applaudieren. »Ein Hoch auf die Großväter!!« Alle anderen Gäste schossen ebenfalls in die Höhe, sogar Leo rang sich einen Glückwunsch ab, alle brüllten und klatschten sie ekstatisch, als wären sie nicht bloß zum Essen und Saufen in einer Pizzeria gelandet, sondern in einer großen Oper. »Hoch soll'n se leben …«, sangen die Gäste und Leo dirigierte. »Dreimal hoch!«

Roberto war so stolz, dass er sich sogar dazu herabließ, meinem Vater die Hand zu geben. Das verlangte wohl die sizilianische Großvaterehre und irgendwie arrangieren müssten sich die beiden ja sowieso, wenn sie auf ihr Enkelkind nicht ganz verzichten wollten, falls irgendwann mal eins da sein sollte!

»Mensch, Günter, lass dich umarmen!!«, beglückwünschte Elli meinen Vater und machte einen auf ganz gerührt. Ich schätze, sie hatte gemerkt, dass sie Roberto doch nicht so abkochen konnte, wie sie gedacht hatte, und pirschte sich nun wieder an Günter heran.

Sie presste sich so fest an ihn, dass ich befürchtete, Günter könnte ersticken, wenn Elli seinen Kopf noch tiefer herabdrücken und Günters Nase in der Spalte zwischen Ellis Brüsten verschwinden würde!

Das Dumme war, dass ich mich als werdende Mutter nicht einmal besaufen konnte. Was hätte das für einen Eindruck gemacht!

Außerdem bewachte Roberto mich wie ein Höllenhund und hatte mir nur ein halb volles Gläschen Champagner zum Anstoßen erlaubt.

Prima allerdings war, dass Roberto mich schon um elf nach Hause schickte und ich von nun an wenn überhaupt nur noch verkürzt arbeiten sollte! Ohne finanzielle Einbußen versteht sich.

Jedenfalls dauerte das Lampedusa-Großväter-Gelage

bis zum frühen Morgen und als Fausto aus dem Lampedusa kam, saß ich mit Mama und Gelsomina schon am Frühstückstisch! Beatrice war für zwei Tage nach Wessiland gefahren, um an einem Seminar über die natürliche Geburt teilzunehmen.

»Wissen sie es schon …?«, fragte Fausto aufgekratzt und seine Augen leuchteten mich begehrlich an. Wenn Fausto so übernächtigt aussieht, finde ich ihn fast noch attraktiver als sonst. Da ist dann so ein Hauch von Bart um sein Kinn und die Wangen herum und er ist besonders blass, so dass seine schwarzen Augen einen noch feurigeren, tiefen Glanz bekommen.

Wenn ich ihn verlieren würde, dachte ich, was dann?

»Was meint er damit?«, wollte Mama wissen. In ihrem Blick kauerte neuerdings oft so ein kleiner Schreck, der auch jetzt in Alarmbereitschaft war.

»Petra ist schwanger!«, rief Fausto, ging hinter meinem Stuhl in die Knie und schmiegte seine Wange an meinen Hals.

Ich spürte, wie mein Herz zuckte, und hatte das Gefühl, dass es sich gleich aus seiner arteriellen Vernetzung lösen und in mich hineinfallen würde. Plopp!

»Aber Petra …«, sagte Mama überrascht. »Wieso …?«

Diese Frage hätte ich mir auch gern beantwortet. Wie, warum, wieso? Bin ich da wirklich so ganz unabsichtlich hineingeraten oder hatte ich mich von den Möglichkeiten verführen lassen, die sich mir nun eröffneten? Fausto war plötzlich sanft wie ein Lamm und ich mir seiner Liebe so sicher wie nie zuvor.

»Wieso freust du dich nicht, Gabi«, sagte Fausto ärgerlich. »Schließlich ist Petra auch deine Tochter ...«

Mama starrte die Tischplatte an und schwieg.

»Aber *ich* freue mich ...«, erklärte Gelsomina und ich sah sie nach langer Zeit das erste Mal wieder richtig lächeln. »Auf ein Baby von euch beiden ganz besonders ... da bin ich dann schließlich doppelt Tante ...« Sie umarmte und küsste uns!

»Ich freu mich doch auch«, sagte Mama mit müder Stimme. »Ich war nur so überrascht ... im Augenblick geht es so Schlag auf Schlag.«

Wenn ich sie einweihen würde, hätte ich vielleicht eine Verbündete und Mama eine Sorge weniger!

Sie tätschelte meine Wange, als sie an mir vorbei in ihr Zimmer ging. »Alles Gute, Petra, hoffentlich machst du es besser als ich!!«

›Wenn du wüsstest‹, dachte ich niedergeschlagen, während Fausto mich fast verschlang mit seinen vor Seligkeit verschleierten Blicken. ›Wenn ihr alle wüsstet!‹

11

Im Prinzip sind es nur ein paar Minuten gewesen, die mein Leben völlig auf den Kopf gestellt haben. Aber ein paar Minuten Unachtsamkeit genügen völlig und du sitzt so tief in der Scheiße, dass du dir wünschst, du wärest nie geboren!

Nach diesem Frühstücksdebakel entschloss ich mich, sofort alles zu beichten. Zuerst Fausto und dann den anderen. Die Lüge war gerade erst einen Tag alt und die Vorstellung von einem Baby noch so vage, dass es weder Günter noch Roberto allzu viel ausmachen konnte, kurzzeitig Opfer eines falschen Großväteralarms geworden zu sein.

Doch Fausto war sofort eingeschlafen, nachdem er sich in meinem Zimmer auf das Bett gelegt hatte. »Petra …«, seufzte er im Halbschlaf, als ich mich zu ihm gesetzt und seine Hand genommen hatte. »Ich bin einfach hin und weg …!« Dann schlief er ein und hatte das Gesicht eines Engels, während er schlief. Wir würden ein schönes Kind haben, wenn es einmal so weit sein sollte! Angelina oder Salvatore Ubaldini! Irgendwann oder nie!

Und wenn ich es darauf anlegen würde? Was nicht war, konnte schließlich ganz schnell werden!

Es waren zwar nicht die Voraussetzungen, die ich mir für eine Schwangerschaft erträumte, aber welche anderen Möglichkeiten hatte ich denn?

Nachdem ich so den halben Tag zergrübelt hatte, stand am Nachmittag plötzlich der Focke vor der Tür!

Wie üblich total verschnupft und rotnasig in einem seiner übergroßen weiten Schlotteranzüge und mit einem Haufen Blumen im Arm.

»Was willst du denn hier?«, fragte ich barsch, nachdem ich ihn widerstrebend hereingelassen hatte. »Dass du dich überhaupt noch traust hier anzutreten.«

»Ist Beatrice nicht da?«, fragte der Focke.

»Nein! Ich glaube auch nicht, dass sie Bock hätte dich zu sehen, und wenn du so scharf auf ein Baby bist, dann mach doch eins mit deiner neuen Freundin!!«

Der Focke seufzte. »Erst mal will ich nicht von irgendjemandem ein Kind ... und zweitens kann Rita keine kriegen.« Er drückte mir den Blumenstrauß in die Hand. »Da nimm du ihn, du bist sowieso die Netteste von allen!«

War das nun Taktik oder seine ehrliche Meinung? Leider bin ich immer viel zu gutgläubig und sehr leicht zu entwaffnen. Gerührt schnupperte ich an den Blumen und bot dem Focke eine Tasse Kaffee an.

»Es ist mir klar, dass ihr ziemlich sauer auf mich seid«, gestand er mir am Küchentisch. »Manchmal habe ich eben so verrückte Ideen ... Es kommt einfach über mich, weißt du, und dann bin ich machtlos ...«

Dieses Gefühl kannte ich seit gestern auch! Der Focke hatte einen Mord erfunden und ich eine Schwangerschaft. Der Unterschied bestand nur darin, dass ich nicht vorsätzlich gelogen, sondern eine unvermeidbare Katastrophe angerührt hatte!

»Gut siehst du aus! Petra«, sagte der Focke und schlürfte seinen Kaffee aus. Hektisch kratzte er an seiner Nase. »Wann ... ist es denn so weit ...?«, fragte er dann. »Das mit dem Baby, meine ich ...«

»Im August ...«, erwiderte ich lahm. Bestimmt hatte Elli mit Rita geplaudert und der Focke wusste deshalb schon Bescheid.

»Erst?«, rief er erstaunt.

»Schneller geht's nun mal nicht!«

Der Focke nickte in seinen Kaffee. »Ich dachte nur ...«, murmelte er. »Es hätte nämlich sein können ...«

»Was ...?!«

»Ach, nichts weiter ... ich geh dann mal wieder ...«, sagte er und ging.

›Ein seltsamer Besuch‹, dachte ich, und beglückwünscht hatte er mich auch nicht.

Kaum war der Focke fort, tauchte Kevin auf. Ich hatte ihn ein paar Tage nicht gesehen und mich schon gewundert. Sonst hingen Gelsomina und er ständig zusammen, seit sie sich den Finger gebrochen hatte und so traurig war.

Aber Gelsomina machte einen Einkaufsbummel mit

Mama, die ihr Sparbuch geplündert hatte, um meiner kleinen Schwester eine Freude zu machen.

»Ich weiß, dass sie nicht da ist«, sagte Kevin. »Ich wollte ... ich meine ... vielleicht hast du ja kurz mal Zeit??«

Tullio tanzte um meine Beine herum und schleckte mir die Finger ab, als ich ihn streichelte. »Du bist immer so nett ... und verstehst alles ...«, druckste Kevin herum. Noch einer, der mich nett fand, na immerhin! Wenn ich wirklich so eine Nette war, dann würde vielleicht auch Fausto Verständnis für meine Lüge haben und mir verzeihen?

»Sie ist so komisch seit dem Unfall ...«, erklärte Kevin. »Ich meine ... sie ... erst mal redet sie nicht mehr mit mir ... und ... und außerdem ...«

Ich ahnte, worauf er hinauswollte, und bekam heiße Ohren. Was sollte ich ihm raten, wenn er mich fragte. Schließlich war Gelsomina meine kleine Schwester und er ein Junge, der, obwohl ich ihn immer nett gefunden hatte, vielleicht auch bloß das Eine wollte!

»Wenn sie noch nicht will ... dann ... dann musst du ihr Zeit lassen, verstehst du?!«, sagte ich. »Mädchen sind da meistens anders.«

Überrascht blickte Kevin mich an. »Aber darum geht es doch gar nicht ...«, rief er dann beleidigt. »Dass ihr immer gleich so was denken müsst ...«

Ich entschuldigte mich zerknirscht und bot ihm eine Cola an. Ein bisschen kam ich mir vor wie jener legendäre Doktor Sommer aus der *Bravo*. Bestimmt hatte der oder die sich die meisten Leserbriefe auch bloß ausgedacht und die Jugendlichen hatten in Wirklichkeit ganz andere Probleme.

»Dann sag mir doch, was los ist!«, bat ich Kevin.

Es dauerte eine Weile, bis ich ihn wieder aus der Reserve gelockt hatte. Bestimmt zweifelte er inzwischen daran, ob ich tatsächlich so nett oder auch nur eine Erwachsene wie alle war, die ihm hundertmal wiedergekäut ein paar aufgewärmte Ratschläge geben wollte, welche er längst aus dem Fernsehen und von seinen Eltern kannte.

»Sie redet so komisches Zeug ...«, brummte er schließlich, während er seine Coladose schüttelte.

»Was für Zeug??«

»Na so Sachen eben ... warum man lebt und was richtig ist ...!!«

Mir stockte der Atem! Nicht, dass ich mir Fragen wie diese in Gelsominas Alter nicht selbst gestellt hatte. Ich meine, irgendwie gehört das doch zum Erwachsenwerden dazu. Aber bei Gelsomina beunruhigte mich das. Es wollte nicht zu ihr passen. Jedenfalls nicht zu der Gelsomina, die ich bis jetzt gekannt hatte.

»Sie hat Angst, dass sie nicht mehr Klavier spielen kann«, gab ich zu bedenken. »Sie wollte immer Pianistin werden, weißt du ...«

Als wenn das wirklich eine Erklärung gewesen wäre, verdammt. Auf einmal begriff ich, dass Kevin etwas von mir erwartete. Etwas, das *ich* bis vor kurzem auch noch von Erwachsenen erwartet hatte!

»Sie war immer so gut drauf ...«, murmelte er. »Und wir hatten echt tierisch viel Spaß ... außerdem zieht sie jetzt immer mit so einem Scheißtypen aus der Oberstufe herum ...«

»Sie kriegt sich bestimmt bald wieder ein ...«, versuchte ich ihn zu trösten. »Sie muss im Moment so viel verkraften ...« Das musste sie tatsächlich und ich schämte mich dafür, dass ich das jetzt und hier erst zu verstehen begann.

Wegen unserer eigenen Probleme hatten wir Gelsomina vernachlässigt. Dabei war sie genau in der Phase, in der ich, weil ich mit bestimmten Sachen in meinem Leben nicht klargekommen bin, angefangen hatte zu klauen. Na ja, Gelsomina hatte nie den Eindruck gemacht, dass sie Hilfe brauchte. Denn unsere Liebe hatte sie. Immer noch. Uneingeschränkt!

»Wir müssen eben alle besonders lieb zu ihr sein!«, sagte ich. »Und Geduld haben ... wenn du sie wirklich gern hast, wird dir das auch nicht schwer fallen!«

»Na logo, hab ich sie gern ...«, murmelte Kevin gekränkt. »Sonst wär mir ja egal, was mit ihr is ... aber ich hab null Ahnung, ob sie mich überhaupt noch mag ...«

»Ohne Frage ... sie ist nur ... sie will sich vielleicht ein bisschen wichtig machen«, beeilte ich mich Kevin zu beschwichtigen und ich hoffte, dass mir irgendetwas einfiel, worüber Gelsomina sich ebenso freuen könnte wie über die Aussicht, dass ich sie zur Tante machen würde.

In ihrem Zimmer sah ich den verwaisten Flügel stehen, den Roberto seiner Tochter geschenkt hatte, und ich musste daran denken, wie sie im letzten Sommer ein spontanes Straßenkonzert darauf gegeben hatte, gleich nachdem er geliefert und vor unserer Haustür abgestellt worden war. Jetzt staubte er langsam ein, weil sie seit Tagen nicht mehr darauf spielte.

Ich seufzte. Bald würden mir die Probleme über den Kopf wachsen. Wenn Gelsomina nun auch noch erfuhr, dass ich gar nicht schwanger, sondern nur eine besonders untalentierte Lügnerin war, würde sie bestimmt in mir nicht mehr die große, starke Schwester sehen, zu der sie immer aufgeschaut hatte.

Es war unmöglich. Ich konnte nicht die Wahrheit sagen. Jedenfalls nicht zu diesem Zeitpunkt. Schließlich war es nicht ausgeschlossen, dass Gelsominas Finger bald wieder so beweglich war, dass sie im nächsten Jahr an einem anderen Wettbewerb teilnehmen und dann den ersten Preis gewinnen konnte.

Ich schaute auf die Uhr. Es war früher Nachmittag und außer Fausto und mir niemand in der Wohnung. Mama und Gelsomina würden bis zum Abend unterwegs sein. Eine günstige Gelegenheit für einen Versuch, Fausto besonders raffiniert zu verführen.

Ich erinnerte mich an die schrille Unterwäsche, die ich bei Rita Rogge gekauft hatte. Es sträubte sich zwar alles in mir, das Zeug anzuziehen, aber anmachen würde es Fausto in jedem Fall.

›Jetzt oder nie‹, dachte ich, denn glücklicherweise befand ich mich gerade in der fruchtbaren Phase meines Zyklus und so ein Hauch von Femme fatale dürfte auch auf Fausto seine Wirkung nicht verfehlen!

Es hätte bestimmt auch funktioniert, wenn Roberto Faustos Gehirn nicht mit seinen mittelalterlichen Moralvorstellungen zugekleistert hätte.

»Petra ...«, seufzte Fausto schlaftrunken, als ich mich neben ihn gelegt hatte und meine Hände schon zielbewusst auf Wanderschaft gegangen waren. »Petra mia ... oooh!«

Wir küssten uns. Fausto streichelte mich und ich streichelte ihn. Es war wunderbar!

Bald hatte ich vergessen, aus welchem Grund ich gerade jetzt und hier so scharf darauf gewesen war mit Fausto zu schlafen. Sollte es klappen, würde es ein Kind der Liebe werden und ich die glücklichste Mutter der Welt sein!

Doch plötzlich bekam Fausto Skrupel. »Das geht nicht ...«, erklärte er verlegen und rollte sich keuchend zur Seite. »Du bist schwanger und das schadet dem Kind ... wenn wir es richtig machen jedenfalls!«

Mit Lichtgeschwindigkeit sauste ich aus dem Himmel meiner Träume auf die Erde zurück und lag auf dem Rücken wie ein gestrandeter Fisch.

»Aber das ist albern ... das macht überhaupt nichts ...«, hörte ich mich sagen. »Das ist eine völlig überholte Meinung ... total altmodisch ... die Frauen heute ...«

»Hier vielleicht«, sagte Fausto kategorisch und zündete sich eine Zigarette an. »Aber nicht bei uns in Sizilien!! Ich möchte nicht, dass unserem Baby etwas passiert.«

O mein Gott, was hatte ich mir da bloß für ein Fossil eingehandelt! Immer wenn ihn irgendetwas verunsicherte, ließ Fausto den unbelehrbaren Sizilianer heraushängen.

Die Lust auf Sex war mir jedenfalls vergangen und ich kam mir total albern vor in meinem gelb-roten Fummel, den Fausto jetzt erst richtig wahrzunehmen schien.

»Seit wann ziehst du denn so was an??«, fragte er mich ärgerlich. »So was hast du gar nicht nötig!!«

Dann folgte eine Grundsatzdiskussion über Moralvorstellungen im Allgemeinen und auf Sizilien und ich wusste, dass ich nun endgültig alles vergeigt hatte. Außerdem verwickelten wir uns beide in einen handfesten Streit, der zur Folge hatte, dass Fausto in Hose und Stiefel sprang und verschwand. Und das an unserem arbeitsfreien Tag, den wir mit einer langen Filmnacht in meinem Lieblingskino beschließen wollten!

Als ich mich ausgeheult hatte, riss ich die Unterwäsche in kleine Fetzen und warf sie in den Mülleimer.

Nun hatte ich mich noch mehr verstrickt. Würde ich jetzt die Wahrheit sagen, käme zu der Lüge noch die Absicht eines vorsätzlichen Betruges dazu, was mich nun selbst erschreckte, weil ich mich nie für so kaltblütig und berechnend gehalten hätte. Alle würden sie über mich herfallen und Petra die Nette war für immer und ewig gestorben!

Da konnte es mich auch kaum trösten, dass Roberto am Abend auf der Schwelle stand und ebenso wie der Focke einen prachtvollen Blumenstrauß anschleppte, den er natürlich für Mama mitgebracht hatte.

»Iste für Versohnung ...«, ging er schnurstracks auf Mama los, die überrascht aus ihrem Kabuff gestolpert kam.

»Jetzt, wo wir haben bald eine Enkel zusammen ... iste nichte gutt, wenn iste Streit in die famiglia ...«

Außer dem Blumenstrauß hatte er noch einen Korb mit Prosecco, Käse und Lachs dabei und für Gelsomina eine CD ihrer Lieblingsgruppe.

Ich bekam ein großes, himmelblaues Fotoalbum geschenkt. *Mein erstes Jahr* stand in goldenen Buchstaben auf dem Einband, was mir vermutlich signalisieren sollte, dass Roberto sich einen männlichen Enkel wünschte.

Das Einzige, was mich einigermaßen aufrecht auf meinen zwei Beinen stehen ließ, war die Tatsache, dass Gelsomina glücklich war. Sie strahlte wie schon lange nicht mehr und ich dachte, dass allein das vielleicht irgendwann einmal als Rechtfertigung für meine Schwindelei gelten und mir als strafmindernd angerechnet werden könnte!

Denn auch Mama schien wirklich erleichtert zu sein. Früher hätte sie Roberto bestimmt noch eine Weile zappeln lassen. Diesmal entschloss sie sich sofort, das Versöhnungsangebot anzunehmen und schon lagen sie einander in den Armen.

»Wo ist denn Fausto?«, wagte ich zu fragen und hoffte, dass niemand das verräterische Beben meiner Lippe und das unruhige Zucken meiner Lider bemerken würde.

»Oh, iste Überraschung!« Roberto machte große, bedeutungsvolle Augen. »Kommte er gleich ... hatte er noch eine wichtige Sache zu erledigen ...«

Ich machte mich auf das Schlimmste gefasst!

Im Hinblick auf die italienische Bambinibegeisterung konnte ich entweder mit einem Kinderwagen oder einer kompletten Babyausstattung rechnen. Vielleicht hatte er auch schon ein Kinderzimmer gekauft oder für mich einen Still-BH, um mir damit moralisch auf die Sprünge zu helfen?!

Ich konnte mich nicht einmal darüber freuen, dass er mir nicht mehr böse, sondern im Gegenteil die Sanftmut in Person war, als er endlich auftauchte.

Wir hatten uns bereits am großen Wohnzimmertisch niedergelassen, der mit einem weißen Tischtuch und dem schönen alten Familienporzellan in voller Festtagspracht erstrahlte.

Roberto ließ den Korken aus der Proseccoflasche schießen und das Zeug in die Gläser schäumen. »Auf Petra und Fausto … und unsere Enkel!!«, rief er.

Fausto fischte eine kleine Schachtel aus seiner Tasche und legte sie vor mich hin auf den Tisch.

»Scusi wegen vorhin …«, hauchte er an meinem Ohr vorbei, nachdem er sich über mich gebeugt hatte und seinen Kopf an meine Wange schmiegte. Seine Hände lagen auf den Lehnen meines Stuhls.

Mit zitternden Fingern öffnete ich die Schachtel und erschrak nur noch ein kleines bisschen.

»Ein Verlobungsring!«, rief Gelsomina begeistert und klatschte in die Hände.

»Mensch, Petra, ist der schön!«

Es war wirklich ein schöner Ring, viel schöner als der, den Bea letztes Jahr bekommen und dann doch nicht geheiratet hatte, weil ihr Lover ein Heiratsschwindler war. »Willst du meine Frau werden, Petra?«, fragte Fausto.

12

Vielleicht hatte ich zu wenig gegessen oder der Schluck von dem Prosecco, den mir Roberto erlaubt hatte (!!) war mir auf den Magen geschlagen, jedenfalls musste ich mich übergeben und hatte dabei auch so ein komisches Ziehen im Bauch, dass ich nun selbst schon fast glaubte, ich wäre tatsächlich schwanger.

Denn die Übelkeit hielt an. Am nächsten Morgen war mir immer noch schlecht! Sehr grau und sehr schwach hing ich über meinen Cornflakes, während Fausto mir einen Kräutertee kochte. Roberto und Mama schliefen noch und aus Gelsominas Zimmer hörte ich zaghafte Pianoklänge!

›Wenigstens etwas‹, dachte ich, denn eigentlich hatte ich alles verloren. Meine Glaubwürdigkeit, meinen Frieden und den herrlichsten Sex, den man sich vorstellen konnte.

Fausto hatte mich natürlich nicht angerührt. Und das in der Nacht nach unserer Verlobung!

Was hatte ich also von diesem dämlichen Ring, der zwar hübsch war, aber meinen Finger einzwängte, als wäre es ein Galgenstrick, der mich immer daran erinnern sollte, dass mein Hals schon längst in der Schlinge hing.

So etwas konnte auch nur mir passieren. Das lag bloß daran, dass ich es nie schaffte, mich in den entscheidenden Momenten richtig zu behaupten.

»Das hast du ja fein hingekriegt!«, bellte Beatrice mich gleich an, als sie am späten Vormittag von ihrer Reise zurückkam und der glückliche Großvater in spe sie sofort über Petra Blumenstocks großartige Leistung, auf eine sehr merkwürdige Weise Mutter zu werden, in Kenntnis gesetzt hatte. Halleluja!

»Merkst du eigentlich nicht, wie lächerlich das ist, dass du mir immer alles nachmachen musst ...!!«

Diesmal hätte ich gern darauf verzichtet, Beatrice in irgendeiner Weise auszustechen. Sie würde mich belauern wie ein Luchs, das wusste ich. Immerhin war sie jetzt schon neidisch, dass ich die typischen Symptome hatte und sie nicht. Als wenn es so ein Vergnügen war, immerzu über der Kloschüssel zu hängen und sich fast die Seele aus dem Leib zu reihern!

»Aber ich ziehe ja sowieso bald aus«, erklärte Beatrice. »Das tu ich mir nicht an, jetzt noch weiter hier zu bleiben!«

Missgünstig starrte sie zuerst meinen Bauch und dann meinen Verlobungsring an!

Mittlerweile befand ich mich in einem Zustand, wo sich totale Gleichgültigkeit mit Augenblicken hysterischen Gelächters oder panischer Schrecksekunden abwechselten, die ich überhaupt nicht mehr kontrollieren konnte.

Aber ich war ja schwanger! Das entschuldigte alles!

Nach einem Besuch bei meiner Frauenärztin, der mich darüber aufklären sollte, ob ich nicht vielleicht doch und so weiter war, kam ich ernüchtert im Lampedusa an, weil ich natürlich nicht und so weiter war, sondern bloß an einer Magenverstimmung litt.

Na gut, nun wusste ich wenigstens genau, dass ich eine Betrügerin war und meinen Untergang eigentlich auf die Minute genau timen konnte. Mit dem Bauch als Beweismittel hatte ich Zeit. Aber bald würde ich das obligatorische Ultraschallfoto vorweisen müssen. Denn nur das würde als Eintrittskarte in den Club der Gesegneten anerkannt werden!

Außerdem waren der stolze Vater und der fast noch stolzere Großvater schon ganz scharf darauf, es im Lampedusa herumzuzeigen, um damit einmal mehr zu beweisen, was für herrliche Bambinis die Ubaldini-Männer zeugen konnten!

Eigentlich war ich schon gar nicht mehr vorhanden. Ich hatte aufgehört zu existieren und der erbärmliche Rest von Petra Blumenstock bestand aus permanenter Übelkeit und düsteren Zukunftsvisionen, was zur Folge hatte, dass ich nicht nur ständig zerstreut, sondern auch bei der Arbeit mehr als schusslig war.

Aber die Schicksalskeule hatte immer noch nicht heftig genug zugeschlagen, denn plötzlich kündigte uns Elli und lief zum Bestattungsunternehmen von Günter Griffel über, nachdem er sie lange genug angegraben und wer weiß was in Aussicht gestellt hatte.

»Ich bringe ihm um …«, wetterte Roberto. »Wenn er kommte das nächste Mal in diese Laden … dann ich bringe ihm um … mit meine eigene Hände!!«

Für Elli sprang schließlich Mama ein und ich wurde hinter den Tresen verbannt, wo ich Gläser spülen, aber keine schwere Arbeit mehr verrichten sollte.

Auch das noch, denn die Arbeit hatte mich wenigstens ein bisschen abgelenkt. Jetzt würde ich vermutlich fortwährend an den Mist denken müssen, den ich gebaut hatte. Außerdem konnte ich Faustos liebevolle Blicke kaum noch erwidern, so sehr schämte ich mich. Ich litt und litt und ein Ende war nicht abzusehen!

Dann gab Gelsomina im Lampedusa den ersten Klavierabend nach ihrem Unfall. Sie hatte schon vor einer Weile wieder angefangen zu spielen und wollte sich nun vermutlich selbst etwas beweisen, denn ihr Finger war zwar verheilt, aber immer noch nicht so beweglich wie die anderen.

Ich fand sogar, dass er ein bisschen krumm geblieben war. Natürlich sagte ich Gelsomina das nicht. Ich schätze, sie hat das selbst bemerkt und wollte es einfach nicht zur Kenntnis nehmen. Sie drehte unglaublich auf und verstrahlte fast wieder so viel Frohsinn wie früher, als wir am Abend ihres Auftritts ins Lampedusa fuhren. Sie schnatterte und lachte und alberte mit Kevin herum, der steif neben ihr auf dem Rücksitz hockte und irgendwie nicht richtig in Stimmung zu kommen schien.

Alle unsere Stammgäste waren da. Auch die, die nicht unbedingt Fans von klassischer Klaviermusik waren.

Manchmal spielte Gelsomina auch Blues und ein bisschen was Jazziges. Aber der Klassik galt wohl immer ihre größte Liebe.

Im Lampedusa wurden wir begrüßt wie die Royals persönlich. Mama, Gelsomina, Kevin und die zwei ›schwangeren‹ Schwestern Blumenstock, die besonders viel Beifall bekamen!

Total abgefahren, nicht wahr? Aber im Lampedusa ist so was inzwischen normal, ob schwanger oder nicht. Die Leute verhalten sich so, als wären sie Statisten in einem Film und genießen das total.

Außerdem hat unsere Familie fast immer etwas Ungewöhnliches, Hochdramatisches zu bieten. Auch an diesem Abend sollten die Sensationslüsternen unter unseren Gästen nicht enttäuscht nach Hause gehen!

»Que bella, mia bambina ...«, schwärmte Roberto, als Gelsomina sich auf das kleine Podium an das Klavier gesetzt hatte. Ich seufzte! Gelsomina Blumenstock war wirklich das Wunderbarste, was Mama je produziert hatte, und es war erstaunlich, dass so ein Mädchen in unserer Familie überhaupt gedeihen konnte.

Beatrice ist auch hübsch, aber eher vordergründig und ohne diesen ernsthaften Zug, den Gelsomina eigentlich immer schon besessen und der sich jetzt bloß vertieft hatte. Bestimmt musste ich mir gar nicht so große Sorgen um sie machen. Mit dem Älterwerden ging doch immer ein Stück Leichtigkeit verloren und wenn meine kleine Schwester nun wieder Klavier spielen konnte, war das Schlimmste garantiert überstanden.

Ich lächelte ihr zu, als sie sich ans Klavier gesetzt hatte. Noch immer strömten haufenweise Leute ins Lampedusa und bald waren alle Tische besetzt. Als es bloß noch Stehplätze gab, mischten sich schließlich der Focke mit Rita Rogge und später auch noch Loretta mit Hedda Besenbinder unter die lampedusischen Gäste.

Eine hochexplosive Mischung ... und die Lunte begann zu schwelen, sobald Beatrice den Focke und Mama Lorettas Freundin entdeckt hatte.

Obwohl ich vor ein paar Tagen mit Loretta telefoniert und ihr davon erzählt hatte, wie happy wir alle waren, dass Gelsomina nun wieder im Lampedusa spielen wollte, hatte wohl keiner von uns damit gerechnet, dass sie kommen würde. Schweigend standen sie einander schließlich gegenüber, Mama und Loretta, während die Besenbinder entzückt ihre Blicke umherschweifen ließ.

»So authentisch ist das«, rief sie, nachdem sie sich nicht nur an unseren Tisch herangewagt, sondern sich gleich dazugesetzt hatte. Nicht ohne zu fragen zwar. Aber wer sagt in einem solchen Fall schon ›Nein‹. Nicht einmal Gabi Blumenstock! Mit verstohlenen Blicken tastete sie Loretta ab, während Beatrice damit beschäftigt war, den kantigen Hintern von Rita Rogge zu fixieren. Fausto kam aus der Küche gekatert, um mich zu umarmen und den Umfang meines Bauches zu überprüfen, was er heute noch nicht getan hatte.

»Du kannst sagen, was du willst ... Er ist schon richtig rund ...«, sagte er satt und küsste mich auf die Ohrmuschel. Die Besenbinder schoss einen erstaunt neugierigen

Blick auf mich ab, dem ein wissendes Lächeln die Krone aufsetzte.

»Das kann doch nicht wahr sein!«, rief Loretta verblüfft. »Du bist *auch* schwanger ...?«

Beatrice schnaufte verächtlich. Sie schnitt mich mit einem einzigen Blick. Unter ihrem zeltartigen Gewand wölbte sich nun nicht mehr zu übersehen *ihr* Bauch!

»Ja ...«, antwortete ich kläglich.

»Es kommt im August ...«, erklärte Fausto stolz.

Loretta runzelte die Stirn. »Tatsächlich?«, sagte sie und schaute mich eindringlich an.

»Tatsächlich!!«, sagte Fausto und ging in die Küche zurück.

»Na dann herzlichen Glückwunsch!«, rief die Besenbinder und streckte die Hand aus, um zuerst Mama und dann mich zu beglückwünschen.

»Danke«, sagte Mama knapp und verschränkte die Arme über der Brust.

›Warum war sie nicht ein bisschen versöhnlicher‹, dachte ich.

Auch wenn ich Lorettas Freundin nicht mochte, registrierte ich doch, dass sie sich Mühe gab, mit uns allen klarzukommen. Vielleicht war sie auch gar nicht so daneben, sondern einfach nur *anders*, und Beatrice hatte Recht damit, dass die Besenbinder alles das verkörperte, was Mama fehlte und sich Loretta deshalb in sie verknallt hatte.

Also ergriff ich Hedda Besenbinders Hand und drückte sie kräftig. Immerhin lächelte Loretta mich dankbar an und die Besenbinder nahm Mama ihren Affront weniger übel, weil wenigstens ich nett zu ihr gewesen war. Im Prinzip konnte sie das als Sieg verbuchen.

Endlich fing Gelsomina an zu spielen. Augenblicklich senkte sich Stille über das Lampedusa. Selbst die penetrantesten Schwätzer waren verstummt und Roberto durfte unsere Ohren wenigstens für eine Weile nicht mehr mit Bella-Italia-Schmalzmusik foltern.

Irgendwo in der Menge sah ich den Focke seinen Hals verrenken, um einen Blick von Beatrice zu ergattern, die durch den Umfang ihres Bauches und ihres Busens etwas richtig einschüchternd Imposantes bekommen hatte und den Focke mit Genugtuung ignorierte.

Gelsomina hatte sich ein ziemlich schwieriges Stück ausgesucht. Das merkte sogar ich, obwohl ich wenig Ahnung von Musik habe. Kevin fing an hektisch auf seinen Nägeln herumzubeißen. Auch mir fielen gleich am Anfang ein paar kleine Patzer auf, die für jeden anderen bestimmt unerheblich gewesen wären. Aber nicht für Gelsomina!

Dass sie gleich zu Anfang Fehler machte, verunsicherte sie schließlich so, dass sie immer schlechter spielte und immer mehr Fehler machte, bis sie irgendwann aufhörte, den Klavierdeckel auf die Tastatur knallen ließ und irgendwie panisch von der Bühne rannte und sich im Damenklo verkroch.

Wir waren alle so überrascht, dass keiner ein Wort sagte.

»Mensch macht doch was!!«, rief schließlich Kevin bestürzt. »Petra …«, flehte er und zerrte an meinem Ärmel. Der Focke erbot sich zu helfen, wo zu helfen war. Er schoss in Windeseile durch die Menge an unseren Tisch, als hätte er nur auf eine Gelegenheit wie diese gewartet.

»Was willst du denn helfen??«, knurrte Beatrice. »Kümmer du dich lieber um dein Mitbringsel!«

Fausto rüttelte schon an der Klotür. Roberto stand neben ihm und lamentierte auf Italienisch vor sich hin.

»Lass mich mal …«, sagte ich und schob Fausto beiseite. »Am besten ihr geht raus … Ich mach das schon …«

Gehorsam zogen sie ab.

Es dauerte eine Weile, bis Gelsomina die Klotür aufmachte und sich von mir trösten ließ.

»Ich hab mich total blamiert …«, schluchzte sie. »Das Klavierspielen kann ich nun wohl endgültig vergessen …« Sie versuchte ihren Finger auszustrecken. »Siehst du … Er ist krumm und da wird sich auch nichts mehr dran ändern!!«

Alles war ihr so peinlich, dass sie sich auf keinen Fall mehr im Laden sehen lassen wollte. Ich beauftragte Kevin Gelsomina nach Hause zu bringen und ließ sie durch den Hintereingang in der Küche hinaus.

Mama brach auch gleich auf, während Beatrice noch bleiben wollte, um demonstrativ den Focke und seine Begleiterin zu ignorieren.

»Ich würde mir Gelsominas Finger gern einmal ansehen«, sagte die Besenbinder, als Mama fort war und ich Gläser vom Tisch räumte. »Es gab da mal einen ähnlichen Fall, da hatte ich Erfolg.«

Nur gut, dass Mama nicht mehr da war. Die hätte garantiert sofort Einspruch erhoben. ›Warum eigentlich nicht‹, dachte ich. Um Gelsomina zu helfen, sollten wir jede Chance nutzen. Nur weil die Besenbinder uns nicht besonders sympathisch war, musste sie noch lange keine schlechte Ärztin sein.

Wir verabredeten, dass ich an einem der nächsten Tage mit Gelsomina zu ihr in die Praxis kommen sollte.

Mama würde ich natürlich erst einmal nichts davon erzählen. Aber ich hatte ein gutes Gefühl! Ich machte Loretta glücklich, weil ich die Besenbinder akzeptierte, und Gelsomina müsste ihren Traum nicht aufgeben, wenn der Finger wieder in Ordnung zu bringen war.

»Ich liebe dich!!«, hauchte ich Fausto zu, als er wieder einmal vorbeigekatert kam, um über meinen Bauch zu streichen. »Ich liebe dich so sehr!«

»Madonna mia …«, seufzte der Ahnungslose. »Ti amo … anche.«

13

Langsam gewöhnte ich mich daran, im unheiligen Zustand der Lüge zu leben. Amen! ›Wenn schon, denn schon‹, dachte ich und begann Faustos Zärtlichkeit und seine Fürsorge zu genießen. Noch ein paar Wochen würde das gut gehen, dann würde ich bestimmt für den Rest meines Lebens auf dem Trockenen sitzen, denn ich konnte mir nicht vorstellen, dass ich jemals einen anderen Mann lieben könnte, wenn Fausto mich verlassen hatte.

Anfang März fand Beatrice eine Wohnung. Larry aus Amiland hatte geschrieben, dass er seiner Tochter zur Geburt des ersten Enkels eine schenken wollte. Eine Immobilie war schließlich immer eine gute Geldanlage. Wenn man in Zeiten der Not wenigstens ein Dach über dem Kopf hatte, gab das mehr Sicherheit als ein paar Millionen auf der Bank, die ständig an Wert verloren.

Auch Roberto fing schon wieder an zu jammern. Die Umsätze im Lampedusa waren geringfügig zurückgegangen. Sogar die Karaoke-Nächte brachten nicht mehr ganz so viel ein wie am Anfang. Aber im Vergleich mit anderen in der Gegend lief unser Laden immer noch prächtig.

»Müssen wir überlegen andere Attraktion!«, sagte Roberto. »Heutezutage die Leute wollen jede Minute neue Sache …«

»Männerstrip!«, sagte ich. Ganz beiläufig und bestimmt nicht ernst gemeint. Außerdem hielt ich Roberto für viel zu prüde, um diese Idee tatsächlich aufzugreifen. Wir waren eine Pizzeria und keine Bar!

»Männerstriep«, murmelte er nachdenklich und zupfte an seinen Schnurrbartspitzen. »Iste immer proppevoll da, mit alle die Signoras und Signorinas …«

»Das ist nicht dein Ernst, Papa!«, rief Fausto entrüstet. »Männer, die sich ausziehen, sind abartig …«

Bei Frauen war das normal. Aha! Ärgerlich runzelte ich die Brauen. »Ich finde das geil!«, erklärte ich kühn.

Fausto musterte mich verblüfft. »Warst du denn schon mal bei so was?«, fragte er fassungslos.

Leider hatte ich die ›California Dream Boys‹ immer verpasst, wenn sie in Berlin gewesen waren. Obwohl mich dabei weniger das blank polierte Fleisch als vielmehr die ekstatisch kreischenden Weiberhorden gereizt hätten. Doch im Schwindeln war ich ja fast schon ein Profi. Also behauptete ich, dass ich nicht nur eine Show gesehen, sondern auch gleich noch ein paar der Superboys kennen gelernt hatte.

Ich weiß auch nicht, was in mich gefahren war. Vielleicht wollte ich mich mit all dem Unfug, den ich anstellte, nach Jahren tristen Aschenputteldaseins ein bisschen interessant machen. Auch wenn es eine Gemeinheit war, manchmal spürte ich da so eine Erregung in mir, die der nicht unähnlich war, die ich empfunden hatte, als ich noch als Kleptomanin meinen Frust kompensierte.

»Du stehst auf Männerstrip?«, fragte mich Leo, der sich ein paar Tage nicht hatte sehen lassen, weil ihn die australische Grippe aus dem Verkehr gezogen hatte.

»Aber klar doch!«, gab ich noch eins drauf. »Das macht mich total an!«

Ich hatte mich zu Leo an den Tisch gehockt und Fausto setzte mit wütendem Schwung einen Cappuccino dort ab, den nicht Leo, sondern ich für ihn bestellt hatte. Leo bedankte sich mit leuchtenden Augen und prostete mir zu.

Dann wollte er wissen, wo Elli abgeblieben war, und bedauerte uns aufrichtig, dass sie uns so schnöde und undankbar sitzen gelassen hatte.

»Ist sie in die Hölle!«, fauchte Roberto und polterte geräuschvoll hinter dem Tresen herum, als wäre er auf einer Baustelle. »Kann sie da bleiben, bis sie schwarz wirte oder bis sie wirte rausgetragen mit die Füße zuerst … madonna!«

Ratlos blickte Leo mich an.

»Mein Vater hat sie uns abspenstig gemacht!«, klärte ich ihn auf. »Er führt ein Bestattungsunternehmen …«

»Was soll *die* denn da machen?«, rief Leo verblüfft.

Eine gute Frage, denn als was Elli da arbeiten sollte, konnte ich mir auch mit viel Wohlwollen kaum vorstellen. Vielleicht sollte unser kleines Busenwunder ganz lebens- beziehungsweise todesecht als Leichen-Model die Särge vorführen.

Aber nein! Günter Griffel war mal wieder ganz innovativ. Oder er hatte nun endgültig den Verstand verloren.

»Wir ziehen das hier ganz neu auf. Mit einer Cafeteria, wo die Kunden einen Kaffee oder auch ein Gläschen Sekt trinken können ... ein bisschen kalte Küche machen wir auch, nicht wahr, Elli«, erzählte mein Vater, als ich meine Neugier nicht mehr bezwingen konnte und ihn besuchte.

Elli nickte. Sie hockte in Papas Angebersessel und naschte Weinbrandkirschen.

»Esch wirt gansch koll!«, sagte sie kauend. »So was gibt's nämlich in Berlin noch nicht!« Sie wischte sich Schokoladensaft aus dem Mundwinkel. »Willst du auch ...?«, fragte sie mich lauernd. »Schwangere haben doch immer so Gelüste ...«

Sie grinste ein listiges Grinsen. Mein Vater verschmachtete fast. Er spitzte die Lippen und ließ für Elli ein paar Küsse durch die Luft fliegen.

»Du musst es ja wissen ...«, sagte ich.

»O ja!«, bestätigte mein Vater freudestrahlend. »Das weiß sie!!«

Gleich schwante mir das Allerschrecklichste. Elli flog meinem Alten in die Arme und schmiegte ihr Gesicht triumphierend an seine unrasierte Wange.

»Du bist *auch* ...«, sagte ich tonlos, »*schwanger* ...«

Elli nickte. »Stell dir vor ... ich auch!!«

»Und *wer* ist der Vater ... sag bloß nicht ...«

»Doch!!«, rief Günter. »Du bekommst einen kleinen Bruder oder eine kleine Schwester ...«

Das durfte und konnte nicht wahr sein! Ich fragte mich,

in welchem Monat Elli war und wann die beiden miteinander geschlafen haben konnten. In diesem Zusammenhang wurde mir natürlich klar, warum sie so oft aufs Klo gerannt und einmal sogar umgekippt war! Das bedeutete aber, dass sie schon viel länger schwanger gewesen sein muss, außer mein Vater sollte gleich am ersten Abend mit ihr ins Bett gehüpft sein!

»Elli ist in der fünften Woche ...«, sagte Günter. »Aber man sieht schon was ... findest du nicht, Petra!!« Zaghaft legte er seine Hand gekrümmt auf Ellis Bauch. Man sah tatsächlich was! Doch so einen Bauch hatte eine Schwangere niemals schon nach fünf Wochen.

»Wir heiraten natürlich so schnell wie möglich«, fuhr mein Alter eifrig fort. »Sonst muss ich nachher mein eigenes Kind adoptieren ... hahahaha!«

Mir war nicht nach Lachen zumute! Eher danach, Elli an ihren schwarzen Zotteln zu packen und die Wahrheit aus ihr herauszuschütteln. Dass hier ein ganz schräges Ding lief, war so offensichtlich, dass nur ein total verknallter Mittvierziger darauf hereinfallen konnte, weil er seine letzte Chance darin sah, noch einmal Vater und dann auch noch Ehemann einer ganz jungen Frau zu werden und damit nicht nur über Roberto zu triumphieren. Vor allen Dingen meiner Mutter wollte er eins auswischen. Und Elli schien auch viel Spaß daran zu haben! Obwohl ihr Mama gar nichts getan hatte. Na ja, mit Gabi Blumenstock steigen Frauen schnell in den Ring. Denn trotz ihres Alters und ihrer langsam schwindenden Schönheit ist Mama nun mal keine Durchschnittsfrau!

»Dann machen wir eine Doppelhochzeit, was Petra?«, freute sich mein Vater.

Eher würde ich mich aufhängen!

»Weiß Rutchen es schon?«, fragte ich.

»Ach, Rutchen …«, mein Vater machte eine abfällige Handbewegung. »Sie benimmt sich wie ein Kleinkind. Da muss sie sich dann nicht wundern, wenn das Konsequenzen nach sich zieht …«

Weiter ließ Günter sich darüber nicht aus, aber von Rutchen persönlich erfuhr ich ein paar Tage später, dass Günter ihr gekündigt hatte. Nicht ohne eine Abfindung zwar. Aber immerhin! Einfach so, nach mehr als dreißig Jahren treuer Mitarbeit und unendlicher Einsatzbereitschaft!

Wir hatten Rutchen zum Kaffee eingeladen und sie heulte bestimmt eine halbe Stunde lang!

»So ist das, wenn man alt wird«, schluchzte sie. »Da wird man einfach abgestellt … wie ein kaputtes Auto!«

Das konnte wohl jedem von uns blühen. Im Prinzip ist es das Einzige, worauf man sich wirklich verlassen kann, dass jeder einmal alt werden und sterben muss. Na gut, manche sterben früher. Aber dem Tod entkommt keiner! Eine irgendwie gnadenlose Gerechtigkeit, nicht wahr?

»Diese Elli ist ein ganz durchtriebenes kleines Miststück. Das hab ich gleich gewusst!!«, sagte Beatrice, die seit Tagen schon beim Ausmisten und Packen und beim Laufen inzwischen etwas kurzatmig war. »Außerdem scheint das Schwangerwerden augenblicklich trendy zu sein!«

Sie hatte mir immer noch nicht verziehen, dass sie sich

die Aufmerksamkeit und das ganze Gewese, das um Schwangere gemacht wird, nun mit mir teilen musste. Was war es noch wert, eine werdende Mutter zu sein, wenn die kleine Schwester bald ebenfalls mit einem dicken Bauch durch die Gegend lief und obendrein noch einen Vater für das Kind hatte, der bald auch noch ihr Ehemann sein würde.

Im Augenblick konnte Bea nicht einmal einen richtigen Verehrer vorweisen. Fausto gehörte jetzt *mir*, jawohl, und den Focke hatte sich Rita Rogge endgültig an Land gezogen. Vielleicht bestand ja doch eine klitzekleine Chance, dass sie noch schwanger werden und wir bald eine private kleine Entbindungsstation im Lampedusa einrichten könnten, um noch etwas mehr für die Originalität unserer Pizzeria zu tun und damit den Umsatz zu steigern.

Durchtrieben waren sie jedenfalls alle beide. Elli und Rita Rogge! Wäre ich mit meiner erfundenen Schwangerschaft nicht voll ausgelastet gewesen, hätte ich mich ihnen gleich an die Fersen geheftet. Doch, wie ich es befürchtet hatte, begann Roberto sich zu wundern, dass ich immer noch kein Ultraschallfoto angeschleppt hatte. »Beatrictsche hat auch schon eine gehabte ganz an die Anfang!«, beschwerte er sich. »Musste du sagen deine Arzt, dass du willst auch eine Foto ... wie die andere Frauen!«

Der Tag X stand also unmittelbar bevor!

14

Am besten ich packte jetzt schon mal meine Koffer und fragte bei Larry in Amiland an, ob ich für eine Weile bei ihm untertauchen könnte.

Fausto hatte zwar noch keine neue Wohnung für uns gefunden, dafür wollte er ganz schnell heiraten. Mit allem Drum und Dran! Was auf gut Sizilianisch heißt: con tutta la famiglia, in der Kirche und ganz in Weiß! Im Prinzip hätte ich ja nichts dagegen gehabt, obwohl ich mit der Kirche nicht viel im Sinn habe und weiße Hochzeitskleider langweilig finde. Aber für Fausto hätte ich mich sogar darauf eingelassen.

Nur eben nicht so. Mit einer *Lüge* im Bauch!

Ohne das erfundene Baby hätte mir Fausto doch niemals einen Heiratsantrag gemacht. Auch wenn er Sizilianer und in vielen Dingen recht altmodisch ist, auf seine Freiheit hätte er garantiert nicht so schnell verzichten wollen.

Wäre ich Beatrice gewesen, hätte ich so gemein sein und mich dafür rächen können, dass Fausto nicht aus Liebe zu mir, sondern bloß der Moral wegen heiraten wollte. Aber das hätte ich niemals durchgehalten. Vor dem Altar wäre ich garantiert ins Schwimmen geraten und hätte alles gebeichtet.

Also, entweder ich zauberte das Foto eines nicht existierenden Embryos aus dem Nichts oder ich würde zur Emigrantin werden!

Komisch ist das schon: Mama war damals aus Amiland abgehauen, weil sie schwanger war, und ich würde dorthin fliehen, weil ich es nicht war.

Dabei war mir jeden Morgen so übel, dass Beatrice schon kaum noch ein Wort mit mir sprach. Rachsüchtig verschlang sie zum Frühstück häufig demonstrativ eine saure Gurke. Seht ihr, ich habe auch Gelüste, wie sich das für eine Schwangere gehört, wollte sie uns damit sagen.

Mama hatte nach einem ebenso rührenden wie vergeblichen Versuch das Stricken von Babystrümpfen und Mützchen wieder aufgegeben und machte kaum den Eindruck, als ob sie glücklich darüber war, auf einen Schlag zweifache Großmutter zu werden.

Obwohl sie sich mit Roberto wieder versöhnt hatte und er nun auch häufiger bei uns übernachtete, wirkte Mama unzufrieden. Die scharfen Falten um ihren Mund hatten sich vertieft und verliehen ihrem Gesicht so einen maulig bitteren Ausdruck, als wäre sie des ganzen Lebens überdrüssig!

Natürlich litt sie unter dem Zerwürfnis mit Loretta und nach dem verpatzten Klavierabend bekam sie Gelsomina auch nicht mehr in den Griff.

Meine kleine Schwester hatte damit angefangen, sich unglaublich schrill aufzudonnern. Sie schminkte sich und sah mit ihren schwarz umrandeten Augen und dem knallroten Mund nicht nur wie eine Stummfilmschauspielerin, sondern auch irgendwie krank aus. Die Miniröcke, die sie trug, waren kaum länger als die, in welchen Bea noch vor kurzem rumgelaufen ist, wenn sie auf die Jagd ging, und ihre Schuhe so hoch, dass man immerzu befürchten musste, Gelsomina würde sich gleich die Knöchel brechen.

Außerdem hatte sie sich einen Ton angewöhnt, den sie wahrscheinlich für cool hielt, weil die anderen Mädchen aus ihrer Klasse auch so sprachen. Bis dahin hatte sie für die wenig Interesse gezeigt. Möglicherweise war das auch nicht gerade gesund und Gelsomina merkte jetzt, dass sie einen hohen Preis dafür gezahlt hatte, ihr Anderssein so lange zu pflegen und ihre ganze Liebe an ein Instrument zu hängen, mit dem sie nun nicht mehr viel anfangen konnte. Einmal sah ich sie in ihrem Zimmer am Klavier sitzen. Sie starrte es nur an und rührte sich nicht. Dabei tropften Tränen auf die Tasten und als Gelsomina hochblickte und mich entdeckte, war die ganze rote und schwarze Schminke verwischt. ›So wie ihr Leben‹, dachte ich, das noch vor kurzem auch aus ganz klaren Konturen bestanden hatte.

So wie mein Leben. So wie das Leben von uns allen. Was war bloß passiert?

»Das ist das Jahr des Tigers«, erklärte Loretta, als ich sie anrief und ihr mein Leid klagte. »Es ist dynamisch, brutal und umwälzend. Aber es wird wieder besser, glaub mir … und mit Gelsomina solltest du mal bei Hedda vorbeischauen, wie du es versprochen hast!«

Wie schön, wenn einer die Möglichkeit hatte, sich entweder mit Religion oder Esoterik zu trösten. Ich hab so was wie einen richtigen Glauben leider nie besessen und musste mir meine Wunder immer selber bauen!

Ich fragte Gelsomina, ob sie Lust hätte, Loretta zu treffen. Heimlich versteht sich, damit Mama sich nicht aufregte.

Hätte ich gesagt, wir wollten die Besenbinder als Ärztin aufsuchen, wäre Gelsomina wohl kaum einverstanden gewesen. Irgendwie schien sie besser damit klarzukommen, keine Wünsche mehr zu haben, was ihre Zukunft als Pianistin betraf, als vielleicht wieder enttäuscht zu werden und noch mal von vorn damit anfangen zu müssen, sich auf das Verzichten einzurichten.

Ich schlug vor, dass wir uns erst mal bei Günter treffen sollten, wo die Besenbinder noch ein paar Formalitäten wegen ihrer Grabstelle zu erledigen hatte.

Das war neutraler Boden und außerdem wollten wir Elli demonstrieren, dass die Blumenstock-Schwestern eine Einheit bildeten, mit der sie, was auch immer sie ausheckte, zu rechnen hatte. Einen Augenblick überlegte ich, ob ich Loretta in mein Geheimnis einweihen sollte. Es wäre so schön gewesen, sich mal bei jemandem auszuheulen und eventuell sogar ein bisschen getröstet zu werden, auch wenn ich Trost nicht unbedingt verdient hatte.

»Was hat Hedda?«, fragte Loretta. »Eine Grabstelle gekauft?«

Ich war natürlich der Meinung gewesen, Loretta wüsste davon. Schließlich waren sie ein Paar. »Ist doch sehr weitsichtig«, erklärte ich eingeschüchtert. Hoffentlich hatte ich nicht irgendein dunkles Geheimnis preisgegeben.

»Sie hasst jede Art von konventionellem Totenkult«, erwiderte Loretta verblüfft.

Das war in der Tat merkwürdig und erhärtete meinen Verdacht, dass die Besenbinder sich bloß bei uns einschmeicheln wollte. Aber warum machte sie solche Sachen ohne Loretta davon zu erzählen? Wollte sie meine Schwester irgendwann mit der Tatsache überraschen, dass sie sogar Mama für sich eingenommen hatte und damit einer wunderbaren, friedvollen Beziehung nichts mehr im Wege stand?

»Ist alles in Ordnung?«, fragte Loretta, als wir uns vor ›The Great Event‹ trafen und einander in die Arme fielen, Loretta, Gelsomina und ich. Der Besenbinder gaben wir natürlich nur die Hand. »Was soll denn nicht in Ordnung sein?«, fragte ich verwirrt. Loretta kniff die Augen zusammen und fixierte mich eindringlich. »Ich weiß nicht, Petra! Aber irgendwas stimmt mit dir nicht ... vielleicht sollte Hedda dich mal untersuchen?«

›So weit kommt es noch‹, dachte ich. Seit Loretta unter die Hobbyheiler gegangen war, schien ihr noch weniger zu entgehen und ihr Scharfsinn hatte nun wohl auch sämtliche Wahrnehmungsorgane sensibilisiert. Als Hedda Besenbinder mich nun mit jäh erwachter blassäugiger Neugier ebenfalls ins Visier nehmen wollte, stolperte ich schnell die Stufen zum Laden meines Vaters hoch, weil der Wunsch nach einer allumfassenden Beichte plötzlich so stark geworden war, dass ich mich kaum mehr beherrschen konnte. Solange Gelsomina aber dabei war, wollte ich mich zurückhalten.

Im ›Great Event‹ war der Umbau schon voll im Gange. Ein paar Handwerker werkelten an einem Bistrotresen herum und Günter hatte zwei neue Gehilfen eingestellt!

Elli verteilte Bierflaschen an die Leute und war noch fetter als letzte Woche.

»Hallooo!!«, begrüßte sie uns heiter. Sie schien sich ihrer Sache so sicher zu sein, dass sie es nicht einmal aus der Fassung brachte, wenn wir hier in einer solchen Fraktion anrollten, oder ich irrte mich und Günter war wirklich der Vater von Ellis Baby. Frauen wie Elli sind von Natur aus mollig und wenn sie schwanger sind, gehen sie ziemlich schnell aus dem Leim!

»Bin ich dann auch mit der verwandt, wenn Günter die heiratet?«, fragte Gelsomina.

Ich überlegte. »Sie ist dann so was wie deine Halbstiefmutter, weil ich deine Halbschwester bin!«, erklärte ich grinsend.

»Na toll«, brummte Gelsomina. »Auf so was hatte ich schon immer Bock!«

Die Besenbinder warf einen Blick auf Gelsominas Finger. »Den würde ich mir aber gern mal anschauen!«, sagte sie.

»Wozu?«, erwiderte Gelsomina mürrisch und steckte ihre Hände in die Hosentaschen.

»Da könnte man bestimmt noch etwas machen!«

»Da haben schon ein paar Leute dran rumgemacht, nein danke!« Gelsomina streifte mich mit einem ärgerlichen

Blick. »Sollte ich deshalb mitkommen?«, fragte sie mich. Sie warf eine leere Coladose in den Müll. »Wenn das so ist, dann hau ich lieber ab ... bis irgendwann mal, Loretta!«, rief sie und verschwand. Sie schwankte gefährlich in ihren roten Stiefeln mit den hohen Hacken und wirkte mit diesem ›Halbwüchsiges-Mädchen-will-Frau-sein-Ding‹ erst richtig verwundbar.

»Durch eine entsprechende Behandlung würde der Finger wieder vollkommen in Ordnung kommen!«, erklärte die Besenbinder, während wir drei Gelsomina nachschauten, die gerade am Fenster von ›The Great Event‹ vorbeistakste und keinen Blick mehr an uns verschwendete.

»Meinen Sie wirklich?«, fragte ich zweifelnd. Mit welcher zweifelhaften Methode wollte die Besenbinder den Finger heilen? Mit Besprechungen und einem über die Schulter pusten oder ähnlichem Schwachsinn?

»Man muss natürlich an eine Heilung glauben!«, sagte sie spöttisch, als hätte sie meine Gedanken erraten. Wenn die Dame auch telepathische Fähigkeiten besaß und in meinem Gehirn herumstöbern konnte, wäre sie vielleicht auch in der Lage meine Lüge aufzudecken?!

»Wenn Sie nicht schwanger wären, würde ich sagen, Sie haben Probleme im Magen-Darm-Trakt«, sagte sie plötzlich und blickte mich nachdenklich an.

›Nun aber nichts wie weg!‹, dachte ich, von Panik ergriffen, und hielt nach meinem Alten Ausschau, der zwar an seinem Schreibtisch saß und tat, als ob er arbeiten würde, seine Blicke aber dabei ellisüchtig umherschweifen ließ.

»Wie wär's denn, wenn ihr euch endlich duzt«, rief Loretta aufgekratzt. »Das ist Hedda, Petra. Und das ist Petra ... Hedda ... na los!«

Wie ich das Mama irgendwann einmal erklären sollte, war mir schleierhaft. Obwohl ich ihr in diesem Punkt eigentlich nicht zu Loyalität verpflichtet war, plagte mich doch ein schlechtes Gewissen, sobald ich das erste Mal ›Hedda‹ herausquetschte und ›du‹ zu ihr sagte.

»*Du* musst uns unbedingt einmal besuchen, *Petra!*«, freute sich die Besenbinder. »Ich hab da einige gute Sachen für schwangere Frauen!!«

Wie schön für *dich*! Aber das Einzige, was ich brauchte, war so ein beknacktes Ultraschallfoto oder jemanden, der Fausto eine Gehirnwäsche verpasste und ihn so umprogrammierte, dass er nichts mehr dagegen hätte, sich von mir verführen zu lassen. Ob ich die Besenbinder dahingehend interviewen sollte? Sie würde das sicher nicht mal unmoralisch finden, weil es sich ja bloß um einen Kerl handelte, den sie bearbeiten müsste!

»Ich komme bestimmt vorbei«, versprach ich. »*Hedda!*«

»Das ist schön, *Petra!*« Die Besenbinder verpasste mir jeweils einen Kuss auf die linke und die rechte Wange.

»Du bist ein Schätzchen, Petra«, sagte Loretta sanft. »Ich hab mich schon ziemlich beschissen gefühlt, weil ich mir vorkomme, als wäre ich mit einem Monster liiert. Aber auf dich ist immer Verlass ... und von deinem Baby, Schwesterherz, da will ich unbedingt die Patin werden!«

Sie umarmte mich und ich hätte am liebsten geheult! O dio mio, was für eine Katastrophe hatte ich aus la vita mia gemacht?!

15

Einige Tage später traf wieder ein Brief aus der Karibik bei uns ein! Ein Brief in einem blauen Umschlag mit bunten Marken und großer, offenherziger Schrift: an Beatrice Blumenstock in Berlin!

Beatrice war kaum noch zu Hause, sondern fuhrwerkte schon tüchtig in ihrem Penthouse herum, so dass der Brief zuerst mir und dann Mama in die Hände fiel. Wegen meines eigenen Schlamassels hatte die Neugier auf den Erzeuger von Beas Baby ziemlich nachgelassen. Ich hatte zwar einen Erzeuger, aber kein Baby!

»Wie gern würde ich das Geheimnis endlich lüften«, seufzte Mama und hielt den Brief gegen das Licht. Die anderen Briefe hatte Beatrice immer ziemlich schnell verschwinden lassen, so dass wir nicht einmal einen Blick auf den Absender werfen konnten. Roberto und Fausto schliefen noch. Ich hörte sie leise schnarchen. Vermutlich träumten sie beide von einem Baby, das es nicht gab!

»Wollen wir ... vielleicht ... ich meine ... über Wasserdampf ...«, überlegte Mama und biss auf ihrer Unterlippe herum.

»Und wenn sie was merkt?«, warf ich ein. »Dann bist du Bea auch noch los!«

Mit dem Brief fächelte Mama sich Luft auf ihre Wangen.

»Sie muss ja nichts merken. Meinst du, ich mach so was zum ersten Mal?«

Mama war nicht mehr zu halten und im Prinzip hätte auch nichts schief gehen können, wenn Beatrice nicht ausgerechnet an diesem Tag früher nach Hause gekommen wäre und alles vereitelt hätte.

Mama hatte den Brief schon geöffnet. Roberto und Fausto waren gerade aufgestanden und hingen mit von Schläfrigkeit gedämpfter Neugier um den Küchentisch herum. Da fegte unsere schwangere Schönheit in indische Düfte und tausend Meter Stoff gehüllt in die Wohnung herein und schien nicht die beste Laune zu haben.

»Verdammt, der Einzug verzögert sich, weil diese dämlichen Handwerker den Termin nicht einhalten können«, wetterte sie, als sie zuerst uns und dann den geöffneten Brief vor Mama auf dem Tisch entdeckte.

Sehr voluminös und vibrierend vor Zorn stand Beatrice in ihrem bunten Gewand auf der Schwelle wie ein weiblicher Rambo. Jetzt, wo sie schwanger war, hatte sie noch mehr Ähnlichkeit mit der imposanten Gabi Blumenstock, die auch immer alle eingeschüchtert hatte, bevor sie in ihre Midlife-Crisis geschlittert ist.

Ein schweres Schweigen erschütterte die Stille unserer Küche! Jetzt waren sogar Fausto und Roberto hellwach. Mit lauerndem Gesicht zwirbelte Roberto seine Schnurrbartspitzen, während Fausto wissend und spöttisch in seinen Kaffeetopf starrte, den er mit beiden Händen fest umschlossen hielt.

»Was glaubst du eigentlich, was du dir noch alles erlauben kannst«, brüllte Beatrice und entriss Mama den karibischen Brief mit einer solchen Wucht, dass er zerriss. »Aber das ... das ist jetzt der Gipfel! Gabriele Blumenstock!!«

Sie stopfte den Brief in ihre Manteltasche. »Und ihr anderen seid auch keinen Deut besser.« Beatrice spuckte dreimal auf den Boden. »Dir, Fausto, und dir, Roberto, traue ich so ziemlich alles zu ... aber du, Petra ...«, Beatrice schoss einen scharfen Blick auf mich ab. »Dass du dich so mies verhältst ... das erstaunt mich doch. Ein bisschen Charakter habe ich dir schon zugetraut, aber so kann der Mensch sich irren!«

Beatrice rauschte in ihr Zimmer und zerrte einen Koffer von ihrem Schrank.

Als Gelsomina eine halbe Stunde später aus der Schule kam, stand er bereits gepackt neben der Wohnungstür, während Beatrice ihren umfangreichen Kosmetikkram vom Badezimmerregal fegte.

»Was ist denn nun schon wieder los?«, fragte Gelsomina in einer Mischung aus Furcht und jämmerlicher Ungeduld. Sie hatte sich wieder extrem auffällig geschminkt und trug ihre roten Stiefel zu einem Lederminirock, der gerade ihren Po bedeckte.

Roberto runzelte die Stirn, als er Gelsomina sah. »Wie siehste du ausse!«, bellte er. »Läufte nichte mitte solche Sache rum eine anständige Mädchen!«

Gelsomina zog eine Augenbraue hoch. »Dann gehen auf meine Schule nur ›unanständige‹!«, antwortete sie patzig.

Robertos Gesicht verfinsterte sich. Bevor er jedoch lospoltern konnte, musste Beatrice noch einmal Dampf ablassen, um dann mit ihrem Koffer zu verschwinden. Irgendwohin. An einen geheimen Ort, den sie uns niemals mitteilen würde. Wir sollten sie vergessen. »Ganz und gar!!«, brüllte sie den Tränen nahe. Mama zuckte zusammen. Ich hatte sie ja gewarnt. Nun war es zu spät. Peng, knallte die Tür, dann war sie weg, unsere schwangere Schönheit, und Mama fing an zu heulen.

Nun wusste Roberto nicht, um wen er sich zuerst kümmern sollte. Um seine Tochter oder seine zukünftige Ehefrau, die normalerweise nicht in der Öffentlichkeit heulte. Schon gar nicht, wenn irgendwelche Kerle anwesend waren.

»O Gabriella, Gabriella, musste du nichts sein so traurig, iste gute Recht von Mama zu lesen die Briefe von ihre bambini ...«, redete Roberto sanft auf Mama ein.

»Das hast du gemacht??«, rief Gelsomina erschüttert. »Da musst du dich echt nicht wundern, wenn sie abhaut ... wirklich nicht!!«

»Halte du deine Mund, wenn deine Papa spricht«, fuhr Roberto sie an. »Kannste du nicht deine Mama Vorschrift machen ... machen Kinder keine Vorschrift für ihre Eltern!«

Gelsomina stöhnte, presste ihre Schultasche unter die Achsel und zog sich leise schimpfend in ihr Zimmer zurück.

»Aber dasse iste noch nichte alles ... komme ich gleich und habbe zu rede mit dir, Gelsomina!«, rief Roberto. Gleich darauf dröhnte uns ein harter unbarmherziger Rap um die Ohren. Ein wilder zorniger Wortschwall, untermalt von einem passenden Rhythmus, den Gelsomina mitklatschte.

Mama schniefte.

Ihr schien alles egal zu sein: die Tatsache, dass sie erbärmlich aussah, dass sie sich vor Publikum gehen ließ, dass sie unsere Mutter und Roberto ihr Lover war.

Ohne ein Wort zu sagen stand sie auf und riegelte sich in ihrem Kabuff ein.

Auch Gelsomina hatte sich eingeschlossen und machte natürlich nicht auf, als Roberto wie ein Irrer auf ihre Tür einzuhämmern begann. »Kommste du soforte raus ... wenn klopfte deine Papa an die Tür, basta!«

Vergeblich versuchten Fausto und ich ihn zu besänftigen. Sonst war Roberto zwar auch nicht gerade das, was man erziehungsmäßig als großzügig, offen und tolerant bezeichnen konnte, aber so wie heute führte er sich selten auf. Da musste schon etwas anderes ganz schön an seinem Gemüt gekratzt haben. Der rückläufige Umsatz vielleicht? Oder hatte er als Lover versagt?

Irgendwann verlor er völlig die Kontrolle und warf sich so heftig gegen die Tür, dass sie aus den Angeln brach.

»Papa!«, rief Fausto. »Nun mach doch nicht gleich so ein Fass auf.«

Gelsomina hatte sich auf ihrem Bett erschrocken in eine Ecke verkrochen.

Es gab dann noch ein kleines Handgemenge zwischen Vater und Sohn, das eine ganze Menge entfesselte Wut von beiden Seiten aufeinander prallen ließ.

Ich versuchte die beiden auseinander zu zerren, was mir nicht gelang. Dafür gelang es Gelsomina, unbemerkt zu entkommen. Als sich Fausto und Roberto endlich entknäult hatten, war sie verschwunden.

»Ganz toll habt ihr das gemacht!«, fauchte ich die beiden Sizilianer an, als sie sich wieder geglättet hatten und etwas belämmert in der Gegend herumstanden. »Und das, wo Gelsomina sowieso so schlecht drauf ist!«

Wenn sie bloß keinen Blödsinn machte. Zuerst musste sie von ihrem einzigen großen Traum Abschied nehmen, den sie hatte, und dann stellte sich auch noch heraus, dass ihre ganze Familie emotional total unzuverlässig war.

Wer sollte ihr dann eigentlich noch Rückhalt bieten, wenn ihr Papa auf ihren Halbbruder losging?

Ich rief bei ihrer Klavierlehrerin an. Aber da war sie nicht. Bei Kevin war sie auch nicht. Der war total aus dem Häuschen vor Angst. Er würde gleich mal sämtliche Läden abklappern, wo sie immer hingingen, und nahm sich das Handy seines Vaters mit für unterwegs, damit ich ihn anrufen konnte, sobald ich etwas erfahren hatte.

Inzwischen war auch Mama wieder aufgetaucht und machte sich über Roberto her. »Wie konntest du bloß so etwas tun ... wie konntest du nur!«, brüllte sie. »Gelsomina ist vierzehn und nicht mehr vier ... und außerdem hat sie Recht damit gehabt, dass ich mich Beatrice gegenüber schäbig verhalten habe!«

Wow, solche Töne aus dem Mund unserer Mutter zu hören, habe ich niemals zu träumen gewagt. Mama hat zwar immer versucht tolerant zu sein, aber besonders selbstkritisch ist sie nie gewesen.

»Jetzte binne ich schulte ... ich ... wenn du kannste deine Kinder nichte richtig erziehen ...«, keifte Roberto zurück. Eine tiefe Röte überzog sein Gesicht, als stünde er kurz vor einem Kollaps. Aber solche Choleriker wie Roberto haben in den meisten Fällen recht robuste Herzen, sonst hätte die Natur sie garantiert mit einem anderen Temperament ausgestattet.

»Ich weiß wenigstens, dass ich Fehler mache. *Ich* weiß das!«, schrie Mama.

»Ache so ... ich habbe Fehler gemachte ... habbe ich also ... haste du Rechte ... Gabriella ... ich habbe die größte Fehler gemachte in meine Leben mit die Liebe für dich ... ecco ...« Roberto schwang sich in seine Stiefel und riss seinen Mantel vom Garderobenhaken. »Iste aber ausse jetzt ... per sempre ... basta!«

Ein Glück bloß, dass Gelsomina das wenigstens nicht mehr miterleben musste.

Nachdem Roberto mit orkanischer Wucht aus der Wohnung gebraust war, fiel der Garderobenspiegel von der Wand und zerbrach. Bestimmt Hunderte von kleinen Splittern bedeckten die Dielen im Flur.

»Das gibt sieben Jahre Pech!«, sagte Mama.

»Als wenn wir jemals Glück gehabt hätten«, murmelte ich.

»So ein Quatsch!«, rief Fausto. »Wer glaubt denn an so

was ...« Bestimmt regte er sich deshalb so auf, weil er jetzt jedes drohende Unglück in einen Zusammenhang mit dem Baby brachte.

Tatsache war und blieb, dass die Familie Blumenstock-Ubaldini-Griffel immer mehr auseinander brach. Auch wenn wir immer im Chaos gelebt und leidenschaftliche Familienstreitereien bei uns Tradition hatten, so dass sie dementsprechend gepflegt wurden, hatte uns doch immer ein Gefühl verbunden: nämlich das der Zusammengehörigkeit. Und der Lampedusa-Clan wäre jederzeit bis an die Zähne bewaffnet gegen den Rest der Welt angetreten, wenn es darum ginge, die Familie zu verteidigen. Davon konnte wohl jetzt nicht mehr die Rede sein.

Mutlos half ich Mama die Spiegelreste vom Boden zu kehren, während Fausto einen Kaffee kochte. Der Anblick des Spiegels, oder vielmehr dessen, was davon übrig geblieben war, schien ihn mehr zu beunruhigen, als er im Bewusstsein seiner männlich sizilianischen Würde zugeben wollte.

»Gelsomina macht keinen Blödsinn«, versuchte ich meine Mutter zu trösten. »Sie ist augenblicklich ein bisschen verwirrt ... aber ist das nicht normal mit vierzehn! Außerdem ist sie eine Blumenstock. Und die sind zäh, wie du weißt!«

Nun musste Mama trotz allem lächeln.

Fausto drückte ihr einen Kaffeetopf in die Hand. »Und der Alte kommt auch wieder runter von seinem Trip ... das weißt du doch, Gabi«, sagte er.

Wenn es nur darum gegangen wäre, hätte ich mir auch

keine Sorgen gemacht, so oft wie Roberto und Mama sich schon an der Schwelle zu einer endgültigen, si si absolutamente … Trennung befunden hatten.

Vielleicht stand das alles in einem direkten Zusammenhang mit meiner Lüge?

War es nicht irgendwie total unmoralisch, ein Baby zu erfinden, das es nicht gab, wenn es eine solche Bedeutung für alle hatte? Hieß das nicht, auch die Liebe zu verhöhnen?

Sollte ich dann nicht endlich mit der Wahrheit herausrücken? Genau in diesem Augenblick, wo das Schicksal uns einen Wink mit dem Spiegel gab, den uns Rutchen geschenkt hatte, als wir in diese Wohnung gezogen waren?

Plötzlich war ich ganz durchdrungen von dem Wunsch nach einer Beichte, ganz egal, ob sie mich danach erlösen oder zum Teufel wünschen würden.

»Ich muss euch was sagen …«, sagte ich, als das Telefon klingelte.

Es war Rutchen, die uns mitteilen wollte, dass sich Gelsomina bei ihr verkrochen hatte.

»Was ist denn nur mit euch allen los?«, fragte Rutchen vorwurfsvoll. »Ihr seid ja nicht mehr wiederzuerkennen!«

Mama murmelte schuldbewusst ein paar Entschuldigungsfloskeln in den Hörer. Dann legte sie auf. »Wenigstens müssen wir uns nun keine Sorgen mehr machen!«, sagte sie traurig. »Sie will heute Nacht dort bleiben!«

›Zeichen reiht sich an Zeichen‹, dachte ich und machte einen zweiten Anlauf.

»Also ich wollte …«, hob ich an, »euch sagen …«

Diesmal hinderte mich ein Anruf von Günter daran, endgültig geständig zu sein, weil er uns mitteilen wollte, dass der Bistrotresen in ›The Great Event‹ nun fertig wäre und sie eine Einweihungsparty des neu gestylten Bestattungsinstitutes Griffel feiern wollten.

»Ihr seid alle eingeladen!«, erklärte er großzügig. »Schließlich gehören wir doch zusammen ... oder ... hahahaha ... sogar gegen den kleinen fetten Italiener hab ich nichts einzuwenden!!«

In was für eine Familie bin ich bloß hineingeboren worden?! Seid mal ehrlich, ist es da nicht verständlich, dass ich so bin, wie ich bin? Vielleicht habe ich mir dieses Baby unter dem gleichen Zwang erfinden müssen, unter dem ich früher geklaut habe? War es denn möglich, dass in dieser Sippe überhaupt jemand in der Lage war, wirklich zu lieben?

Vor lauter Erschütterung fing ich an zu heulen!

»O Petra ... Petralina mia ... was ist denn los?«, rief Fausto erschrocken und sprang an meine Seite.

»Das ist die Schwangerschaft«, erklärte Mama weise. »Da sind die meisten Frauen so empfindlich!«

Was hätte ich da noch für eine Chance mit meiner Wahrheit gehabt?

16

Mama hatte natürlich damit gerechnet, dass Gelsomina nur die eine Nacht bei Rutchen blieb. Tatsache aber war, dass Gelsomina gar nicht mehr nach Hause wollte. Rutchen wird sie darin tüchtig unterstützt haben. Erst einmal ist Gelsomina Rutchens Liebling und zweitens würde sie eine Aufgabe haben, wenn sie meine kleine Schwester hätscheln konnte!

Mama war ziemlich geplättet, als Gelsomina sich weigerte nach Hause zurückzukommen. Denn nun hatten sich innerhalb kürzester Zeit drei ihrer Töchter aus dem Staub gemacht und das hätte bestimmt keine Mutter der Welt einfach so weggesteckt. Was mich aber erstaunte, war Mamas Reaktion auf Gelsominas Pläne. Früher hätte sie sich das nicht einfach so gefallen lassen und heftig um ihre Rechte gekämpft. Jetzt gab sie ziemlich schnell klein bei, als wären ihr die Kräfte zum Kämpfen ausgegangen oder sie sah keinen Sinn mehr darin, weil sie sich inzwischen grundsätzlich für eine Versagerin hielt.

»Nun sind wir zwei allein«, sagte sie zu mir, lächelte matt und trottete in ihr Kabuff.

Na ja, ganz allein waren wir beide nicht, schließlich schlief Fausto die meiste Zeit bei mir. Er hatte es sich angewöhnt, zu schnarchen und in der Nacht ständig nach meinem Bauch zu tasten. Beim Sex war er so vorsichtig, dass ich kaum noch Spaß daran hatte.

»Meinst du, es kann uns hören?«, sagte er zum Beispiel. »Und wenn es uns hört, dann bekommt es bestimmt Angst!!«

Ich versuchte gar nicht erst ihm das auszureden. Es hätte keinen Sinn gehabt!

Manchmal fragte ich mich, ob wir wirklich so gut zueinander passten, wie ich immer geglaubt habe. Aber dann schaute mich mein wunderschöner Sizilianer so voller Verlangen und Liebe an und alle Zweifel verflogen im Nu!

Außerdem hielt ich Fausto für lernfähig. Auch wenn es dafür, wie ihr sicher einwenden werdet, kaum Anhaltspunkte gab, so war ich doch der Meinung, dass wahre Liebe nicht nur Berge versetzen, sondern auch einen sizilianischen Möchtegern-Macho in einen fast emanzipierten Kerl der Neunziger verwandeln konnte.

Vorausgesetzt, Fausto würde mir meine Lüge jemals verzeihen!

Wegen Mamas und Robertos Zerwürfnis wurde ich wenigstens vorübergehend nicht mehr mit Fragen nach dem Ultraschallfoto terrorisiert. Nach meinen ziemlich kraftlosen Versuchen, ein Geständnis abzulegen, kam mir so eine Verschnaufpause ganz gelegen, um eine neue Strategie zu entwickeln.

»Wie geht's dem Baby?«, fragte Rutchen, die uns zwei Tage nach Gelsominas Verschwinden besuchte, um ein paar Klamotten für meine kleine Schwester abzuholen. »Ist alles in Ordnung?«

Es ginge mir bombig, beteuerte ich, und zum Glück war Rutchen im Augenblick viel weniger an meinem als an Ellis Bauch interessiert.

»Neulich war ich da!«, erzählte sie, während wir Kaffee tranken und ich mir eine Zigarette anzündete. In letzter Zeit hatte ich immer heimlich geraucht und merkte meinen Fehler erst, als ich mir die Zigarette schon in den Mund gesteckt und gierig einen Zug gemacht hatte. Doch Rutchen ging gar nicht darauf ein. Sie nippte an ihrem Kaffee, starrte mit zusammengekniffenen Augen aus dem Küchenfenster und sagte: »Da arbeiten schon wieder zwei Neue ... die anderen beiden waren absolut unfähig ... und wer hat sie angeschleppt ... Elli natürlich!« Rutchen schüttelte den Kopf »Ich sag dir was, Petra, diese Elli wird der Untergang deines Vaters sein ... und das Kind ...«, Rutchen schaute mich an und ihre Augen funkelten erkenntnistief, »das Kind ist bestimmt nicht von ihm!«

Sie zögerte einen Augenblick, als ob sie darüber nachdenken müsste, wie sie oder ob sie überhaupt weitererzählen sollte, dann sagte sie: »Ich hab mir überlegt, ob ich nicht mal Erkundigungen über sie einziehen soll ...?«

»Rutchen!!«, rief ich mit gespielter Empörung und drohte ihr mit dem Finger. »Du willst ihr nachspionieren ... so was macht man aber nicht!«

»Es geht mir bloß um die Firma ...«, verteidigte sie sich

gleich. »Wenn man so lange wo gearbeitet und alles in gewisser Weise mit aufgebaut hat, dann schaut man nicht einfach so zu, wie jemand kommt und alles kaputtmacht!«

Welches Motiv sie auch immer auf diesen Gedanken gebracht hatte, ich hielt Elli doch auch für ein kleines Miststück, dem wir das Handwerk legen sollten, bevor es zu spät war.

Ich erzählte Rutchen von Rita Rogge und wir überlegten gemeinsam, ob sie uns auf die Spur von Ellis Vergangenheit bringen konnte.

Doch aus welchem Grund sollte die Rogge uns helfen wollen? Immerhin waren die beiden befreundet und eine Krähe hackt der anderen bekanntlich kein Auge aus.

»Vielleicht sollten wir uns einmal in dem Ort umschauen, aus dem sie kommt«, überlegte ich. »Oder der Focke hat da wieder seine Finger im Spiel, dann können wir uns das auch sparen!« Vor längerer Zeit hatten wir Rutchen darüber aufgeklärt, was der Focke sich mit uns geleistet hatte und dass in ihrem Garten kein Hund, sondern ein alter Teppich begraben läge. Glücklicherweise hatte Rutchen Humor gezeigt und war uns nicht böse gewesen.

»Das wäre möglich«, Rutchen legte sich die Zeigefingerkuppe an die Lippen. »Doch aus welchem Grund sollte er es immer noch auf euch abgesehen haben?«

»Wegen Beatrice natürlich ... weil sie nun schwanger ist ... aber leider nicht von ihm!«

Eine kühne Behauptung. Dennoch irgendwie einleuchtend, fand ich. Warum sollte der Kerl denn sonst ständig mit Rita Rogge im Lampedusa auftauchen, die auf mich nicht den Eindruck machte, als wäre sie ein gleichwertiger Ersatz für Beatrice. Nicht nur deshalb, weil sie keine Kinder kriegen konnte! Auf der einen Seite wollte der Focke damit von seiner immer noch lodernden Eifersucht ablenken und als nettes Nebenprodukt vielleicht sogar Beatrice eifersüchtig machen. Mit Elli hatte er einen Joker in diese Partie des Spiels gebracht, den er nach Belieben einsetzen konnte. Er würde der Familie Blumenstock-Ubaldini-Griffel nicht nur bewiesen haben, dass es unendliche Geschichten, sondern auch Rachemöglichkeiten ohne Ende gab, nein, er hätte außerdem neues, authentisches Material für seine Sitcom.

»Vielleicht macht er sich immer noch Hoffnungen«, spekulierte Rutchen. »Und versucht Beatrice auf diese Weise zu zermürben, damit sie sich auch auf keinen anderen Mann richtig einlassen kann!«

Spekulationen über Spekulationen! Besser wir machten gleich Nägel mit Köpfen und beschlossen in Ellis Heimatort zu fahren.

Ich würde keine Probleme haben, einen zusätzlichen Tag freizubekommen, obwohl Roberto, jetzt wo Elli abtrünnig geworden war und Mama ihm natürlich auch nicht mehr half, ganz schön ins Schwitzen kam.

Doch Roberto schuftete lieber für drei als die Gesundheit seines werdenden Enkels aufs Spiel zu setzen.

Wie schon gesagt, Vorteile hatte diese Lügengeschichte natürlich auch reichlich. Ich hätte trotzdem darauf verzichten können, wenn ich nur endlich wieder frei von der Last meines erfundenen Babys gewesen wäre.

Ich lieh mir ein Auto von meinem Alten, was ich früher oft gemacht hatte, und deshalb auch nicht auf unbequeme Fragen antworten musste, die mir Fausto und Roberto garantiert gestellt hätten. Ihrer Meinung nach brausten schwangere Frauen nicht allein in Autos durch die Gegend. Basta!

Wir fuhren so früh los, dass wir Gelsomina noch in die Schule bringen konnten und Rutchen wieder da sein würde, wenn Schulschluss war.

»Ich würde viel lieber mit euch mitkommen«, maulte Gelsomina. »Die Schule ist einfach zum Kotzen!!«

Wir hatten ihr erzählt, dass wir etwas außerhalb für Günters Neueröffnungsparty ein Geschenk besorgen wollten. Hätte Gelsomina gewusst, dass ihre zweitälteste Schwester wieder einmal auf Miss Marples Spuren wandelte, wäre sie bestimmt nicht abzuwimmeln gewesen und hätte darauf bestanden mitzukommen. Doch seit sie nicht mehr Klavier spielte, war sie in der Schule so abgefallen, dass wir es nicht riskieren wollten, sie durch Aktionen wie diese in ihrer Faulheit zu unterstützen und noch mehr zu demoralisieren.

Obwohl ich gut verstehen konnte, was in Geslomina vorging, als sie in ihren leuchtend roten Stiefeln und der Mappe unter dem Arm gähnend die Stufen vom Schulhausportal hinaufstöckelte.

Sie trug mehrere kleine Haarknoten, die sie mit bunten Pfeifenreinigern umwickelt hatte, und ihre Augenbemalung erinnerte mich an gelb glühende Untertassen. Totally utopic! Ein paar Jungen umschwänzelten sie, die Gelsomina mit koketten Gesten ziemlich halbherzig abzuwehren versuchte. Besonders einer wich ihr nicht von der Seite und schien von allen den meisten Erfolg bei ihr zu haben.

»Lass sie doch!«, sagte Rutchen. »Die sind doch alle so!!« Dabei war sie zwanzig Jahre älter als Roberto. Unglaublich, wie unbelehrbar die Kerle manchmal sein können, nicht wahr?

Vielleicht würde es Gelsomina ganz gut tun, wenn sie etwas länger bei Rutchen blieb. Sie liebte meine kleine Schwester bedingungslos. Anders als Mama, die verantwortlich und deshalb auch viel kompromissloser war. Na ja, das ist die alte Oma-Enkel-Geschichte. Und weil wir sonst keine hatten, war Rutchen eine für uns geworden.

Inzwischen war es Ende März und der Frühling brach aus in der Republik. Es machte irre viel Spaß, bei dem schönen Wetter die Landstraßen entlangzubrettern, auch wenn wir in einer doch eher unangenehmen Angelegenheit unterwegs waren.

Das Kaff, das Elli uns als ihren Heimatort verkauft hatte, war nur eine Dreiviertelstunde von Berlin entfernt und wir kamen am frühen Vormittag dort an. Ich hatte eines von den Fotos mitgenommen, die Kevin während eines Karaoke-Abends im Lampedusa geschossen hatte. Darauf war Elli besonders gut zu erkennen, auch wenn sie nicht allein auf dem Foto war, sondern der Kopf meines sturzbetrunkenen Vaters, einfältig grinsend, über ihrer Schulter hing!

»Dass er sich so gehen lassen kann!«, sagte Rutchen abfällig. »Richtig verkommen sieht er aus!«

Ob sie meinen Alten doch heimlich liebte? Nicht platonisch, sondern richtig? Ich meine, das ist doch heute nicht mehr so ein Problem, wenn die Frau älter ist, und ein Tabu ist es schon lange nicht mehr. Andererseits werden immer noch die Frauen beschossen, wenn sie sich einen jüngeren Kerl nehmen. Umgekehrt ist es ganz normal. Ich schätze, das könnte Rutchen davon abgehalten haben, meinen Alten anzubaggern, wenn sie mit Günter tatsächlich mehr verband als bloß so eine Mutterkiste.

Der Bürgermeister von Ellis angeblichem Heimatort war gleich bereit uns zu empfangen und wir hatten Erfolg!

»Das ist doch die Elvira vom Löwenwirt im Nachbardorf«, rief der Bürgermeister, nachdem er sich das Foto angeschaut und sich beim Anblick von Ellis Äpfelchen einmal die Lippen geleckt hatte. »Die ist vor etlichen Monaten spurlos verschwunden! Na, da wird sich aber jemand mächtig freuen!«

Ich weiß nicht genau, ob der das ironisch gemeint hatte, denn gefreut hat sich außer einer alten, zahnlosen Oma niemand beim Löwenwirt.

»Na, die soll mal nach Hause kommen, das Luder«, brüllte der Vater gleich. Das Foto in seiner Hand zitterte und der Typ spuckte beim Sprechen.

Außer Rutchen und mir hockten noch ein paar Kerle in der Kneipe herum und es roch nach Blutwurst und Sauerkraut und abgestandenem Bier.

Ich schätze, aus so einem Stall wäre ich auch abgehauen. Das hier war gar kein Vergleich mit dem Lampedusa, obwohl wir auch kein Nobelschuppen, sondern abgesehen von unseren Karaoke-Nächten eine ganz gewöhnliche Pizzeria waren.

»Also, wo ist sie?«, wollte der Löwenwirt dann von uns wissen und so, wie der dabei guckte, ließ er keinen Zweifel darüber aufkommen, was Elli blühen würde, sobald er sie ausfindig gemacht hatte.

»Oooh, na ja ... Das wissen wir nicht so genau ... Wir sind nämlich auch auf der Suche nach ihr ...«, stammelte ich unüberlegt zusammen.

»Wie? Ich denke, Sie haben sie ...«, der Wirt zog misstrauisch die Brauen zusammen.

»Wer sind Sie eigentlich, he??«, rief er dann, »da kann ja jeder kommen und nach meiner Tochter fragen ... Was sie gemacht hat, nachdem sie mit dieser Schlampe auf und davon ist, weiß ich nicht und will es auch nicht wissen!«

Wen er mit der Schlampe gemeint hat, wird auch den Langsamzündern unter euch klar sein.

»Hatte Ihre Tochter einen Freund?«, fragte Rutchen naiv.

»Wenn Sie einen gehabt hätte, würde der garantiert nicht mehr in meinem Garten wildern ...!!«, brüllte der Löwenwirt. »Elli war schließlich erst siebzehn, als sie von zu Hause fort ist.«

Das war ein Schock! Ich hoffte, dass die dumme Trine inzwischen auf jeden Fall achtzehn geworden war, damit mein Vater nicht irgendwann in den Knast wandern müsste.

»Sie sieht aber viel älter aus«, wagte Rutchen einzuwenden. »Ich hätte sie auf Mitte zwanzig geschätzt, aber das liegt vielleicht daran, dass sie so entwickelt ist und sich auf so eine bestimmte Art zurechtmacht.«

»Nun aber raus!«, keifte der Löwenwirt und ich dachte, der fischt gleich eine Waffe aus irgendeiner Schublade, mit der er augenblicklich losballern würde.

Erst als wir wieder im Auto saßen und ich schon den Motor angelassen hatte, war mir wieder wohler. Rutchen zitterte auch ein bisschen. Aber sie lächelte triumphierend in den Rückspiegel hinein, zupfte sich ihre Frisur in Form und wollte von mir eine Zigarette haben. Seit ich sie kannte, und das sind mittlerweile mehr als zwanzig Jahre, habe ich sie nie rauchen sehen.

»Ich hab's gewusst!«, freute sie sich und steckte sich vorsichtig die Zigarette zwischen die Lippen. »Siehst du, Petra, ich hab's gewusst!«

Dann zog sie den Zigarettenrauch in tiefen Zügen ein, ließ ihre Augen wieder auf diese erkenntnistiefe Weise funkeln und wirkte auf einmal gar nicht mehr wie eine Frau, die in ihrem Leben nie geraucht und auch sonst keine Laster gehabt hatte.

»Viel weiter sind wir ja gerade nicht gekommen!«, sagte ich seufzend. »Was den Vater des Kindes betrifft, meine ich, und wenn es tatsächlich Günter ist, dann hoffe ich für ihn, dass der Löwenwirt es nie erfährt!«

Rutchen runzelte die Stirn und schnippte Zigarettenasche in den Aschenbecher. »Da hast du Recht, Petra …

und die einzige Möglichkeit, tatsächlich Licht in die Angelegenheit zu bringen, wäre ein Bluttest ... aber wie ich deinen Vater im Augenblick erlebe, lässt der sich nie darauf ein ... Ich glaube sogar, der will es gar nicht genau wissen ... weißt du ... denn wenn nicht, würde seine schöne Hoffnung auf einen dritten Frühling zerplatzen wie eine Seifenblase ... puff ...«

Allein schon wegen der Blamage bei Roberto würde mein Vater den Erzeuger von Ellis Baby spielen, auch wenn er hundertpro sicher wäre, dass ein anderer dafür verantwortlich war. Nun hatte er sich endlich eine blutjunge Frau geangelt – o dio mio, wenn Günter wüsste – wie jung, und da könnte der Himmel einstürzen und uns alle verschlingen, mein Vater würde lieber untergehen als sich den Tatsachen zu stellen.

»Eine Möglichkeit gibt es«, sagte ich, während wir schon wieder zurück nach Berlin brausten. »Wir müssen Elli eine Falle stellen!«

Rutchen verschluckte sich an dem Rauch ihrer Zigarette. »Das wird nicht leicht sein«, sagte sie dann. »Das Mädchen ist zwar nicht besonders klug, aber sie hat so eine gewisse Bauernschläue!«

Besonders klug war Elli wirklich nicht. Wenn ich an ihrer Stelle untergetaucht wäre, hätte ich mir einen Geburtsort bestimmt ganz weit weg von Berlin erfunden.

Oder sollte auch das Absicht gewesen sein?

Wenn der Focke das ausgeheckt hatte, wäre das auf jeden Fall denkbar gewesen, damit das Spiel erst richtig schön in Gang käme, und es würde sich diesmal zwar um keinen erfundenen Mord, dafür aber um ein erfundenes Baby handeln.

Erfuhr ich nicht gerade selbst am eigenen Leib, wie einfach das war, alle hinters Licht zu führen?

Einen Bauch konnte man sich umschnallen und die Kotzerei gut simulieren.

Als wenn das, wenn auch nur in Gedanken, mein Stichwort gewesen wäre, fing mein Magen auf einmal an sich zu krümmen und ich musste schnell mal anhalten, um mich am Straßenrand zu übergeben.

»Armes Petrakind«, tröstete Rutchen mich, als ich wieder ins Auto gekrochen war und keuchend in Rutchens Armen hing. »Ist das nicht merkwürdig, wie manche Frauen darunter leiden müssen und andere nicht?«

17

Irgendwann kam Fausto auf die Idee, dass wir zusammen zur Schwangerschaftsgymnastik gehen sollten! Den Floh hatte ihm Beatrice ins Ohr gesetzt, die an einem dieser Abende, die nichts Schlimmes befürchten ließen, das Lampedusa heimsuchte und tierisch an Umfang zugenommen hatte. Was im Schneckentempo losgegangen war, passierte nun wohl mit Lichtgeschwindigkeit und Beatrice war so stolz wie noch nie, als von allen Seiten die Kerle herbeisprangen, um ihr einen Stuhl zurechtzurücken und ihr das Mäntelchen abzunehmen, damit sie die paar Schritte zu den Garderobenhaken nicht allein gehen müsste.

Vor ein paar Tagen hatte sie uns schriftlich ihre neue Adresse mitgeteilt, weil sie es wohl nicht übers Herz brachte, darauf zu verzichten, uns ihr schnuckliges, kleines Penthouse zu präsentieren. Unangemeldete Besucher würde sie zwar nicht vor der Tür stehen lassen, schrieb sie, aber bei Gelegenheit würde sie uns lieber mal zum Kaffee einladen. Ob das eine Einladung an Mama mit einschloss, blieb ungewiss!

An diesem Abend schleppte sie wieder ein aktuelles

Ultraschallfoto an, das von allen tüchtig bestaunt wurde und Robertos Schnurrbartspitzen vor Neid erschlaffen ließ.

»Hast du auch schon eins, na ja, da sieht man wahrscheinlich noch gar nicht viel«, erklärte Beatrice strotzend vor Überlegenheit.

Meine Güte, wenn sie gewusst hätte, *wie* überlegen sie war!

»Ich hatte eins …«, erklärte ich stockend. »Aber ich muss es verlegt haben.«

Roberto schnaufte und Fausto machte ein enttäuschtes Gesicht, nachdem er einen neugierigen Blick auf Beas Foto und dann einen scheuen auf ihre Kugel geworfen hatte.

»Was kannste du verliere eine so wichtige Sache wie diese …«, maulte Roberto herum. »Musste du aufpasse wie auf die Apfel von deine Auge …«

Ich versprach, mich beim nächsten Mal darum zu bemühen, und verdrückte mich schnell auf die Toilette, weil mir wieder oder immer noch, das wusste ich schon gar nicht mehr so genau, übel war.

Als ich zurückkam, hockte Fausto bei Bea am Tisch und ließ sich von ihr über Schwangerschaftsrituale und die Funktion eines modernen Vaters aufklären, und bald begriff ich, dass meine Schwester zum Angriff übergegangen war. Wenn sie schon nicht das Exklusivrecht auf Schwangerschaft anmelden konnte, dann musste sie wenigstens zeigen, dass sie nicht nur einen gewaltigen Vorsprung, sondern sich viel mehr als ihre dumme, kleine Schwester Petra mit dem ganzen Mist beschäftigt hatte.

»Du, das ist interessant, was Beatrice da erzählt … es gibt so viele Möglichkeiten … eine Unterwassergeburt zum Beispiel … und die Schwangerschaftsgymnastik sollten wir auf jeden Fall auch machen. Ich versteh gar nicht, wieso du dich noch nicht angemeldet hast!«, sagte Fausto zu mir und der tadelnde Unterton in seiner Stimme war nicht zu überhören.

»Das versteh ich auch nicht«, stimmte Beatrice ihm zu und warf mir einen Blick zu, in dem sich alle Messer des Lampedusa bündelten und mit glühenden Schneiden in meine Magengrube schossen. »Wo ich sie doch schon einmal mitgenommen habe … kurz bevor sie selbst schwanger geworden ist … oder warst du es da schon!«

Zack! ›Sie weiß es‹, schoss es mir durch den Kopf, ›sie weiß es und wird mich tierisch dafür bluten lassen!‹

»Ich … keine Ahnung … ich glaube …!«, stammelte ich und eilte hinter den Tresen, um eine neue CD einzulegen. Das war mir erlaubt. Außerdem war mir erlaubt, nicht zu schwere Tabletts an die Tische zu transportieren und ein bisschen mit unseren Gästen zu plaudern.

»Ich verstehe auch nicht, warum du Fausto nicht mal mitnimmst zum Frauenarzt …«, ereiferte sich Beatrice und genoss ihren Triumph. »Das machen die Frauen heute alle so …«

Ich konnte sie deshalb so gut verstehen, weil unser Familientisch dicht am Tresen steht.

»Sofern sie einen Mann haben …«, erwiderte ich und schoss die gebündelten Messer mit den glühenden Schneiden gezielt zurück.

»Petra!!«, brummte Fausto vorwurfsvoll. Das wurmte mich besonders! Was auch immer Beatrice Blumenstock tat, irgendwann hatte sie die Kerle doch wieder auf ihrer Seite.

»Ach, lass sie nur«, erklärte Beatrice honigsüß und sanft. »Sie kann sich das eben nur schwer vorstellen, dass es Frauen gibt, die in der Lage sind, so etwas allein zu meistern!« Peng, peng, peng!

In dieser Nacht folterten mich nicht nur Faustos Schnarchen, sondern in erster Linie Alpträume von gigantischen Dimensionen.

In den Pausen dazwischen, wenn ich mir den Schweiß vom Körper wischte, überlegte ich, ob ich Fausto nicht auf der Stelle wecken und endlich alles beichten sollte. Da lag seine Hand schon wieder warm auf meinem Bauch und sein heißes Gesicht verkroch sich in der Mulde zwischen meinem Kinn und meinem Busen.

Wenn ich also schon nicht in der Lage war, die Wahrheit zu sagen, gab es nur noch eine Möglichkeit für mich, ich musste jemanden einweihen, der mich dabei unterstützen konnte, die Lüge aufrecht zu erhalten. Ein Ultraschallfoto musste her oder ein Arzt, der meine Schwangerschaft bestätigte.

Aber welcher Arzt würde so etwas tun? Zu meiner Frauenärztin hatte ich nicht so viel Vertrauen, ihr sowohl meine Dummheit zu beichten als sie außerdem auch noch um etwas zu bitten, womit sie garantiert ihren Ruf aufs Spiel setzte.

Am nächsten Morgen rief ich Loretta an und fragte sie,

ob wir uns nicht treffen könnten. Irgendwo in einem Café in der Stadt. ›Einfach mal so!‹

»Habt ihr wieder eine Leiche verschwinden lassen?«, fragte sie mich gleich, als sie kam, und grinste spöttisch. »›Einfach mal so‹ … Petra! Schließlich kenn ich dich nicht erst seit gestern!«

Dann hab ich ihr alles erzählt und Loretta war nicht einmal schockiert!

Seit sie mit der Besenbinder zusammen war, hatte sie ihren Pippi-Langstrumpflook völlig abgelegt. Noch vor einer Weile war ihr Haar stoppelkurz und bunt gefärbt gewesen. Jetzt trug Loretta es schulterlang und es leuchtete so weizenblond wie früher. Loretta sah hübsch aus und viel erwachsener. Das machte mir die Sache leichter. Obwohl sie schon immer sehr scharfsinnig war und viel Durchblick hatte, wirkte sie nun insgesamt reifer, weil das, was sie sagte, nicht mehr nur aus ihrem Kopf zu kommen schien, sondern auch aus ihrem Bauch.

»Tut mir Leid, Petra, aber irgendwie hat das alles auch eine total komische Seite. Ich meine, wegen Beatrice …! Sie spuckt bestimmt Gift und Galle, weil sie in diesem ganzen Schwangerschaftszirkus nicht mehr die Hauptrolle spielen kann!« Loretta kicherte und bestellte sich etwas zu trinken.

»Schön, dass *du* darüber lachen kannst«, murmelte ich. Ich fühlte mich zwar erleichtert, aber die Sache zu Ende gebracht hatte ich damit noch lange nicht.

»Wenn Fausto das erfährt, ist alles vorbei, verstehst du?!«, jammerte ich. Loretta hegt für Fausto recht zwiespältige Gefühle. Auf der einen Seite ist er ihr Ziehbruder, auf der anderen aber auch bloß ein Kerl.

»Okay, du bist verknallt in ihn«, sagte sie.

»Ich bin nicht nur verknallt, Loretta, ich liebe ihn!«, widersprach ich ihr heftig.

»Auch gut ... aber lange noch kein Weltuntergang.«

»Was soll ich denn bloß machen?«

Loretta fasste mich scharf ins Auge. »Du hast mir das doch nicht alles nur deshalb gebeichtet, weil ich deine Schwester bin, oder?«, fragte sie mich.

»Natürlich ... Ich meine ... wieso sollte ich ... sonst ...«

Loretta grinste spöttisch. »Du willst mir doch nicht weismachen, dass du vergessen hast, mit wem ich zusammenlebe?«, fragte sie.

»Hab ich denn eine andere Wahl ...«, murmelte ich kläglich. »Ich weiß, es ist irgendwie schäbig, weil wir alle nicht besonders nett zu ihr waren.«

Loretta schnaufte ein wenig. »Du bist gut, Petra. Als wenn es das allein wäre ... Hedda hat schließlich *auch* einen Ruf zu verlieren!«

Es war eine blöde Idee, das hätte ich gleich wissen müssen, als mir dieser verrückte Gedanke durch den Kopf geschossen war. Doch in meiner beschissenen Situation musste ich buchstäblich jede Möglichkeit ins Auge fassen, die denkbar war.

»Eigentlich würde ich sie nicht gern um so etwas bitten ...«, erklärte Loretta stockend. »Für ein Mitglied meiner Familie würde sie eine ganze Menge riskieren ...«

›Für ein Mitglied *meiner* Familie!‹ Dass Loretta das extra so betonen musste, kam mir merkwürdig vor.

»Versteh mich nicht falsch ...«, versuchte Loretta mich rasch zu beschwichtigen. »*Ich* würde das sofort machen für dich. Aber Hedda ist in manchen Dingen etwas ... heikel ... nicht, dass sie nicht hilfsbereit ist ... ganz im Gegenteil ... aber ...«, Loretta verstummte. »Ach was ... ich kann das ja mal antesten!«

Ich nickte resigniert. Loretta rief den Kellner und bezahlte ihren Tomatensaft und meinen Kaffee, den ich nicht einmal getrunken hatte.

»Ich melde mich!«, erklärte sie knapp, küsste mich flüchtig und stieg auf ihr Rad, das sie neben dem Café abgestellt hatte.

Ein bisschen Hoffnung blieb mir also!

Gut drei Tage später bekam ich einen Anruf.

»Hedda Besenbinder ist am Telefon!«, sagte Mama höhnisch, nachdem sie abgenommen hatte. »Sie will *Petra* sprechen! Ich wusste gar nicht, dass ihr schon per *Du* seid!«

Ich nahm ihr den Hörer aus der Hand und verzog mich mit dem Apparat in mein Zimmer. Ich schloss die Tür, weil ich wusste, dass Mama inzwischen nicht nur intolerant, sondern auch unglaublich indiskret geworden war. Fausto war mit Roberto zum Einkaufen für das Lampedusa unterwegs und konnte mich ebenso wenig stören.

»Hallo!«, meldete ich mich schließlich mit luftleerer Stimme. »Schön, dass du anrufst!!« Was für eine dumme Floskel, vor allen Dingen in diesem Zusammenhang.

»Ich denke, wir sollten uns mal unterhalten«, erwiderte die Besenbinder. »Loretta hat mir von deinem Problem erzählt ... na ja ... vielleicht kann ich dir helfen!«

Wir verabredeten uns am Nachmittag in ihrer Praxis, wo Hedda Besenbinder in ihrem Sprechzimmer auf mich wartete. Sie trug einen hellgrünen geschmackvollen Kittel und überall lagen Kristalle und andere Steine in schönen, sanften Farben herum. Irgendwo brannte ein Räucherstäbchen und verströmte einen schweren, betäubenden Duft, der mich sofort an Opium denken ließ, obwohl ich keine Ahnung habe, *wie* und *ob* Opium überhaupt riecht.

Vielleicht bin ich wirklich zu oberflächlich, um das Wesentliche zu verstehen, wie Loretta manchmal behauptet, wenn wir uns über schwer fassbare Dinge unterhalten, aber irgendwie beunruhigen mich solche Leute, die sich intensiv mit Esoterik und diesem ganzen mystischen Kram beschäftigen. Es kann aber auch sein, dass ich insgeheim selbst an so was glaube, warum sonst sollte ich Angst davor haben, wenn ich es nicht ernst nehmen würde?

Außerdem war Loretta nicht da. Sie besuchte ihren Reiki-Kurs und würde erst abends wieder zurück sein.

»Schön, dass du gekommen bist!«, sagte die Besenbinder freundlich. Sie sah ein wenig müde aus und hatte trotzdem diesen aufmerksam stechenden Blick, als würde sie mich damit lähmen wollen. ›Du bist total blöd‹, schalt ich mich selbst, ›die Frau ist echt nett und voll in Ordnung, wenn sie sich auf deine Lügengeschichte einlassen will.‹

»Es besteht natürlich die Möglichkeit, das schon existierende Ultraschallfoto einer anderen Frau mit deinem Namen zu versehen ...«, fing sie gleich an und ich atmete auf, weil ich vor Peinlichkeit bestimmt kein Wort herausgebracht hätte.

»Meinst du nicht aber, es wäre besser, allen die Wahrheit zu sagen, bevor es zu spät ist?«, fragte sie dann.

»Zu spät ist es jetzt schon«, seufzte ich.

»Aber so verstrickst du dich immer mehr ...«

»Ich will es ja nur so lange durchziehen, bis ...« Bis wann eigentlich? Gab es denn einen bestimmten Zeitpunkt, der günstiger wäre als ein anderer? Im Prinzip würde es immer der Tag meines Untergangs sein. Die einzige Erklärung, die ich hatte, war die, dass ich noch eine Galgenfrist haben wollte. Eine Schonzeit, in der ich mich von Fausto so bedingungslos lieben und als zukünftige Mama seiner Bambinis vergöttern lassen konnte, dass ich nach meinem Coming-out wenigstens einen Proviant an schönen Erinnerungen mitnehmen konnte!

»Hättest du dir denn ein Baby gewünscht?«, fragte die Besenbinder forschend.

»Im Prinzip ja ... aber jetzt noch nicht!«

»Hättest du es denn behalten, wenn du schwanger gewesen wärst?«

›Seltsame Fragen‹, dachte ich. Warum stellte sie mir die in einer solchen Situation? Was sollte ich darauf antworten? So beschissen, wie ich mich jetzt fühlte, hätte ich mir natürlich ein richtiges Baby gewünscht, das auf jeden Fall geboren worden wäre.

»Na ja ... vielleicht kannst du mir ja auch einmal behilflich sein ... wenn ich ...« Sie schien die passenden Worte nicht zu finden. Oder sie wollte nicht weitersprechen, weil sie vielleicht bemerkt hatte, wie unbehaglich ich mich in ihrer Gegenwart fühlte, und ich schämte mich, dass ich sie trotz aller Anstrengungen nicht wirklich mögen konnte.

»Was soll es denn sein?«, fragte sie mich. »Ein Junge oder ein Mädchen?«

»Was?«

»Das war nur ein Scherz!«, erklärte sie lächelnd und ein paar Minuten später hatte sie mir den Abzug eines Fotos gemacht, das meinen Namen trug und einen Fötus in der dreizehnten Woche zeigte, der schon ziemlich gut zu erkennen war.

›Petra Blumenstock in der dreizehnten Woche‹ – da hätte ich fast geheult!

Ehrlich! Ich meine, mit diesem Bild katapultierte ich meine Babylüge in eine völlig andere Dimension. Etwas, das bis eben nur ein Fantasiegebilde gewesen war, hatte eine Form bekommen und war zu einem Wesen geworden, das wirklich existierte. Wow!

Wenn auch im Körper einer anderen Frau und nicht in meinem!

Wäre es da nicht aber eine Geschmacklosigkeit ohnegleichen gewesen, wenn ich das Foto tatsächlich als mein eigenes ausgegeben und nicht nur im Lampedusa herumgezeigt hätte?

Doch wie so oft im Leben der Familie Blumenstock hatte auch diesmal ein dummer Zufall seine Hände im Spiel und eine meiner kleineren Lügen, die ich erfunden hatte, um die große zu untermauern, wurde plötzlich zur Wahrheit, als nur das Foto, ohne dass ich es bemerkte, beim Ausziehen meiner Jacke aus der Tasche fiel und Roberto es im Schirmständer unter den Garderobenhaken fand.

»Questo miracolo!!«, brüllte Roberto in einer infernalischen Lautstärke, dass man befürchten musste, Al Bano und Romina Power oder irgendein Heiliger hätten ihre Füße höchstpersönlich ins Lampedusa gesetzt. Fausto hielt mich gerade in der Küche gefangen, presste seine Arme fest um meinen zitternden, leider nicht geschwängerten Leib und wühlte mit seiner Nase in meinem Haar, als Roberto angetobt kam und das Foto über seinem Kopf schwenkte. »Iste schönste Baby, das hatte die Welt gesehen bis zu die heutige Tag!«

Zu der Übelkeit, die mich augenblicklich wieder peinigte (inzwischen nahm ich an, dass mein schlechtes Gewissen so häufig in mir rumorte), gesellte sich diesmal ein bis dahin unbekannter kristallklarer scharfer Schmerz in meinem Bauch dazu.

Nun begann die Lüge wohl tatsächlich Gestalt anzunehmen. Oh dio mio! Oder hatte mich die Besenbinder mit ihrem Schlangenblick hypnotisiert?

Ich stürzte auf die Toilette und hörte draußen den werdenden Papa mit seinem real existierenden ekstatisch um die Wette jubeln, während ich keuchend über der Kloschüssel hing und heulte und kotzte und ahnte, dass es nie wieder einen glücklichen Tag in meinem Leben geben würde.

Später wurde ich an unseren Familientisch gesetzt und

mit einem Glas Selters beglückt, während Roberto mal wieder Sekt für alle spendierte. Der Laden war voll und die Gäste freuten sich darüber, dass sie umsonst saufen konnten, und sie freuten sich über das Baby und über la dolce vita im Allgemeinen!

Es wurde eine dieser Nächte, die überhaupt kein Ende nehmen wollen, weil es immer ein paar Leute gibt, die stundenlang die letzte Runde schmeißen.

Fausto strahlte mich an, als wäre ich Miss Universum persönlich, und Leo, der auch zu den späten Gästen gehörte, kaufte dem Blumenverkäufer eine ordentliche Ladung Rosen für mich ab.

Fausto war ein bisschen ärgerlich deswegen, weil er der Meinung war, dass es seine Aufgabe gewesen wäre, seine Braut mit Blumen zu beglücken.

Als wir endlich zu Hause waren und im Bett lagen, sagte er: »Ich war heute auf dem Standesamt, wir können sofort heiraten, wenn du willst? Was meinst du??«

Ich hatte keine Meinung, ich wusste ja, dass es nie zu dieser Hochzeit kommen würde. Also nickte ich lahm und ließ mir von Fausto den Bauch kraulen, bis er einschlief.

Am nächsten Tag hing das Ultraschallfoto in Gold gerahmt über dem Tresen im Lampedusa!

»Grazie ... grazie ... mille ...«, sagte Roberto und drückte mir mit einem derartig entrückten Lächeln die Hände, als wäre ich die Heilige Jungfrau und würde demnächst einen neuen Messias in die Welt schicken.

18

An jenem Nachmittag vor der großen Neueröffnungsparty bei ›The Great Event‹ stand Roberto plötzlich vor der Tür und hätte, wie er sagte, mal ein Wörtchen mit Mama zu reden. »Iste nichte gute, wenn Gelsomina lebte bei eine fremde Frau, wenn sie hatte eine famiglia ...«, erklärte er unumwunden. »... Fausto und Petra haben bald eigene Heim mit Baby und deshalpe ich denke, iste das Beste, wenn du und ich wohne auch zusamme und du sagst endlich ja zu eine Hochzeit ... Gabriella!!«

Seit ihrem Streit waren sie sich standhaft aus dem Weg gegangen. Obwohl ich Mama einige Male dabei beobachtet hatte, wie sie um das Telefon herumgeschlichen war und manchmal sogar den Hörer abgenommen hatte, um zu prüfen, ob das Telefon überhaupt funktionierte. Man kennt das ja, nicht wahr?

Deswegen war es von Roberto ziemlich ungeschickt, so mit der Tür ins Haus zu fallen, auch wenn Mama, was ich vermute, gar nicht abgeneigt war, sich mit Roberto zu vertragen und vielleicht auch noch mehr Zugeständnisse zu machen.

Natürlich wollte sie ihr Gesicht nicht verlieren und Roberto gleich in die Arme stürzen.

»Ach, weißt du, Roberto ... so eine Ehe, das ist kein Kasperletheater ... sondern was sehr Ernstes ... das muss man sich gut überlegen«, erklärte Mama mit dramatischen Gesten.

Roberto runzelte die Stirn. »Glaubst du, ich bin Kasper ... eh?«, knurrte er.

Manchmal kam es mir so vor, als ob die beiden gerade diese Art von Unverständnis für ihre Kommunikation nötig hatten, um genau auf das Wesentliche nicht und damit auch niemals ganz zueinander zu kommen. Mit diesen Plänkeleien blieb in ihrem Verhältnis immer eine bestimmte Spannung und außerdem bestand jederzeit die Möglichkeit zur Flucht.

»Dass du immer alles so wörtlich nehmen musst, Roberto«, klagte Mama.

»Wie soll ich dann nehme? Soll ich denke, iste amore bloß Scherze ... oder wasse?«

Wenn es so weiterging, könnte es eine Stunde dauern, bis sie sich entweder versöhnt oder noch mehr entzweit hatten. Ich hoffte für die beiden, sie würden wissen, dass sie sich auf dem besten Wege dahin befanden, ihre Beziehung überzustrapazieren.

Dabei liebten und brauchten sie einander doch!

So wie ich Fausto liebte und brauchte. O dio mio! Fast hätte er sich mit Roberto um das Foto geprügelt, weil er es in seiner Brieftasche tragen und nicht über dem Tresen vom Lampedusa hängen sehen wollte.

»Wenn Petra kriegte die nächste ... iste für diche ... lasse diese für die stolze Großpapa ...«, hatte Roberto ihn angebettelt und dabei flehend die Hände gehoben. Hätte Fausto ihm das Bild nicht überlassen, wer weiß, wozu Roberto sich noch verstiegen hätte. Obwohl ich genau wusste, was sie beide für Bambini-Fans waren, hätte ich nie gedacht, dass gerade Fausto so aus dem Häuschen wäre, wenn er sich für einen werdenden Vater hielt. Wo gibt's denn heute so was noch? In Faustos Alter wollen die meisten Jungs keine Babys und viele hauen ab, wenn ihre Freundin doch schwanger wird.

›Pech gehabt, Petra Blumenstock, nun hast du zwar einen idealen Papa, aber leider kein Baby dazu!‹

Netterweise hatte Günter die Eröffnungsparty auf einen Montag gelegt. »Damit ihr auch kommen könnt!«, hat er behauptet. Dabei hatte er es vor allem auf Roberto abgesehen, um ihm mit Elli an seiner Seite hinter dem bestattungsinstitutionalisierten Bistrotresen all die Jahre der Demütigungen und Niederlagen gebührend heimzuzahlen.

Ich hatte zwar nicht damit gerechnet, dass Roberto jemals wieder freiwillig einen Fuß in Günters einst so düstere Hallen setzen würde. Aber vielleicht wollte er den ersten gemeinsamen Auftritt mit Mama als frisch versöhntes Paar gerade vor Günters Nase abziehen oder er war einfach bloß neugierig.

»Was iste eine Kneipe in eine Geschäft mit die Särge ... wo ist Trauer von die Leute ... iste ohne jede Anstand ...«, wetterte er auf der Hinfahrt. Fausto saß am Steuer und ich neben ihm. Mama zog sich vor einem Taschenspiegel konzentriert die Lippen nach. Sie war wieder einmal erstaunlich gut angezogen. Was bei Mama bedeutete, dass sie vor allen Dingen gepflegt aussah. Möglicherweise hatte sie nun endlich begriffen, dass der Schmuddellook ihrer Revoluzzerzeit seinen Charme längst verloren hatte. Außerdem belebte wohl auch in Beziehungen die Konkurrenz das Geschäft. So eine wie Elli war Mama noch nie über den Weg gelaufen. Das heißt, bis zum Auftauchen unseres kleinen Busenwunders war sich Mama sowohl Günters als auch Robertos uneingeschränkter Bewunderung und Anbetung sicher gewesen. Wenn es nun aber einem kleinen Luder wie Elli gelang, ihr diese Position streitig zu machen, musste Mama ganz schön aufpassen, dass sie irgendwann nicht nur unter ›ferner liefen‹ rangierte.

Ich schätze, aus diesem Grund hatte sie sich so schnell mit Roberto versöhnt.

Was sie zu seinen Hochzeitsplänen gesagt hatte, wusste ich noch nicht, aber immerhin hockten sie, nachdem Mama mit der Lippenbemalung fertig war, beide untergehakt auf dem Rücksitz von Robertos BMW und lächelten einander hin und wieder hingebungsvoll an.

Vor dem Schaufenster vom ›Great Event‹ drängte sich schon ein Haufen Leute, bestimmt angelockt von der Tatsache, dass über der Tür eines Bestattungsunternehmens eine Traube bunter Luftballons baumelte, was, wie ich gleich richtig vermutet habe, auf Ellis Konto ging.

»Geschmackloser geht's ja wohl kaum noch!«, brummte Mama und hielt Ausschau nach Elli, die in einem bauchbetonten schwarzen Kleid mit einem buchstäblich atemberaubenden Ausschnitt angewackelt kam und wie üblich eine Laufmasche im Strumpf hatte. Männer sollen ja Laufmaschen angeblich anmachen und vielleicht brachte Elli sich selber welche mit dem Fingernagel bei. So bescheuert das auch klingt, aber unserem kleinen Busenwunder hätte ich so etwas zugetraut.

»Ach, Roberto ...«, rief Elli überschwänglich. »Wie schön, dass du nicht mehr sauer auf mich bist!« Sie küsste Roberto auf die Backen und Mama schenkte sie ein überlegenes Lächeln.

Aber Gabi Blumenstock hatte ihre alte Form zurückgewonnen. Angesichts ihres Versagens als Mutter und ihrer verehrermäßigen Einbußen hatte sie wohl kapiert, dass sie entweder kämpfen oder im grauen Ozean der dem Alter entgegenbangenden Durchschnittsfrauen untergehen würde.

»Sie haben eine Laufmasche, Elli, so was macht sich gar nicht gut für eine Geschäftsfrau!!«, erklärte sie freundlich, während sie sich von Roberto eine Zigarette anstecken ließ. Dann ging sie einfach weiter und begrüßte Günter, der grell wie ein Papagei hinter dem verchromten Bestattungsbistrotresen stand und schon tüchtig Sekt ausschenkte.

›Eins zu null für uns‹, dachte ich.

»Was ich dich schon immer mal fragen wollte«, sprach ich Elli an, die verkniffen an ihren Strümpfen herumzupfte, während meine Mutter in eine Rauchwolke eingehüllt davonschwebte. »Wovon ist das eigentlich die Abkürzung ... E l l i ... vielleicht von Elvira??«

Oh, wie ich diesen blöde verblüfften Blick genoss, der Elli entglitt. »Wieso?«, sagte sie. »Ich meine ... nein ... ich heiße Elli ... einfach Elli!!«

Sie warf einen ängstlichen Blick zu meinem Alten hinüber, der den Mund spitzte und absolut weggetreten Küsse über den Bestattungsbistrotresen in Ellis Richtung schickte.

Es war kaum auszuhalten und ich war froh, als Gelsomina und Rutchen eintrafen, gefolgt von Kevin mit dem Hund, der sofort um das kalte Büfett herumzujagen begann.

Früher wäre Gelsomina gleich jedem von uns um den Hals gefallen. Heute warf sie bloß mit mürrischen Blicken um sich. Wenigstens mir, ihrer Lieblingsschwester, schenkte sie ein kleines Lächeln.

»Wie geht's, meine Süße?«, fragte ich und wollte sie umarmen. Vielleicht hatte sie Angst, dass mein schwesterlich gefühlvoller Backenschmatzer ihre Schminke verwischen könnte, oder es war ihr inzwischen auch peinlich, von mir Küsse in der Öffentlichkeit verpasst zu bekommen.

»Ach nee ... Petra ...«, brummte sie und schob mich weg, nicht ohne verstohlen zu Kevin hingespäht zu haben, der damit beschäftigt war, den Hund davon abzuhalten, sich ein kaltes Hühnerbein vom Büfett zu mopsen.

»Ach so, verstehe!!«, sagte ich extra leutselig mit Verschwörermine und folgte ihrem Blick.

»Gar nichts verstehst du!!«, murmelte Gelsomina und ließ mich stehen.

»Nimm's ihr nicht übel«, versuchte Rutchen mich aufzumuntern. »Sie will eben nicht mehr die kleine Schwester sein!«

Ich nickte belämmert und sah, wie Mama ihr kleines Mädchen mit hungrigen Augen umschlang. Aber Gelsomina hatte ihr nur ein knappes ›Hallo‹ hingeworfen und sich dann mit Kevin in eine Ecke verzogen, wo sie schweigend nebeneinander sitzen blieben und Cola schlürften.

Ich hatte kaum Zeit, mir noch mehr Gedanken über Gelsomina zu machen. Immer mehr Schaulustige strömten herein. Allen voran Beatrice Blumenstock in einem sinnlich roten Fummel und schulterlangen goldenen Ohrgehängen, die bei jedem Schritt klimperten und klirrten und das Lampenlicht reflektierten, dass es nur so funkelte.

»Du solltest auch weitere Sachen tragen ... Es ist besser für das Baby«, sagte Fausto, als er Beatrice gesichtet und auch irgendwie verhalten bestaunt hatte. Oh, es machte mich rasend, wie sie nun auch als Muttertier jede Menge Bewunderung einheimste, weil sie trotz ihres Umfangs weder an Attraktivität noch an Selbstbewusstsein verloren hatte. Sie rauchte nicht mehr und trank keinen Alkohol und auf Schminke hatte sie inzwischen auch ganz verzichtet. Insgesamt war sie die Verkörperung einer idealen modernen jungen Mama. Nicht unbedingt eine Mamma italiana, aber fast!

»Hallo, Petra, Schwesterherz, wie geht es dir?«, fragte sie mit fürsorglicher Bosheit. »Immer noch ständig so übel? Bestimmt liegt das an falscher Ernährung ... Na ja, wenn ich daran denke, wie fett ihr im Lampedusa so kocht ...«

Nun hatte sie es mir aber heimgezahlt, dass ich die

Symptome hatte und sie nicht. Ich schätze, sie hatte gemerkt, wie angenehm es war, wenn man sich in der Schwangerschaft rundum wohl fühlen konnte. Der Bauch zum Vorzeigen war ihr ja nun auch gewachsen.

»Beatrice hat Recht«, sagte Fausto, der sich als vermeintlich werdender Vater langsam zu einer Plage auswuchs. »Außerdem könnten wir im Lampedusa auch mal ein paar neue Gerichte ausprobieren!«

Ein Glück, dass ich gemerkt hatte, wie Fausto einem auf die Nerven gehen konnte, bevor ich schwanger war. Sollte ich in ferner Zukunft doch noch die Wahl haben, ihn zum Papa zu machen oder nicht, dann würde ich mir das bestimmt reiflich überlegen.

Inzwischen hatte Beatrice meinen Lover in ein Gespräch über pränatale Phänomene verwickelt und Fausto lauschte ihr dermaßen fasziniert, als würde sie den Inhalt des neuesten Bruce-Willis-Streifens erzählen.

Ich war so wütend, dass ich mich erst mal entfernen musste und entwendete heimlich eine Flasche Sekt vom Tresen, die ich hinter dem Vorhang zum Aufbahrungsraum köpfte und vorsätzlich schnell auszutrinken begann.

Als Loretta mit der Besenbinder erschien, hatte ich schon ein gutes Drittel davon gekippt und fühlte mich so angenehm benebelt wie schon lange nicht mehr.

Mama gab sich heute sogar Mühe, die Besenbinder einigermaßen freundlich zu begrüßen. Das heißt, sie sagte ihr wenigstens ›Guten Tag‹, damit Loretta ihren guten Willen erkannte. Aber Loretta verzog nur etwas angewidert das Gesicht und ging gleich zu Günter, um ihm zu seiner absolutely innovativen Idee zu gratulieren. Für so etwas Abgefahrenes war Loretta trotz ihrer neu erworbenen heilpraktischen Reiki-Reife offensichtlich immer noch zu haben, was vermuten ließ, dass auch die Besenbinder und ihr esoterischer Gesundheitszirkus nicht die letzte Station in Lorettas Leben sein würden.

Aber der Knüller des Abends kam noch! ›Die Braut trug schwarz‹, hätte das Motto des Abends heißen können, denn sobald unsere Familie und sämtliche andere Gäste, unter anderem auch der Focke, Rita Rogge und Leo, eingetroffen waren, wurde nicht nur der Bestattungsbistrotresen eingeweiht, sondern mein Alter verkündete seine Verlobung mit Elli!

»So was Ähnliches hab ich mir gedacht«, knurrte Mama, die bisweilen einen verstohlenen Blick auf Loretta warf, die fröhlich mit Günter am Tresen schwatzte, obwohl sie an meinem Vater früher nie ein größeres Interesse hatte.

Die beiden neuen Gehilfen, die gerade erst aufgetaucht waren, weil sie bis eben an einem kleinen Podium im Ausstellungsraum der Särge herumgebastelt hatten, schleppten einen Kasten Champagner an und gleich darauf knallten die Korken um die Wette, damit auch jeder Gast gleich etwas zum Anstoßen auf Günters und Ellis Verlobung hatte!

Ich hatte inzwischen zwei Drittel der heimlich erbeuteten Sektflasche ausgetrunken und mich auf den Sockel gepflanzt, wo sonst immer die Leichen drauflagen und schön gemacht wurden, bevor sie ihre Angehörigen noch einmal besichtigen durften. Ich ließ die Beine baumeln und sah die Welt wieder in wunderschönem rosarotem Licht. Oder war es grün! Oder grau? Fantastisch war nur diese Leichtigkeit, die ich schon so lange nicht mehr empfunden hatte!

Ich sah den Focke mit Beatrice plaudern. Die Rogge hing kochend auf einem Barhocker, während Rutchen mit einem Taschentuch vor der Nase auf die Toilette eilte. Ich bemerkte, dass meine Mutter sich zum ersten Mal flache Schuhe angezogen hatte, damit sie nicht einen halben, sondern nur einen viertel Meter größer als Roberto war, der wiederum durch ein paar hochhackige Flamencotänzerstiefeletten an Größe gewann, so dass sie beide nun, wenn Mama sich etwas nach vorn beugte, fast gleich groß waren. ›Was für ein Zugeständnis‹, dachte ich und musste kichern. Schließlich lief Romina Power auch immer bloß in Sandalen oder sogar barfuß herum, damit sie, wie sich das für eine italienische Ehefrau gehörte, ihrem Al Bano nicht auf den Kopf spucken konnte.

Dass mein Vater und Elli sich verlobt hatten, bekam ich dann nur am Rande mit und es juckte mich auch nicht sehr. Im Gegenteil, ich wünschte meinem Alten alles Glück der Erde. Alle Menschen sollten glücklich sein. So glücklich wie ich. Hurra!

Da bog plötzlich wieder so ein nicht eben harmloser Schmerz meine Därme auseinander und mir wurde heiß und kalt und ich begann zu schwitzen, so als hockte ich in einer Sauna und nicht in einer kühlen Leichenhalle.

Den Schrei, den ich ausstieß, nahm ich gar nicht mehr wahr als meinen eigenen. Ich weiß nur noch, dass ich vom

Sockel flog und erst im Krankenhaus wieder aufwachte, wo ich verkabelt mit Infusionsflaschen und einem Monitor, der offensichtlich meine Herztöne aufzeichnete, auf der Intensivstation lag.

Hinter einer Glasscheibe sah ich verschwommen Fausto stehen und sich die Haare raufen. Roberto und Mama lehnten Arm in Arm und irgendwie im Halbschlaf an der Wand dahinter.

»Sie ist wach ...«, hörte ich jemanden mit Faustos Stimme rufen. »Sie ist wach!!«

»O dio mio ... Santa Maria ...!!«, jubelte Roberto und ich dachte schon, ich wäre auf wunderbare Weise aus dem Reich der Toten zurückgekehrt, nur weil Roberto lange genug für mich gebetet hatte.

Dann kamen sie von einem Arzt geführt geduckt hereingeschlichen, um mich zu besichtigen, und da ich nicht gestorben war, sondern nur einen vereiterten Blinddarm gehabt hatte, den sie mir noch in der gleichen Nacht entfernt hatten, stand das Jüngste Gericht der Petra Blumenstock unmittelbar bevor!

19

Würde ich Gnade finden? Schließlich hätte ich an dem vereiterten Blinddarm auch sterben können. Wie sehr schlotterte ich vor dem ersten Besuch meiner Familie, als ich mein Bewusstsein endgültig wiedergefunden hatte und mir die Ausdauer fehlte, ein Koma zu simulieren, obwohl ich mit diesem Gedanken geliebäugelt hatte!

Ganz schön feige, nicht wahr? Dabei war ich auch erleichtert und dachte, komme, was da wolle, die Lüge hat sich damit auf jeden Fall erledigt.

Zuerst kam Fausto mit einem umfangreichen Blumenstrauß und dem Gesichtsausdruck eines Hundes, der nicht brav gewesen ist und nun Frauchens Strafe erwartet.

›Auch gut‹, dachte ich und es gelang mir, wenigstens ein mattes Lächeln auf mein Gesicht zu zaubern.

»Oh, Petra … Petra … mia …«, seufzte er und sank vor meinem Bett auf die Knie. War ich nicht doch vielleicht im Jenseits gelandet oder in einer Parallelzeit, in der sich alles ins Gegenteil verkehrte?

Ich strich Fausto vorsichtig über den Kopf, der auf meine Brust gesunken war.

Fausto murmelte irgendwas auf Italienisch vor sich hin. Das tat er oft, wenn er von wilden Gefühlen heimgesucht wurde, die sein sizilianisches Ich produzierte.

»Es tut mir so Leid ...«, jammerte er ohne den Kopf zu heben. »Aber es wird wieder alles gut ... das versprech ich dir, Petra ...«

›Na wunderbar‹, jubelte ich innerlich. Wenn er es so leicht nahm, hatte ich mir ganz umsonst solche Sorgen gemacht.

»Ich bin ja so froh, dass du mir nicht böse bist!«, seufzte ich und kraulte Faustos Ohren.

»Wieso soll ich dir böse sein?«, rief er und hob den Kopf von meiner Brust. Wie blass er war und wie seine schwarzen Augen funkelten!

»Na ja ... jeder andere hätte mir bestimmt Vorwürfe gemacht ...«, murmelte ich sehr schuldbewusst mit halb geschlossenen Lidern, unter denen ich mädchenhaft hervorblinzelte, um Fausto total zu entwaffnen.

»Natürlich hättest du nichts trinken dürfen ...«, räumte Fausto zögernd ein. »Aber Gabi meinte, es hat damit gar nichts zu tun ... Es war die Entzündung und bestimmt wäre das Kind nicht gesund gewesen!«

Von welchem Kind sprach mein Geliebter? Sollte ich am Ende doch schwanger gewesen sein? Aber das hätte meine Frauenärztin schließlich bemerken müssen. Außerdem hatte ich einen Schwangerschaftstest gemacht und der war negativ. Danach konnte es auf keinen Fall passiert sein, weil Fausto und ich nicht mehr miteinander geschlafen hatten. Katholisch bin ich nicht, also würde ich wohl kaum für eine unbefleckte Empfängnis auserwählt worden sein. Was also war passiert?

»Wir versuchen es einfach noch mal!«, sagte Fausto. »Wir sind doch noch jung!« Er war so süß! Sollte ich ihn dann nicht einfach in dem Glauben lassen, dass ich tatsächlich schwanger gewesen war und das Kind verloren hatte, und einfach dankbar dafür sein, dass mir irgendwer oder irgendetwas so fein aus dem Schlamassel herausgeholfen hatte?

Als Fausto fort war, kam meine Mutter. Ich war gerade eingedöst und dämmerte so vor mich hin, als aufrührerisches Hacken von Schuhabsätzen erklang und mich augenblicklich weckte.

»Na, du Mater dolorosa!«, begrüßte sie mich spöttisch. Dann holte sie sich einen Stuhl, setzte sich neben mich an das Bett und schlug ein Bein über das andere.

»Hast du mir nichts zu sagen?«, fragte sie eindringlich.

Nun wusste ich, *wer* mich gerettet hatte!

»Wie hast du das gemacht?«, murmelte ich zerknirscht. »Hast du den Arzt bestochen ...?«

Mama grinste. »So ähnlich ... Ich hab ihm nur eingeschärft, dass er auf keinen Fall mit Fausto sprechen dürfte, weil der sich die ganze Zeit eingebildet hätte, du wärest schwanger und wir ihn in dem Glauben lassen wollten!!«

Eine kurze Pause entstand. »Danke!«, murmelte ich matt. »Du hast mir echt den Hals gerettet!«

Mama schnaufte. »Aber warum hast du das gemacht?

Weil du neidisch auf Bea warst, oder warum?«, wollte sie wissen.

Ich zuckte die Schultern. Mein Bauch tat mir immer noch ein bisschen weh.

»Weiß auch nicht ... irgendwie bin ich da plötzlich reingerutscht und dann konnte ich nicht mehr zurück.«

Mama sah mich skeptisch an. »Und das soll ich dir abkaufen?«

Ich seufzte. »Ich weiß, wie unglaubwürdig sich das anhört ... aber es ist die Wahrheit! Außerdem wollte ich es ja aufklären ... aber dann kam immer irgendwas dazwischen, was mich daran gehindert hat.«

Ich war nicht sicher, ob ich mir das wirklich glauben wollte. Denn jetzt, wo alles vorbei war, kam es mir total absurd vor, was ich getan hatte. Natürlich hätte ich das Missverständnis gleich aufklären können, als Roberto mich mit dem blöden Babybuch in der Küche überrascht hat.

Warum also hatte ich das nicht getan?

Es brachte nicht viel, darüber nachzudenken. Viel wichtiger war jetzt die Frage, ob ich das Missverständnis doch noch aufklären oder das erfundene Baby, das ich nun buchstäblich verloren hatte, einfach vergessen sollte.

»Das ist eine Gewissensfrage, die musst du dir selbst beantworten!«, sagte Mama.

Zeit genug zum Grübeln würde ich ja in den nächsten zwei Wochen haben, die ich noch im Krankenhaus bleiben musste.

Aber dann passierte etwas, das wieder alles aus den Fugen geraten und meine Schandtat vorübergehend in Vergessenheit geraten ließ.

Obwohl erst Anfang Juni Geburtstermin gewesen wäre, bekam Bea ihr Baby einen Monat zu früh!

Ironie oder Strafe des Schicksals? Ich weiß nicht. Jedenfalls landete sie auf der Entbindungsstation des gleichen Krankenhauses, in dem ich lag, und wurde Mutter eines gesunden Jungen, dem sie den Namen Maximilian gab.

Der kleine Bursche musste nur ein paar Tage im Brutkasten verbringen, dann wurde er der frisch gebackenen Mutter an die Brust gelegt.

Als ich endlich aufstehen durfte, humpelte ich nach ein paar schmerzhaften Gehübungen während des Nachmittags lahm wie eine Greisin gebückt an einer Krücke zu Beatrice.

Vor der Tür zu ihrem Zimmer zögerte ich, weil ich drinnen Stimmen hörte, und mich nicht täuschte, als ich meinte, die von Mama und von Fausto zu erkennen.

Als ich schließlich das Zimmer betrat, funkelte mir ein buntes Meer von Blumen entgegen, die in Vasen überall herumstanden und das Krankenzimmer mit einem süßen Duft erfüllten.

Für Bea hatte Larry genau wie für mich ein Einzelzimmer bezahlt, etwas, wofür ich ihm in meinem desolaten Gemütszustand mehr als dankbar war, und meine Schwester lag wie eine Königin mit dem Baby im Arm in ihrem Bett. Sie sah wirklich wunderschön aus und schien total glücklich zu sein.

»Petra …!«, rief Mama überrascht. »Darfst du das denn schon …?«

»Wir … wollten gleich … zu dir kommen …«, stammelte Fausto verlegen und kam mir entgegen, weil er mir vermutlich beim Laufen helfen wollte.

Oh, was kochte da wieder für eine barbarische Wut in mir. Wilde Eifersucht loderte in meinem verwundeten Herzen auf! Unsanft stieß ich meinen Geliebten beiseite.

»Herzlichen Glückwunsch, Beatrice!«, sagte ich mit rauer Stimme, die mich als das entlarvte, was ich tatsächlich war, ein Bündel glühenden Neids!

Beatrice hauchte ein ›Danke‹ in meine Richtung und dann schaute sie wieder glücklich ihr Baby an und sagte: »Ist er nicht total süß?«

Wenn ich ehrlich bin, fand ich unseren Max zuerst nicht besonders hübsch.

Ich meine, die meisten Neugeborenen sind keine strahlenden Babyschönheiten. Außerdem liegt das ja auch immer im Auge des Betrachters und der Blick einer Mama ist bestimmt nicht objektiv.

Mit meinem würde es mir vielleicht genauso gehen, dachte ich und nickte.

»O ja … Er ist wirklich niedlich!!«

Mama streifte mich mit einem prüfenden Blick. Fausto flatterte verlegen mit seinen Lidern und versuchte nach meiner Hand zu schnappen, die ich ihm giftig entzog.

»Ich geh dann mal wieder … Es tut noch ein bisschen weh, weißt du«, erklärte ich und zeigte auf meine rechte untere Leistengegend.

»Ich brauch keine Hilfe!«, sagte ich schneidend, als Fausto an meine Seite springen und mich stützen wollte. Beatrice warf mir einen überrascht erschrockenen Blick zu. Na ja, sie glaubte ja auch, dass ich ein Baby verloren hatte und dachte jetzt vermutlich darüber nach, wie ich mich dabei fühlen musste, wenn ich sie hier so glücklich mit ihrem sah!

Sollte sie ruhig! Im Augenblick hatte ich jedenfalls nicht mehr vor, alles aufzuklären, dazu war ich viel zu sauer auf Fausto. Als der Freund einer Frau, die gerade eine Fehlgeburt hatte, am Bett der Schwester zu sitzen und ihren Sprössling anzustaunen, fand ich mehr als unsensibel!

Schreckliche Gefühle peinigten mich, als ich wieder in meinem Bett lag und mir wünschte, jemand würde auf irgendeinen Knopf drücken und damit den Weltuntergang herbeiführen. Schlimm, nicht wahr?!

Als Fausto gleich darauf in mein Zimmer schlich, überlegte ich gerade, womit ich ihn ganz tief treffen und verletzen könnte, damit er sich seiner Schuld auch ordentlich bewusst werden würde. Vermutlich um uns beide ungestört miteinander *plaudern* zu lassen, war Mama noch bei Bea geblieben!

Das frühe Baby hatte sie wieder miteinander versöhnt und später erfuhr ich, dass Mama sogar bei der Geburt dabei gewesen war, weil Bea sie mitten in der Nacht angerufen hatte, als sie Wehen bekam und Angst hatte.

Na ja, so kehrte wohl manche von uns reumütig in den Schoß der Mutter zurück, wenn das Leben uns gnadenlos heimsuchte.

»Ach, Petra«, seufzte Fausto und wollte sich auf mein Bett setzen. Ich stieß einen Schmerzensschrei aus und gleich schoss er erschrocken wieder in die Höhe. »Die Wunde«, erklärte ich. »Sie schmerzt noch ganz schön!!«

»Natürlich!«, murmelte Fausto bedrückt und dachte wohl auch an die andere Wunde, die noch nicht verheilt war. Genau das hatte ich bezweckt!

Nur, dieser Triumph schmeckte schal. Im Grunde genommen war ich überhaupt nicht mehr die, die ich einmal gewesen war. Ehrlich und nett und zuverlässig in jeder Hinsicht!

Und das Allerschlimmste war, dass ich mich selbst in diesen verworrenen Gefühlszustand hineinmanövriert hatte. Hätte ich keine Schwangerschaft simuliert, wäre Fausto garantiert auch nicht so hingerissen von Beas Baby gewesen. Aber so musste er natürlich immer an das denken, von dem er glaubte, dass er es verloren hatte.

Was war ich bloß für eine dumme, einfältige Gans!

Das war nun wieder so ein Augenblick, in dem ich kurz davor war, Fausto alles zu gestehen. Irgendwann musste dieses Theater schließlich ein Ende haben!

Aber irgendwer schien immer mehr Gefallen an meiner geschmacklosen Komödie zu finden. Vielleicht der Geist des toten Hundes, den wir nie begraben hatten?

Kaum hatte ich mich nämlich entschlossen geständig zu sein, da kamen Rutchen und Gelsomina zu Besuch.

Seit der Nacht meiner Einlieferung waren sie noch nicht wieder da gewesen und ich freute mich natürlich sie zu sehen.

Außerdem brachte Rutchen sensationelle Neuigkeiten mit!

Gelsomina begrüßte zuerst mich und dann Fausto, der gleich an ihrem Lippenstift herummäkelte. Langsam befürchtete ich, dass er im Laufe der Zeit seinem Vater immer ähnlicher werden und sich zu einem alten konservativen Knochen entwickeln könnte, mit dem das Leben sicherlich nicht mehr so viel Spaß machen würde wie jetzt!

»Mensch, Fausto!«, brummte Gelsomina. »Wo lebst du denn?«

Dann zankten sie noch eine Weile im Hintergrund herum, während Rutchen im Flüsterton mit den Neuigkeiten herausrückte.

»Er will seine Lebensversicherung auf ihren Namen umschreiben lassen!! Stell dir das mal vor!!«, wisperte sie mir zu.

»Günter ... für Elli?«, fragte ich. Bis jetzt war die Police auf meinen Namen gelaufen und ich hätte eines Tages eine nicht unbeträchtliche Summe auf meinem Konto gehabt.

»Eben das!!«, sagte Rutchen. »Ich hab es ganz zufällig entdeckt, als ich neulich ein paar meiner Papiere aussortiert hab und das Schreiben von der Versicherung auf seinem Tisch lag!«

Obwohl mir Geld nie viel bedeutet hat, jetzt ärgerte ich mich! Schließlich gehörte Elli nicht einmal zur Familie, auch wenn sie jetzt mit meinem Alten verlobt war und angeblich ein Baby von ihm erwartete.

»So ein Miststück!!«, zischte ich. Da tat mir mein Bauch wieder weh und ich krümmte mich vor Schmerz. Einen leisen Schrei konnte ich leider auch nicht unterdrücken. Erschrocken sprang Fausto an mein Bett und Rutchen taumelte schuldbewusst ein Stückchen zurück.

»Man darf sie noch nicht so aufregen«, erklärte Fausto, während er meine Hand presste und mit zärtlicher Zerknirschung auf mich herabschaute. »Schließlich hat sie einiges hinter sich!«

Na gut, dann würde ich mich eben noch eine kleine Weile bedauern lassen und damit mehr Zeit zum Nachdenken haben, wie ich Elli einen Strich durch die Rechnung machen konnte. Das würde mich von meinen Problemen ablenken und mir das Geld retten, das ich brauchen würde, wenn Fausto mich verstoßen sollte und ich in Schimpf und Schande mein geliebtes Lampedusa für immer verlassen müsste!

20

Ich musste etwas länger das Krankenbett hüten, weil die verdammte Narbe nicht richtig heilen wollte!

Da packte mich wohl so etwas wie eine Krankenhausdepression und ich hatte weder Appetit noch kriegte ich die Heulanfälle in den Griff, die mich regelmäßig heimsuchten, wenn irgendein Familienmitglied anwesend war. Besonders häufig traf es Fausto, der bald nicht mehr zu wissen schien, wie er mit mir umgehen sollte, und sich immer seltener blicken ließ.

Am Tag ihrer Entlassung besuchte mich die frisch gebackene, junge Mutter, strahlend wie immer und ein wenig auch von Verlegenheit gebeutelt, ein neuer Zug an meiner großen, schönen Schwester, der vermutlich ihrer Verdopplung zu verdanken war.

Sie trug verwaschene Jeans und ein weites T-Shirt und hatte sich die langen Haare ganz unkompliziert auf dem Kopf zusammengezwirbelt. Sie war schon wieder fast so schlank wie vor der Geburt und ich fragte mich, auf welchen modischen Abwegen Mama Beatrice in Zukunft wandeln würde.

»Geht's dir schon besser?«, fragte sie mich.

Ich nickte. Weil ich so wenig essen konnte, hatte ich reichlich abgenommen und sah mit meinem blassen eingefallenen Gesicht und dem roten Haar bestimmt auf eine sehr beeindruckende Weise krank aus.

»Es wird schon«, sagte ich.

»Na prima ...«, Beatrice spielte mit dem Anhänger ihres Autoschlüssels. »Max kann ich ja leider noch nicht mitnehmen ... Sie wollen ihn noch ein bisschen beobachten ...«, murmelte sie. »Aber ich komme jeden Tag zum Stillen, weißt du ...!«

»Ich geh ab und zu mal nach ihm gucken!«, erklärte ich. »Damit er nicht so allein ist!«

»Würdest du das machen ...?!« Beatrice strahlte. »Schließlich ist er doch ein Familienmitglied ... der erste männliche Blumenstock seit Generationen ...« Denn soweit Mama uns über ihre Familiengeschichte aufgeklärt hatte, war sogar ihre Mutter eine Alleinerziehende gewesen, was damals längst nicht so selbstverständlich wie heute war.

»Aber nur, wenn es dir nicht zu viel wird ... ich meine, ich verstehe auch ... wenn du ...«, stammelte Beatrice.

»Es macht mir nichts aus ...«, sagte ich. »Im Gegenteil ...!!«

So bin ich Maximilians Tante Petra geworden. Und das auch noch mit Leidenschaft!

»Ich bin seine Tante«, erklärte ich stolz, als ich Maximilian auf der Säuglingsstation besuchte.

Er lag zwar nicht mehr im Brutkasten, dafür aber in einem Wärmebettchen und schlief. Meine Güte, war das ein Gefühl! So ähnlich hatte ich für Gelsomina empfunden, als ich sie das erste Mal sah. Diese Art von Rührung ergreift einen wohl bloß beim Anblick von Babys und Kindern. Ich schätze, das sind Instinkte, denen wir einfach ausgeliefert sind. Die Frauen jedenfalls. Obwohl die modernen jungen Väter sich ja auch von so was ergreifen lassen und inzwischen vermutlich nicht nur emanzipiert, sondern auch genetisch angepasst sind!

Das wäre natürlich wunderbar, wenn die Machos der evolutionären Auslese zum Opfer fallen und die, die Gefühle zeigen, überleben.

Maximilian würde natürlich dementsprechend von uns erzogen werden!

Als ich ihn das erste Mal in den Arm nehmen durfte, fragte ich mich, warum ich nicht sofort bemerkt hatte, was für ein wunderschönes Baby unser Maximilian war. Das schönste Baby der Welt. Ein kleiner Blumenstock mit einer Prise unbekannter Erbanlagen, die nicht weiter ins Gewicht fielen, weil er die Blumenstocknase, den Blumenstockmund und die hübschen großen Ohren bekommen hat.

Natürlich fragte ich mich auch, *wer* denn nun wohl der Vater unseres wunderschönen Babys war. So dunkelhäutig wie Maximilian war, hätte es wirklich gut einer von diesen kernigen Rasta-Men aus der Karibik sein können. Einer vom Format Bob Marleys mit jeder Menge kreativer Gene und karibischer Lebensfreude!

»Mein Süßer, Kleiner, Lieber …«, murmelte ich unser

Baby an und ließ meinen Zeigefinger von Maxis kleiner Hand umschlingen!

Da lachte er! Wirklich, der kleine Kerl lachte mich an, obwohl Mama und Beatrice später behaupteten, das hätte ich mir eingebildet, weil Babys in dem Alter noch gar nicht lachen könnten.

Mir war natürlich klar, dass sie bloß sauer darüber waren, dass *ich* es war, der Maximilian sein allererstes Lächeln geschenkt hatte!

Schließlich hätte das zuerst der Mama, dann der Großmama und dann vielleicht irgendwann den drei Tanten zugestanden.

Aber Maximilian mochte mich auf Anhieb. Vermutlich hat ihm mein Geruch gefallen. Im Augenblick hatte ich sämtliche Küchengerüche abgestreift und roch so, wie es sich für eine Frau in meinem Alter gehörte, nach Blumenseife, einem Deodorant und einem frischen Parfüm und ganz schlicht nach mir.

Oder der Kleine ist auf meine roten Haare abgefahren, die inzwischen so lang waren, dass ich mir Zöpfe flechten konnte, mit denen mein süßer Neffe besonders gern spielte.

»Man könnte meinen, Sie sind die Mutter!«, sagte eine Schwester zu mir, als ich bei einem meiner über den Tag verteilten unzähligen Besuche mit Maximilian am Fenster saß und ihn in meinen Armen wiegte. Er schlief und hatte die ganze Zeit meinen Finger in der Hand. Mehr hätte ich mein eigenes Baby wirklich nicht lieben können! Wenn Beatrice zum Stillen kam und flaschenweise zu Hause abgepumpte Milch für Maximilian mitbrachte, war ich längst verschwunden.

Glücklicherweise wurden der Kleine und ich gemeinsam entlassen. Was für eine große Familienfreude war das, als Fausto uns in Robertos Kombi abholte und ich Beatrice an seiner Seite auf dem Vordersitz hocken sah!

Mama war auch mitgekommen und hatte eine nagelneue Ausfahrgarnitur für Maximilian mitgebracht, den ich schon von der Säuglingsstation geholt und in eine Wolldecke gewickelt zum Ausgang getragen hatte.

Ich war ziemlich traurig, dass ich ihn nun nicht mehr jeden Tag sehen konnte, denn mir war natürlich klar, dass Beatrice weder besonders scharf darauf war, täglich von mir heimgesucht zu werden, noch uns täglich mit Maxi zu besuchen.

Bea sprang aus dem Auto und riss mir Maximilian aus dem Arm. »Aber er hat ja keine Mütze auf ...!!«, regte sie sich auf. »Er muss doch eine Mütze aufsetzen!«

Es war inzwischen Ende Mai und sehr warm. Auch wenn ich nicht schon seit zwei Wochen Mutter war wie Beatrice, konnte ich mir vorstellen, wann ein Baby fror und wann es schwitzte.

Fausto hauchte mir einen Kuss auf den Mund und starrte das Baby an. Irrte ich mich oder schimmerten seine Augen irgendwie tränenfeucht. ›Auch das noch‹, dachte ich, jetzt kriegte der verhinderte Vater vielleicht die Wochenbettdepression, die doch eigentlich nur mir zugestanden hätte, wenn ... na ja wenn ...!!

Beatrice zerrte die Mütze der neuen Ausfahrgarnitur aus der Tasche und zog sie dem kleinen Max über den Kopf. Der brüllte wie am Spieß und wedelte mit seinen kleinen zu roten Fäusten geballten Händchen in der Luft herum.

Ich setzte mich zu Mama und sagte kein Wort mehr. Stattdessen starrte ich Faustos Hinterkopf an, wo unzählige von kleinen Wirbeln aus seinem schwarzen Schopf herauswuchsen. Kennzeichen seines Starrsinns und des Jähzorns, dem Fausto gelegentlich zum Opfer fiel. Liebte ich ihn noch immer so heftig oder liebte ich ihn schon weniger? Mir gefiel ganz und gar nicht, wie er beim Fahren immer wieder Blicke auf Beas Baby warf und ihm dabei auch Beas nackte wohlgeformte Knie nicht entgangen sein konnten.

Aber war das bloß Eifersucht oder schwang da auch so etwas wie Ernüchterung mit, weil er nun kaum noch an mich, sondern viel häufiger daran zu denken schien, dass unter Umständen doch ein hübscher kleiner Vollrausch seine Vaterschaft vereitelt hatte.

Als wir Beatrice in ihrem Penthouse abgeliefert und hundert Mal beteuert hatten, dass wir jederzeit verfügbar wären, wenn Beatrice uns brauchte, fuhren wir nach Hause, wo Roberto Spaghetti für uns gekocht hatte und mich mit einer solchen Erschütterung begrüßte, als wäre ich aus dem Reich der Toten zurückgekehrt und nicht bloß aus einem Berliner Krankenhaus.

»Musste du jetzte ganze tapfer sein, Petra mia … iste

nichte die Untergang von die Welt ... machste du neue Baby mit Fausto ... ecco!« Er umarmte mich und hinterließ Spuren von Basilikum und Paprika auf meinem T-Shirt.

Ich hatte keinen Appetit und zog mich gleich in mein Zimmer zurück, wofür sie natürlich alle das größte Verständnis hatten, und vermutlich froh waren, dass ich erst mal aus ihrem Blickfeld verschwunden war und sie sich nicht mehr so schuldig fühlen mussten! Das ist wohl die Aura des Unglücks, die bestimmt auch eine Farbe hat und für ansteckend gehalten wird.

›Was würde nun aus unserer Hochzeit werden?‹, fragte ich mich. Jetzt bestand doch kein Grund mehr sich damit so zu beeilen.

Außerdem hatte ich das Bedürfnis, mal eine Weile allein zu sein und nicht mehr jeden Tag und jede Nacht mit Fausto zu verbringen. Es kam mir so vor, als wäre ich wirklich schwanger gewesen und nun gehörig ernüchtert, weil ich nicht nur ein Baby verloren hatte, sondern Fausto auch nicht mehr so bewundern konnte wie vorher.

Als ich schon im Bett lag und mich in einem halbschlafartigen Dämmerzustand erschöpft hin und her wälzte, weil ich zwar todmüde war, aber nicht richtig einschlafen konnte, kam Fausto und legte sich neben mich. Zärtlich glitten seine Fingerspitzen über meine Rückenwirbel, eine Berührung, die mich normalerweise fast wahnsinnig machte. Heute ließ sie mich nicht nur kalt. Im Gegenteil. Ich versteifte mich und entfernte Faustos Hand von meiner Hüfte.

Schweigend zog er sich auf seine Bettseite zurück. Ich

hörte ihn eine Weile schnaufen, dann stand er auf und verließ geräuschlos das Zimmer.

In dieser Nacht kam er nicht mehr zurück und ich bereute heftig, dass ich so abweisend gewesen war. Wenn ich weiter so herumzicken würde, hätte ich ihn bald vertrieben. Wollte ich das wirklich?

Ich wusste überhaupt nicht mehr, was ich wollte, seit mir diese Babylüge entglitten war und die Beziehung zwischen Fausto und mir sich so rasant verändert hatte.

Um mich ein bisschen abzulenken, besuchte ich Günter. Zur Arbeit gehen durfte ich noch nicht, also hatte ich Zeit in Unmengen, die ich lieber nicht zu Hause allein in meinem Bett verbrachte, wo ich vor lauter Frust vielleicht auf neue unsinnige Ideen kommen würde, die in mein Leben noch mehr Verwirrungen bringen könnten.

Außerdem wollte ich Elli mal ein bisschen auf die Finger klopfen, damit sie sich nicht zu sicher fühlte und meinen Alten noch mehr schröpfen konnte.

Elli war nicht da. Sie war beim Arzt.

»Alles in Ordnung mit dem Baby?«, fragte ich meinen Vater, der weggetreten hinter seinem Bistrotresen stand und Orangensaft schlürfte.

»Ach du bist es, Petra ... sei mir bitte nicht böse, dass wir dich nicht besucht haben ... aber es war so viel zu tun ... glaub mir ... wie geht's dir denn ... blass bist du ... wirklich blass ...«, plapperte mein Dad unermüdlich auf mich ein. Er musste ein sehr schlechtes Gewissen haben, denn er schaute mich nicht mal an, während er sprach. Außerdem hatten ihn gerade heute die zwei neuen Gehilfen wieder verlassen, weil sie wohl gemerkt haben, dass der Job in einem Bestattungsunternehmen nicht das Richtige für sie war.

»Dem Baby ... ja, dem Baby geht es ... gut«, murmelte er schuldbewusst.

Immer wieder vergaß ich, dass sie mich ja alle noch für eine Exschwangere hielten.

»Wisst ihr schon, was es ist?«, fragte ich. »Ich meine, auf dem Ultraschall sieht man es doch manchmal ...«

»Ultraschall?« Mein Vater stellte sein Glas auf dem Tresen ab und zerrte an seinem Schlips. Er trug den mit dem Hahn und ein kornblumenblaues Jackett über einem maisgelben Hemd.

»Hat Elli denn nie ein Foto mitgebracht?«, fragte ich hoffnungsvoll.

Günter kratzte sich am Schädel. »Ich weiß nicht ... doch ... ich glaube ...«

Ganz so blöd, wie uns Elli hatte verkaufen wollen, war sie anscheinend doch nicht. Auf dem Ultraschallfoto stand natürlich die Schwangerschaftswoche und wenn sie das meinem Vater präsentierte, würde sogar ihm ein Licht aufgehen, obwohl er im Augenblick blind für alles war, was Elli in seinen Augen herabsetzen könnte.

»Ich verstehe nicht, dass Elli dir keins gezeigt hat. Jede Frau bekommt das heute ... und alle reißen sich darum ... verstehst du ... du kannst das Baby schon richtig da drauf erkennen ... mit allem Drum und Dran ...«, erzählte ich eifrig.

Günter runzelte die Stirn. Hatte ich ihn wachgerüttelt oder überlegte er, ob er wirklich genau Bescheid wissen *wollte*?

»Roberto war auch ganz aus dem Häuschen, als er das von seinem ... Enkel ... gesehen hat ... tja, nun leider ...«, ich verstummte und ließ meine Stimme extra betroffen in den Keller fallen.

Als Elli vom Arzt zurückkam, stand ich hinter dem Bistrotresen und hatte uns einen Ananas-Orangen-Cocktail gemixt. Günter saß in seinem Angebersessel und war in tiefes Grübeln versunken. Genau das war meine Absicht gewesen. Außerdem schien es höchste Zeit zu sein, dass jemand Elli das Handwerk legte, denn, wie es aussah, hatte das neue innovative Image von ›The Great Event‹ dem Laden nicht so viel mehr Kundschaft beschert, wie mein Vater es erwartet hatte.

Natürlich waren ihm die jungen Leute treu geblieben. Aber für die Alten war und blieb der Tod eine ernste Sache, um die sich nur gesetzte seriöse Leute kümmern sollten. Gerade eben hatte ich auch feststellen müssen, dass Günter sich bei der Kundenberatung längst nicht mehr so viel Mühe gab wie früher, weil er die ganze Zeit nur auf Elli zu warten schien und alles, was sein Leben vorher bestimmt hatte, total unwichtig geworden war.

»Hallo ... Petra ...«, sagte Elli mit ärgerlich überraschter Stimme. »Bist du schon wieder draußen?« Mit unverschämter Neugier betrachtete sie meinen Bauch, in dem sich bis auf die Tatsache, dass mir mein Blinddarm abhanden gekommen war, nichts verändert hatte.

»Wie du siehst«, sagte ich. »Und ... was ist mit dir? Alles in Ordnung??«

»Natürlich!!«, rief sie verwirrt. »Alles bestens ...«

Strahlend war Günter ihr entgegengeeilt. Nachdem er sie heftig abgeküsst hatte, half er Elli dabei sich aus ihrer Jacke zu schälen.

Ich nippte an meinem Cocktail. »Wann hast du eigentlich Geburtstermin?«, fragte ich dann betont wissbegierig.

Ihrem Bauch nach zu urteilen, musste sie bereits im achten Monat sein.

»Ende August!!«, antwortete Elli gereizt. »Weißt du das nicht?!«

Ich schüttelte treuherzig den Kopf.

»Dann bekommst du wohl Zwillinge ... was?« Ich kicherte.

»Ganz bestimmt nicht!!«

»Natürlich!! Ich Dummerchen! Wozu gibt es schließlich Ultraschall, nicht wahr?!«

Elli schoss einen schwarzbösen Blick auf mich ab. Günter legte einen Arm um ihre Schulter und fuhr mit den Fingern durch Ellis Locken. »Du hast mir das Foto noch gar nicht gezeigt ...«, sagte er.

»Welches Foto?«, fragte Elli argwöhnisch. Doch noch bevor Günter antworten konnte, war ihr ein Licht aufgegangen. »Aber das hab ich ... ich hab's dir gleich gezeigt, nachdem ich es bekommen hatte! Hast du das auch schon wieder vergessen ... ach, mein Günterlein!!«, gurrte Elli in Günters linkes Ohr hinein. »Er ist nämlich ganz schön schusslig in der letzten Zeit ... weißt du, Petra ... manchmal vergisst er sogar, wo er bestimmte wichtige Papiere abgelegt hat ...«, erklärte sie mir, als wäre mein Vater ein potenzieller Alzheimerkandidat.

›Hauptsache du weißt, wo er alles aufbewahrt‹, dachte ich.

»Meinst du wirklich, Elli?«, grübelte mein Vater. »Ich kann mich überhaupt nicht erinnern ... aber wenn du es sagst ...«

»Das ist doch kein Beinbruch!«, rief ich. »Dann zeigt sie es dir eben jetzt noch mal ... vielleicht erinnerst du dich dann! Oder gibt es da ein Problem, Elli?«

Ich muss zugeben, dass ich diesen Augenblick sehr genossen habe. Schließlich wusste ich genau, wie Elli sich fühlte!

»Was sollte es da für ein Problem geben?«, erwiderte Elli giftig. »Natürlich kann ich Günter das Foto noch einmal zeigen ... ich hab es nur leider nicht hier, sondern bei uns zu Hause!«

Das bedeutete, Elli hatte ihre kleine Wohnung aufgegeben und wohnte nun auch mit Günter zusammen. Sie hatte ihn also voll im Griff und unter Kontrolle und mein dummer, dummer Vater machte ganz den Eindruck, als ob er genau das beabsichtigt hatte und es obendrein zu genießen schien.

Dass er nun ohne Leute dastand und auch noch Rutchen als unersetzliches Faktotum verloren hatte, registrierte er, wenn überhaupt, wohl nur am Rande.

Bald würde ihn der Liebeswahn völlig umnachtet haben!

21

Ich rief sofort Harry und Rutchen an und beschrieb ihnen, was Günter für einen abgehalfterten Eindruck auf mich gemacht hatte.

Da Rutchen meinen Vater liebte und Harry auch schon mehr als zehn Jahre zum Inventar von ›The Great Event‹ gehört hatte, musste ich nicht einmal besonders dramatisch werden.

Außerdem hatte sich Harry von dem Trauma, in welches er durch Ritschies plötzlichen Abgang hineingeraten war, einigermaßen wieder erholt und in seinem neuen Job als Nachtwächter fühlte er sich auch nicht wohl.

»Wir werden ein Auge auf das Mädchen haben!!«, versprach Harry und für Rutchen war es die Gelegenheit, Günter ihre Treue zu beweisen, obwohl er sie so schnöde abgefertigt hatte.

Alles lief wie am Schnürchen, denn Günter hatte gar keine andere Wahl, es war Sommer und die Leute starben wie die Fliegen. Ohne Gehilfen und eine tüchtige Bürokraft hätte er ›The Great Event‹ schließen können.

Da wäre es nicht einmal unserem kleinen Busenwunder

gelungen, meinen Vater wieder ausschließlich für ihre Zwecke einzuspannen.

Weil ich ja noch eine Weile Urlaub und auch das Bedürfnis hatte, Fausto aus dem Weg zu gehen, konnte ich in Ruhe einen Schlachtplan entwerfen, der Elli überführen würde.

Zu diesem Zweck musste ich mich leider einige Male im Lampedusa sehen lassen. Für mich war Mama eingesprungen und für Elli wollte Roberto keinen Ersatz.

»Einemal hatte mir gereichte!! Können wir auch alleine ...«, erklärte er eigensinnig.

Der Umsatz war zwar nur geringfügig zurückgegangen, aber die Existenzangst hatte Roberto wieder einmal voll im Griff. Inzwischen plante er schon jede Woche einen Karaoke-Abend zu machen, weil der immer noch das meiste einbrachte.

Jedenfalls konnte ich es mir an unserem Familientisch gemütlich machen, endlich wieder in aller Öffentlichkeit rauchen und dabei auf Leo warten.

Fausto hatte nun schon seit zwei Nächten nicht mehr bei mir geschlafen und er fehlte mir sehr. Wirklich! Aber trotzdem konnte ich nicht mehr ganz unbefangen sein, wenn ich mit ihm zusammen war. Das merkte er natürlich und zog seine Schlüsse daraus. Als er mir einen Salat Nicoise an den Tisch brachte, war er sehr einsilbig und sah so rührend blass und übernächtigt aus, dass ich ihm am liebsten sofort um den Hals gefallen wäre.

»Willst du nachher auf mich warten?«, fragte er mich mit spröder Stimme, während er sich eine Haarsträhne aus der verschwitzten Stirn strich. Seine schönen glänzenden Olivenaugen hatten sich eingetrübt und verrieten mir seine Enttäuschung über alle Weiber der Welt. Vor allen Dingen über die aus der Familie Blumenstock.

»Weißt du ... ich fühl mich noch nicht so ... ich brauch noch ein bisschen Zeit ...«, laberte ich unentschlossen herum. »Aber ... vielleicht ...« Diese Einschränkung hätte ich mir auch sparen können, denn Fausto hatte schon längst einen Abgang gemacht und hackte sich mit seinen Stiefelabsätzen wütend einen Weg durch die Menge.

Mama musterte mich starr, während sie Gläser trocknete. Als sie später einmal an meinem Tisch vorbeikam, raunte sie mir zu: »Übertreib das Theater nicht! Irgendwann ist nichts mehr zu retten!!« Und das von ihr. Außerdem wusste ich selbst, wohin das alles führen konnte, wenn ich nicht rechtzeitig die Notbremse zog.

Ich wollte Fausto gerade einen Kurzbesuch in der Küche abstatten und überlegte, ob ich ihn leidenschaftlich oder eher zurückhaltend oder überhaupt nicht küssen sollte, da kam Leo angestiefelt.

Nun gut, dann würde die Versöhnungszeremonie mit Fausto warten müssen.

»Das ist aber schön, dass du wieder da bist!«, strahlte Leo mich an und ich lud ihn zu einem Glas Bier ein. Glücklicherweise war er diskret genug, mich weder nach meinem verdammten Blinddarm noch nach dem Baby zu fragen.

»Du bist doch Polizist?!«, ging ich gleich schnurstracks auf mein Ziel los. »Gibt es da vielleicht eine Möglichkeit, etwas über jemanden herauszubekommen, wo er früher gelebt hat zum Beispiel ... oder als was er gearbeitet hat?«

Ich wusste natürlich, dass die Polizei alle Daten der gemeldeten Einwohner unserer Republik in ihren Computern gespeichert hat, aber seit ich Elli kannte, wusste ich auch, dass die naive Tour immer noch die größere Aussicht auf Erfolg in jeder Hinsicht hatte.

»Na logo!!«, freute Leo sich gleich, dass er mir so einfach auf die Sprünge helfen konnte, und erzählte mir, was ich längst schon wusste.

»Könntest du auch so eine Information für mich besorgen ... aber du bist wohl keiner von denen, die da einfach so rankommen ... oder?«, fragte ich kleinlaut.

Leo räusperte sich. »Na logo, komm ich da ran ... ich bin ... was denkst du denn!«

›Meine Güte, sind manche Männer simpel gestrickt!‹, dachte ich und strahlte Leo überglücklich an.

»Mensch, das ist einfach super, dass du das für mich machen willst!«, begeisterte ich mich und verpasste dem verblüfften Kerl einen schwesterlichen Kuss. Er könnte ganz schön Ärger bekommen, wenn man ihn dabei erwischte, wie er in einer ausschließlich persönlichen Absicht in irgendwelchen Daten herumschnüffelte. Aber ich hatte ihn überrumpelt und an seinen Bullenstolz appelliert, was zur Folge hatte, dass Leo sich großspurig bereit erklärte, die Geheimsache für mich zu erledigen.

Ich erzählte ihm, dass es sich um Rita Rogge handelte und schilderte ihm in diesem Zusammenhang, wie mein Vater von Ritas Freundin ausgenommen und betrogen worden war, so dass Leo, der unglaublich stolz war, weil ich ihn um Hilfe bat, vor Eifer brannte, mir die entsprechenden Informationen zu verschaffen.

»Vielleicht wird sie sogar gesucht?!«, flüsterte Leo mir zu, bevor er aufbrach und sich vermutlich vorkam wie ein Undercover-Cop, der einer Riesenschweinerei auf der Spur war und sich vielleicht sogar einen Stern mehr am Kragen damit verdienen würde, wenn er das Verbrechen aufdeckte. Ganz allein und ganz geheim!

Leo lief also voller Vorfreude auf seine Solokarriere hinaus in die Nacht und ich genehmigte mir eine große Portion Tiramisu auf den Erfolg, als uns Beatrice mit ihrem Besuch überraschte.

Sie hatte Maximilian dabei und alle unsere Gäste bejubelten die junge Mutter, als wäre sie Madonna und nicht bloß Beatrice Blumenstock, die in ihrem Penthouse Ungeziefer entdeckt hatte und aus diesem Grund keinen Tag länger dort bleiben wollte.

»Schaben ...«, keuchte sie, während sie Maxi Mama in den Arm legte, »von dieser Größe ...« Mit zwei Fingern beschrieb sie ungefähr die Länge von zehn Zentimetern. »Und diese Silberfische ... in Mengen ... also nein ... so geekelt hab ich mich noch nie in meinem Leben ...!«

Nun wollte sie unbedingt wieder in ihr altes Zimmer, bis entweder ein Kammerjäger ihre Wohnung entseucht oder sie eine neue gefunden hatte, die noch unbewohnt war.

»Aber natürlich!! Was fragst du überhaupt ...«, freute sich Mama, während sie unser Baby wiegte. »Wo doch jetzt der Kleine da ist ...«

Beatrice pflanzte sich an unseren Familientisch und bestellte einen Tomatensalat, den sie von Fausto persönlich serviert bekam. Versonnen musterte er das Baby, das mit einem Schnuller im Mund fröhlich vor sich hin schmatzte und alles ganz genau zu beobachten schien. Es war nicht sehr erbaulich für mich, Fausto dabei zu ertappen, wie er sich in ein fremdes Baby verliebte. Eines, das natürlich auch von ihm hätte sein können. Wieder nagte der Zweifel an mir und wieder regte sich der Verdacht, dass es möglich wäre, obwohl wir schon ein Paar waren, als der kleine Maximilian irgendwo und irgendwann von irgendwem gezeugt wurde.

Wie so häufig, wenn mir Situationen über den Kopf wuchsen, flüchtete ich mal schnell aufs Klo. Als ich zurückkam, hielt Fausto das Baby im Arm und sprach in dieser einfältigen ›Dubidubidu‹-Sprache leise auf Maximilian ein.

Ich hätte Fausto weder zu solchen Albernheiten für fähig gehalten, noch wäre ich jemals auf die Idee gekommen, dass er tatsächlich so gedankenlos sein könnte, was meine Gefühle betraf.

Jetzt war ich wirklich eifersüchtig. Aber nicht auf den Kleinen. Ihm gegenüber würde ich niemals irgendwelche bösen Empfindungen hegen. Nein. Ich war eifersüchtig auf seine Supermama, weil sie sich wirklich verändert zu haben schien und schon längst nicht mehr die männermordende, kaltblütige Blondine war, die sich um niemanden und nichts als um sich selbst gekümmert hatte.

Beatrice hatte menschliche Qualitäten entwickelt und

war dadurch noch begehrenswerter geworden. Ich dagegen verwandelte mich immer mehr in ein von kleinlichen Gefühlen gebeuteltes Lügenmonstrum, das nun nicht einmal mehr Anspruch darauf erheben durfte, den besseren Charakter zu haben.

Als Fausto wieder in der Küche war, nutzte ich die Gelegenheit und ging ihm nach. Ich tat so, als ob ich mir bloß ein Stück von der Küchenrolle holen wollte. So weit waren wir schon gekommen, dass ich meinen Liebsten nicht einmal mehr unumwunden zur Rede stellen konnte und nach einem Vorwand suchen musste.

»Du scheinst ja für Beas Baby sehr viel übrig zu haben!«, sagte ich und fetzte tollwütig ein Blatt nach dem anderen von der Küchenrolle.

»Du magst ihn doch auch ...«, gab Fausto mit leichtem Ärger zur Antwort.

»Das ist etwas anderes ... Ich bin seine Tante ... Er ist sozusagen ein Blutsverwandter ... aber wie du um Bea und das Baby herumstreuselst ... also wirklich ...«

Fausto schnaufte verächtlich. »Das hast du gerade nötig ... meinst du, ich hab nicht gesehen, wie du mit diesem Bullen vorhin herumgemacht hast ... und außerdem könnten wir ein eigenes Baby haben, wenn du nicht ...« Fausto verstummte und biss auf seiner Lippe herum. Vor ihm auf dem Herd köchelte ein Ossobuco. Fausto griff nach dem Rührlöffel und begann in dem Topf herumzurühren.

»Wenn ich nicht was ...?«, fragte ich scharf. Inzwischen hatte ich sämtliches Papier von der Rolle gefetzt und die einzelnen Teile mechanisch auf dem Tisch übereinander gelegt. »Wenn ich nicht *was* gemacht hätte, Fausto?«, wiederholte ich meine Frage mit zorniger Ungeduld.

Fausto legte den Rührlöffel beiseite und nahm den Topf vom Herd. Er wischte sich seine Hände an der Schürze ab und ich hätte ihn prügeln mögen für seine vorsätzliche Langsamkeit. »Warum musstest du dich auch so besaufen!!«, herrschte er mich schließlich an. »Warum hast du nicht an das Baby gedacht ... warum??«

So dachte er also von mir! Mein Liebster und Freund und Gefährte! Wie hätte er auch anders können. Er konnte ja nicht ahnen, dass ich nie und nimmer einen Tropfen Alkohol angerührt hätte, wenn ich tatsächlich schwanger gewesen wäre.

»Du meinst also, ich bin schuld daran, ja?«, fragte ich zitternd.

Fausto hob die Hände und wollte sie mir entgegenstrecken. »Es tut mir Leid, Petra ... Ich wollte das nicht ... wirklich ...«

Das wäre doch nun wirklich der bis jetzt günstigste Augenblick gewesen, das Missverständnis endlich aufzuklären und vielleicht noch etwas zu retten. Ich hätte mich zwar als eine Betrügerin geoutet, dafür aber hätte ich nicht mehr mit dem Stempel herumlaufen müssen, eine verantwortungslose werdende Mutter gewesen zu sein. Vielleicht wäre die Lüge durch die Erleichterung über die Wahrheit entkräftet worden?

Ich kniff wieder einmal. Diesmal aber aus wirklich niederträchtigen Gründen. Sollte Fausto doch denken, dass er mich ganz tief getroffen hatte und ich von nun an noch gründlicher an seiner Liebe zweifeln würde.

»Petra!!«, rief er nur zerknirscht hinterher. »Ich bin so ein Idiot ...«

Ich äußerte mich dazu nicht, sondern ließ ihn einfach stehen. Vielleicht gelang es mir auf diese Weise, dass Fausto endlich mit Beharrlichkeit in Gefechten jeder Art um mich kämpfen würde!

Nur wenn er endlich kapierte, welche Bedeutung ich für ihn hatte und er mich aus diesem Grund auf keinen Fall verlieren wollte, würde es ihm die Augen und mir das Tor zur Wahrheit öffnen!

›Amore, grande amore ... la piu grande de la mia vita ...‹, sang irgendein italienischer Schmalzbarde von Robertos ›Notte-italiana‹-CD. Wie schnell sich das ändern konnte mit der ganz großen, der größten Liebe deines Lebens. In Sekundenschnelle hatte sich kleinliche Wut auf den Platz der Glückseligkeit gepflanzt, als wenn sie auf einen Augenblick der Unachtsamkeit gelauert hätte.

Na ja. Große Liebe war heute nicht mehr angesagt, was nicht heißt, dass der Abend völlig undramatisch zu Ende gegangen wäre, weil Hubertus Focke nach wochenlanger Lampedusa-Abstinenz nun plötzlich wieder rückfällig geworden war.

Doch diesmal kam er allein und sein Gesicht zeigte Spuren vieler schlafloser Nächte.

Als er Bea mit ihrem Baby auf dem Arm erblickte, schrak er derartig zusammen, als wären Mutter und Kind die Verkörperung zweier böser Geister. Dann wich das Entsetzen ungläubigem Staunen in seinen allergiegeröteten Augen.

»Ich dachte, erst im August ...«, murmelte er, als ich an ihm vorbeirauschte. Ich schüttelte den Kopf. »Aber doch nicht Beas Baby«, erwiderte ich ungeduldig. »*Ich* hätte meines im August bekommen ... wenn nicht ... ja ... wenn nicht ...«

Der Focke machte ein betrübtes Gesicht und ich zuckte die Schultern.

»Alles halb so schlimm ...«, sagte ich und erklärte ihm, dass Bea ihr Baby bloß einen Monat zu früh bekommen hatte und alles in Ordnung sei.

»Einen Monat, sagst du ...«, schnaufte der Focke, hängte sich an den Tresen und bestellte einen Whiskey, während seine Blicke auf der Suche nach Erkenntnis unser Baby abtasteten, das nun eingeschlafen war und wirklich wie ein Engelchen aussah. Nicht wie eines von diesen kitschigen Putten, sondern wie eines von denen, die sich auf diesen ergreifenden italienischen Gemälden aus dem fünfzehnten oder sechzehnten Jahrhundert herumtummeln.

Auf einmal konnte Beatrice nicht schnell genug aufbrechen. Obwohl unsere lieben, treuen, rücksichtsvollen Gäste das Rauchen radikal eingeschränkt hatten, behauptete meine Schwester, sie könnte den kleinen Max auf keinen Fall weiter einer solchen Nikotinbombe aussetzen. Mama hatte noch im Lampedusa zu tun. Dafür ging ich mit nach Hause. Schließlich hatte ich im Lampedusa vorerst nichts mehr verloren!

Am Ausgang stellte sich uns der Focke in den Weg.

»Was willst du?«, zischte Beatrice ihn an und presste das Baby an ihre Brust.

»Ich ... ich ...«, der Focke versuchte einen Blick auf Maxis Gesicht zu erhaschen. »Ich wollte dir bloß gratulieren ... Blumen hab ich ja leider keine mit ... vielleicht ein anderes Mal ... bei einem Gläschen Schampus ...«

»Das kannst du dir abschminken, Focke. Mit dir trink ich weder Schampus, noch werde ich jemals wieder eine Blume von dir annehmen ... und jetzt gib den Weg frei ... sonst ...«

Gehorsam trat der Focke zur Seite. Er gab dabei einen wehleidigen Laut von sich, als wäre er ein Hund, den jemand getreten hatte. »Verdammt ... verdammt ...«, hörte ich ihn jaulen.

Wenn er früher zur Vernunft gekommen wäre, hätte er unter Umständen sogar eine Art drittklassiger Onkel für unseren kleinen Max werden können. Einer, der zwar keine Rechte hatte, sich dafür aber durchaus mit Geschenken einen bedeutungsvolleren Stand erkaufen könnte.

Nun hatte er zwar seine Rache gehabt, Bea dafür aber für immer verloren. Bestimmt hatte er das nicht beabsichtigt. Wie es damals ausgesehen hatte, war Beatrice gar nicht so sauer auf ihn gewesen, sondern hatte fast so etwas wie Respekt vor dem Dummkopf entwickelt.

Dann ist sie in die Karibik geflogen und hat den Focke nach ihrer Rückkehr nie wieder erwähnt. Nun war er bloß noch einer von vielen, der sich mit einer wirklich ungewöhnlichen Rache zwar einen gewissen Ruf erworben hatte, aber auch nur noch ein Name auf der Liste der unzähligen Verflossenen meiner Schwester war, von denen manch einer heute immer noch um meine Schwester heulte.

»Der soll sich bloß nicht mehr blicken lassen … dieser Spinner!«, bellte Beatrice, als sie in ihr Auto gestiegen war und Maxi in seiner Babyschale festgezurrt hatte.

Ich kletterte auf den Rücksitz und warf einen traurigen Blick auf das Lampedusa, das bei Nacht mit den bunten Lichtern in den Fenstern und dem neuen aus dunkelroten Neonröhren gefertigten Namenszug einen besonders südländischen Eindruck machte und in mir eine quälende Sehnsucht weckte!

Sehnsucht nach Fausto. Sehnsucht nach Liebe und vor allen Dingen Sehnsucht nach meinem alten, anständigen Ich!

22

Nun wohnte ich also wieder mit Beatrice unter einem Dach!

Ohne Maximilian als Entschädigung hätte ich das vermutlich nicht ausgehalten und wäre entweder jetzt schon nach Amiland emigriert oder hätte wie Gelsomina versucht bei Rutchen Unterschlupf zu finden.

Doch als meine kleine Schwester hörte, dass Beatrice mit Maxi bei uns wohnte, kam sie sofort nach Hause zurück. Zuerst nur mal so zu Besuch und dann brachte sie ihre Klamotten wieder mit und blieb.

Mama war natürlich so happy wie schon lange nicht mehr. Wenn sie sich jetzt auch mit Loretta wieder versöhnt hätte, wäre ihr Glück vollkommen gewesen.

Aber Loretta besitzt die Fähigkeit zu gnadenloser Sturheit, wenn sie sich im Recht fühlt. Doch auch wenn sie Unrecht hat, gehört sie nicht unbedingt zu den Menschen, die sich gut entschuldigen können.

Eine Chance, unsere Familie vollzählig und friedlich an einem Ort zusammenzuführen, hätte sich bei Maximilians Taufe bieten können.

Obwohl Mama uns nicht religiös erzogen hatte, war Beatrice ganz versessen darauf, den Kleinen in die Kirche zu schleppen und von einem Priester segnen zu lassen.

Sie wollte eben alles besser machen! Vermutlich wie jede frisch gebackene Mutter dachte sie sich, *sie* und nur *sie*, wäre dazu bestimmt, überlieferte und auch bewährte Erziehungsmethoden absolut zu überbieten und aus Maximilian ein Wunderkind in jeder Hinsicht zu machen. Einen vor körperlicher *und* geistiger Gesundheit nur so strotzenden Burschen, der sie immer verehren und niemals frech oder unverschämt sein würde.

Weil laut Beatrice Blumenstock die Verwahrlosung und Verrohung der Kinder nur damit zusammenhing, dass Eltern ihren Kindern viel zu wenig moralische Werte anzubieten hätten. Eine Welt, in der schon die Kleinsten wüssten, was Abtreibung heißt, wäre doch pervers und deshalb sollte man die Kirche nicht so verteufeln, sondern gerade dort nach der Wahrheit suchen.

Mama war sprachlos vor Verblüffung. Obwohl sie selbst nie abgetrieben hat, gehört sie doch zu den Frauen, die gegen den Paragraphen 218 gekämpft hatten, weil sie genau wie ich der Meinung ist, frau sollte selbst entscheiden, was sie tut.

Gerade von Beatrice hätte sie aber so eine Sicht der Dinge nicht erwartet, hatte Beatrice doch bis vor ihrer Schwangerschaft kaum Anlass zu der Annahme gegeben, dass sie moralische Werte in irgendeiner Form nötig hätte!

»Ich konnte mich nicht frei für ein bestimmtes Leben entscheiden«, behauptete sie einmal. »Schließlich war ich von Gabi so geprägt. Aber ob ich damit glücklich gewesen bin, hat sich keiner mal gefragt!«

Ganz umgekrempelt schien meine Schwester also doch nicht zu sein, denn es war typisch für sie, die Verantwortung für die Folgen ihrer zum Teil ziemlich gefährlichen Liebschaften uns aufzuladen.

»Nun übertreibst du aber«, brummte Mama. »Ich habe keine von euch zu irgendetwas gezwungen!«

»Indirekt schon!«, erklärte Beatrice. »Schließlich wollten wir dich nicht enttäuschen ...!«

Es fehlte vielleicht nur noch ein zündendes Wort und die beiden wären wieder heftig aneinander geraten. Aber es war der Vorabend von Maxis Taufe, wir saßen zu fünft um den Wohnzimmertisch herum und der Kleine schlummerte in Gelsominas Armen.

Ein Bild des Friedens also, an dem Mama unbedingt festhalten und weiter daran zimmern wollte. Ihre Einsicht war zwar spät gekommen, aber immerhin, unsere Mutter schien zum ersten Mal ihre Lebens- und Erziehungsstrategie anzuzweifeln oder wenigstens teilweise infrage zu stellen.

»Er ist so süß«, sagte Gelsomina verträumt. »So einen möchte ich auch haben!«

»Wenn du eins von Kevin kriegst, brauchst du dir keine Sorgen zu machen!«, bemerkte ich gedankenlos.

»Das fehlte noch!«, fauchte Mama mich an und war von nun an die Wachsamkeit in Person. Gelsomina lächelte viel sagend und hauchte unserem Baby einen Kuss auf die Wange.

»Nimmst du denn die Pille?«, fragte ich sie am nächsten Morgen, als wir uns jeweils paarweise in Etappen im Badezimmer einfanden, um uns für die Taufe aufzubrezeln.

»Das würdest du gern wissen, was?« Gelsomina zog mit ernster Aufmerksamkeit einen Strich über das Oberlid, den sie katzenhaft geschwungen am Lidrand auslaufen ließ. Ich musterte sie im Spiegel und bemerkte mit Schrecken, dass ich den Blick einer Gouvernante angenommen hatte. »Ich weiß gar nicht, was ihr alle von mir wollt ...«, brummte Gelsomina, während sie verwischte Farbe aus den Augenwinkeln tupfte. »Frag ich euch denn über euer Liebesleben aus?? Mama nervt auch schon die ganze Zeit rum ...!«

»Sie macht sich eben Sorgen um dich«, versuchte ich meine kleine Schwester zu beschwichtigen.

»Früher hat sie mir besser gefallen ... als sie sich noch keine Sorgen gemacht hat!«, erklärte Gelsomina spöttisch. »Da hätte sie mir auch die Pille besorgt ... so, nun weißt du, was du wissen wolltest!« Und draußen war sie.

Ich beschloss Mama nach der Taufe einmal ins Gebet zu nehmen. Wenn die ganze Aufregung vorbei war und sogar Loretta sich vielleicht versöhnlich gezeigt hatte, würde Mama unter Umständen zugänglicher sein und meine Anfrage nicht als Vorwurf betrachten.

Ich hatte Loretta seit einem seltsamen Besuch im Krankenhaus, den sie mir mit ihrer alten Freundin Nina abgestattet hatte, nicht mehr gesehen. So war mir wenigstens eine Begegnung mit Hedda Besenbinder erspart geblieben. Nach der Geschichte mit dem Ultraschallfoto, das Roberto inzwischen still und heimlich von der Wand über dem Tresen entfernt hatte, hätte ich ihr am liebsten überhaupt nicht über den Weg laufen wollen.

Nun, am Tag der Taufe würde sich das nicht vermeiden lassen! Ich zog ein grünes Kleid an und versuchte meine Haare auf die gleiche absichtsvoll lässige Weise aufzustecken, wie es Beatrice immer gelang.

Ich erzielte natürlich nicht die gleiche Wirkung, aber immerhin sah ich verwegen genug aus, um Fausto gegenüberzutreten, den ich seit einer Woche nicht mehr gesehen hatte. Er rief nicht an, ich rief auch nicht an und inzwischen rumorte die Angst in mir, unsere große Liebe wäre nun endgültig zerbrochen.

»Was ist mit Larry?«, fragte Mama beim Frühstück, während Beatrice ihr Baby stillte. »Wollte er nicht auch zur Taufe kommen?«

Mama spielte natürlich besonders darauf an, dass Bea vor ein paar Tagen Post aus Amiland bekommen und uns den Brief nicht gezeigt hatte.

»Er kann nicht ...«, erklärte Bea einsilbig. »Irgendwas Geschäftliches!«

Dann zog sie Maxi an und wir konnten uns auf den Weg in die Kirche machen.

Vor dem Haus wartete Roberto in seinem BMW. In der vergangenen Nacht hatte er mit den Vorbereitungen für das Tauffest zu tun gehabt, das einer Blumenstock-Ubaldini-Griffel-Familientradition entsprechend natürlich im Lampedusa steigen sollte, obwohl Günter diesmal zuerst

Einwände erhoben hatte, weil sein Laden ja nun auch zu etwas Kneipenähnlichem mutiert war.

Doch Beatrice hatte sofort empörten Widerstand geleistet. Ein Tauffest in einem Bestattungsinstitut, das wäre ja wohl das Perverseste, was sie je gehört hatte. Und so weiter!

Als Beatrice in einem weißen smokingähnlichen Anzug mit einer Stoffblume am Revers und dem Baby im Arm aus der Haustür schwebte, blieben den Leuten, die eben die Straße entlangflanierten, Mund und Augen offen stehen. Das taillenlange Haar trug Bea offen mit einem blutroten Seidenband über der Stirn. Maximilian steckte in einem dunkelblauen Anzug aus Samt mit einer passenden Mütze, so wie sie die kleinen Kinder auf alten Fotos immer tragen.

»Bella bellissima ...«, rief Roberto, der sich inzwischen wohl damit arrangiert hatte, dass er zwar nicht der leibliche, aber immerhin irgendwann der angeheiratete Großvater eines männlichen Bambinos sein würde!

Was für ein Schmerz in meinem verwundeten Herzen. Abgesehen von dem, der immer noch manchmal meine Blinddarmnarbe mit nadelfeinen Stichen durchbohrte.

Fausto würde allein in die Kirche kommen. Er hatte noch irgendetwas Wichtiges zu tun, wie Roberto mich mit einem tadelnden Blick durch den Rückspiegel aufklärte!

Wenigstens durfte ich Maxi während der Fahrt halten, der süß und selig schlief und dabei wie üblich fest meinen Daumen umklammert hielt.

Die warme, weiche Nähe meines kleinen Neffen überschwemmte mich so mit Rührung und Selbstmitleid, dass ich nur mit äußerster Kraft gegen meine aufsteigenden Tränen ankämpfen konnte.

Was machten mir die Ubaldini-Kerle eigentlich beide zum Vorwurf, da sie ja außer Mama und Loretta nicht einmal die Wahrheit wussten? Die Wahrheit aber, an die sie glaubten, hätte sie im Gegenteil nämlich sanftmütig und rücksichtsvoll mir gegenüber stimmen müssen.

War es allein die Tatsache, dass ich mich bei Günters Neueröffnungsparty mit Prosecco getröstet hatte? Eine italienische Mama machte so etwas natürlich nicht. Aber eine italienische Mama würde auch kein Baby erfinden. Schon gar nicht, wenn sie nicht verheiratet war. Denn das war inzwischen auch kein Thema mehr: meine Hochzeit mit Fausto, dessen Verlobungsring ich immer noch an meinem Finger trug.

Bis auf Günter und Elli hatte sich der Rest der Familie schon vor der Kirche versammelt. Loretta mit der Besenbinder, Fausto, Rutchen und Harry, die aufgeregt schwatzend zusammenstanden und in ihren pastellfarbenen Festtagsklamotten aussahen wie die Statisten aus einer amerikanischen Familiensaga.

Als ich aus dem Auto kletterte, stieß ich mir den Kopf und mein verwegen lässiges Haargebilde fiel traurig in sich zusammen. So etwas wäre Beatrice nie passiert!

Stolz wie eine Königin stieg sie aus dem Auto, nachdem Roberto die Tür geöffnet und ich ihr Maxi in den Arm gelegt hatte!

Mama schritt würdevoll wie die Königinmutter hinter ihr her. Wie ich mich verfluchte, dass ich mich selbst so ins Abseits bugsiert hatte und nicht einmal darauf hoffen konnte, dass mir mein Liebster tröstend zur Seite stehen würde.

»Sei nicht traurig«, sagte Gelsomina zu mir und schob ihren Arm unter meinen. »Du bekommst bestimmt auch bald eins!!«

O dio mio! Wenn es doch nur wahr gewesen wäre, was alle dachten! Gelsomina gegenüber erschien mir der Betrug besonders gemein. Schließlich hatte sie ein paar anständige Vorbilder dringend nötig.

»Ist schon gut«, flüsterte ich. »Es ist nur halb so schlimm, wie es aussieht!!«

Ein Glück für mich, dass ich nicht wusste, *wie* dicke es noch kommen sollte!

Rutchen klärte mich gleich darüber auf, dass sie Elli gut im Griff und bei ›The Great Event‹ schon einige umsatzfördernde Maßnahmen eingeleitet hatten. Zum Beispiel hatte Rutchen ein Kuchenbüfett am Tresen eingerichtet und es gab zusätzlich zu den bunten Cocktails, die eher die jungen Kunden favorisierten, Tee und Kaffee und Espresso. Harry hatte die bunten Neonleuchten entfernt und stattdessen gedämpftes Licht arrangiert, das seriöser wirkte und wieder ältere Kunden anlocken sollte.

Aus lauter Dankbarkeit hatte Günter wohl sogar einen Streit mit Elli in Kauf genommen.

»Seitdem schmollt sie und hat sich nicht mehr blicken

lassen ... angeblich ist sie krank«, erklärte Rutchen. Dann schaute sie auf die Uhr. »Vielleicht sind sie deshalb noch nicht da ...«, überlegte sie.

Von Leo hatte ich noch nichts gehört und wenn ich ehrlich sein soll, hatte ich vorübergehend das Interesse an unserer detektivischen Aktion verloren. Sollte mein Alter doch in sein Unglück rennen. Ihn kümmerte ja auch kaum noch, wie dreckig es mir ging, seit unser kleines Busenwunder ihn umgarnt hatte.

»Du siehst schlecht aus, Petra«, sagte Rutchen sorgenvoll. »Es ist wohl nicht so einfach für dich ... das hier ... mit Bea und dem ... Baby?!«

›Lasst mich doch bloß alle in Ruhe, verdammt‹, dachte ich und brachte ein gequältes Lächeln zustande. »Es geht schon!«, behauptete ich. »Alles halb so wild!«

Ich begrüßte Loretta und die Besenbinder, die mich mit ihren Sphinxblicken noch mehr verstörte und alle meine Abgründe spielend auszuloten schien.

»Ist mit der Narbe alles in Ordnung?«, fragte sie mich. »Ich kenne ein Präparat, das die Wundheilung dermaßen beschleunigt ... Komm doch mal vorbei!!«

Den Teufel würde ich tun, aber ich nickte brav und war froh, als wir alle in die Kirche marschierten, nachdem wir eine halbe Stunde vergeblich auf Günter und Elli gewartet hatten.

Fausto hatte nur ein knappes ›Hallo‹ in meine Richtung gemurmelt und sich dann an Roberto und Mama gehängt, die nun unser Baby trug, weil Bea noch mal schnell auf die Toilette musste.

»Setz dich doch zu uns«, sagte Loretta, der meine Verzweiflung natürlich nicht entgangen war. »Und mach dir nichts aus Beas Babytheater. Irgendwann bist du auch mal dran! Ob mit oder ohne Fausto. Jetzt hast du die beste Gelegenheit ihn so zu sehen, wie er wirklich ist!«

Recht hatte sie, meine scharfsinnige Schwester mit dem unbestechlichen Blick. Doch sie hatte die Möglichkeit, Männer objektiver zu sehen, weil sie nichts von ihnen wollte und deshalb auch nichts ihre Sicht trüben konnte.

In diesem Augenblick hätte ich nichts dagegen gehabt, einmal in ihre Haut zu schlüpfen und mich erotisch überhaupt nicht mehr von Fausto beeindrucken zu lassen, der heute ebenso unnahbar wie sexy auf mich wirkte und zaghaft meine neapolitanischen Glocken wieder zum Bimmeln brachte.

Hatten wir noch eine Chance? Konnte denn so eine Liebe tatsächlich so schnell verblühen, nur weil es ein paar Missverständnisse mit zugegeben nicht ganz so harmlosen Folgen gegeben hatte?

›Heute oder nie‹, dachte ich und beschloss Fausto endlich reinen Wein einzuschenken!

Im Bewusstsein dieses meines nun, wie ich hoffte, endgültigen Entschlusses fühlte ich mich schon viel besser. Gleich ging auch der ganze Zauber los. Die Orgel spielte und die Angehörigen samt Taufpaten sollten sich um den Taufstein versammeln. Mit Maxi natürlich, der aufgewacht war und sich verwundert umschaute. Da bekam ich den ersten Dämpfer. Ich wusste zwar, dass Rutchen Taufpatin sein sollte, dass aber Beatrice sich außerdem für Roberto entschieden hatte, war mir neu.

Stolz hielt er das Baby im Arm, während der Priester ein paar salbungsvolle Worte von sich gab und unserem Maxi ein paar Tropfen Wasser auf die Stim träufelte, bis der arme Kerl zu brüllen anfing. »Hiermit taufe ich dich auf den Namen Maximilian-Salvatore Blumenstock!!«

Das war nicht nur ein Dämpfer, das war nicht nur ein Schock, das war der schrecklichste Augenblick meines Lebens, obwohl ich schon viele schreckliche Augenblicke erlebt hatte und sie immer für nicht mehr zu übertreffen hielt.

Salvatore, der Name unseres Babys, falls ich eins bekommen hätte und es ein Junge gewesen wäre!

Wieder brauste Orgelmusik durch die Kirche und in meinen Ohren und ich hatte das Gefühl, ich würde fallen, tiefer und immer tiefer, bis in den tiefsten Schlund der Hölle, wo ich mich vermutlich wohler gefühlt hätte als in diesen heiligen Hallen, wo ich eben *die* Niederlage meines Lebens erlebt hatte!

23

Wie ich das Tauffest im Lampedusa überlebt habe ohne grandios auszuflippen, wird mir wohl für alle Zeiten ein Rätsel bleiben!

Eine Erklärung ist vielleicht die, dass Rutchen, kurz nachdem wir im Lampedusa eingetroffen waren, auf ihrem Handy einen Anruf von Günter bekam und wir erfuhren, dass Elli im Krankenhaus lag und ihr Baby wie Beatrice nun angeblich ebenfalls zu früh bekommen hatte!!

»Es ist auch ein Junge!!«, verkündete Rutchen wenig begeistert. »Und er wiegt 10 Pfund!!«

Gewichtsmäßig hatte Ellis Baby unseren kleinen Maximilian zwar weit übertroffen, dafür aber würde selbst eine wie Elli kaum noch die Kaltblütigkeit besitzen, ein solches Gewichtswunder als Frühgeburt zu verkaufen.

»Also wenn Günter jetzt immer noch nichts begreift, ist er wirklich ein Vollidiot!«, sagte Rutchen zu mir.

Wie bedeutungslos das für mich inzwischen war! Mir waren Mut und Kampfgeist und sämtliche anderen positiven Lebensgeister völlig abhanden gekommen.

Ich hielt mich am Prosecco fest, während Mama als Königinmutter und Roberto als stolzer Taufpate Reden schwangen.

Kevin, der erst im Lampedusa zu uns gestoßen war, schoss mit seiner Kamera wild in der Gegend herum. Sein Lieblingsobjekt war natürlich Gelsomina, die Maximilian im Arm hielt und ihm mit leiser Stimme Koseworte ins Ohr schnurrte.

Die Besenbinder fixierte Gelsomina und das Baby mit ausdruckslosem Gesicht. Ihre ohnehin sehr hellen, fast farblosen Augen erschienen mir noch wässriger. Mit den kleinen Pupillen, die wie schwarze Stecknadelköpfe in der Iris schwammen, hatten sie fast gar keine Tiefe, als wären sie gläserne Scheiben, die sie sich auf die Augenhöhlen genagelt hatte.

O ja, es war wieder so weit, dass Schwindel erregende Bilder durch mein Hirn purzelten. Mein Frust über die glückliche Mutter, die mir den Namen meines zukünftigen Kindes gestohlen hatte, und über Fausto, der kaum einen Blick an mich verschwendete, alles zusammen bildete die Summe einer schwammigen, proseccobenebelten Verzweiflung.

Dennoch hielt ich mich tapfer! Inzwischen war ich an dem Punkt angelangt, wo ich glaubte nichts mehr zu verlieren zu haben. Denn der schlimmste Tiefpunkt in deinem Leben ist tatsächlich der, wenn du dir nicht einmal selbst über den Weg trauen kannst und das, was du einmal gewesen bist, sich in ein moralisches Nirwana verkrümelt hat.

Obwohl Roberto ein Schild an die Tür vom Lampedusa gepinnt hatte, das nur einen Analphabeten dazu verleiten konnte, trotzdem anzuklopfen, bettelte irgendwann der Focke um Einlass. Sein langnasiges, in Trauer getauchtes Gesicht schwebte zuerst an dem einen, dann an dem anderen Fenster vorbei.

Bamm, bamm, hämmerten seine Fäuste, begleitet von beklopptem Gebrüll, auf das Holz der Tür. »Ich will ... mein ... Kind ... ich will ... verdammt noch mal mein Kind!!«

Beatrice erblasste! Was für eine Genugtuung für mich! Wenn der Focke Anspruch erhob, hatte er Grund dazu. Das bedeutete irgendwann, irgendwo nach der Geschichte mit dem Mord, der keiner war, mussten die beiden zusammen in die Kiste gestiegen sein!

Oder war es etwa wieder eine von Fockes theatralischen Ideen, die uns seinen Bedürfnissen entsprechend manipulieren oder wenigstens einen Zweifel in unseren Köpfen anrühren sollte?

Denn dass die Elli-Geschichte seinem kranken Hirn entstiegen war, hielt ich inzwischen für eher unwahrscheinlich. Außer der Tatsache, dass der Focke und Rita Rogge ein wenn auch zweifelhaftes Paar waren, bestand kein Zusammenhang und ergab damit auch keinen Sinn.

»Beatrice!«, rief Mama erschrocken. »Was hat das zu bedeuten?!«

Sogar Robertos Schnurrbartspitzen schienen vor Schreck zu erschlaffen und ließen sich trotz heftiger Zwirbelei nicht mehr nach oben biegen. Von einem Focke-Sprössling wollte vermutlich nicht einmal Roberto der angeheiratete Opa sein.

Loretta grinste spöttisch in ihre Gemüsebrühe, die Fausto eben als Vorspeise serviert hatte und alle Blicke fielen irgendwann auf unseren kleinen Maximilian herab, als könnte er uns Aufschluss darüber geben, ob das, was da draußen ein berüchtigter Irrer von sich gab, tatsächlich der Wahrheit entsprechen könnte!

»Wenne er nichte aufhörte sofort mit diese Geschrei und diese Theater, ich hole die Bullen!«, keifte Roberto, der Fausto beim Servieren geholfen und sich dabei die Schürze mit Suppe bekleckert hatte.

»Beatrice!!«, rief Mama noch einmal, während ich munter mein ich weiß nicht wievieltes Glas Prosecco ausschlürfte und mich nun nicht mehr so ganz allein fühlte in meinem Leid und dem Irrsinn, den ich selbst angezettelt hatte.

»Der Kerl ist total übergeschnappt ...«, keuchte Beatrice. »Ihr wisst doch, was er sich alles aus den Fingern saugt ... und jetzt will er mir bloß wieder etwas beweisen ... nämlich, dass er der aufdringlichste und unbelehrbarste Typ aller Zeiten ist!!«

Kevin schoss ein Foto von dem am Fenster klebenden Gesicht mit der langen, ewig verschnupften Nase.

»Ich will mein Kind ...«, brüllte es von draußen wieder.

»Jetzte es reichte!!«, bellte Roberto und wollte an die Tür eilen.

Harry hielt ihn zurück. »Lass mal!«, sagte er gelassen. »Ich mach das!!« Vor seiner Zeit bei ›The Great Event‹ war er Bodyguard und Türsteher vor irgendeiner Berliner Diskothek gewesen.

Er ging zur Tür, schloss auf, schloss wieder zu und dann war es erst mal still.

Etwas zittrig hatte sich Beatrice eine Zigarette angezündet, ihre erste seit der Schwangerschaft, und starrte mit gerunzelter Stirn auf die Straße. Ganz so gleichgültig schien es ihr nicht zu sein, was da draußen mit dem Focke geschah. »Ich meine . . . zusammenschlagen . . . muss er ihn ja nicht unbedingt . . .«, hörte ich sie murmeln. Mama räusperte sich viel sagend.

»Fürchte dich nicht, Schwesterherz, im Notfall haben wir jemanden dabei, der ihn verarzten kann!!«, erklärte Loretta mit fröhlichem Spott. Beatrice presste ihre Lippen zusammen und stieß eine Ladung Zigarettenqualm durch die Nasenlöcher aus.

Mama und Rutchen waren aufgestanden und zum Fenster gelaufen. Gelsomina hatte sich mit Kevin und Maximilian in die Küche zurückgezogen, wo sie ihm ein Fläschchen Tee einflößte. Schließlich sollte er nicht durch das erste Fest, das er mit seiner Familie erlebte, traumatisiert werden, obwohl der kleine Kerl sich früher oder später wohl daran gewöhnen muss, dass es hin und wieder unvermeidbare Tragödien in diesem Clan gibt!

Doch Harry verprügelte den Focke nicht. Wir hörten den Focke nur noch jammern und leise Litaneien vor sich hin labern, die Harry offensichtlich schweigend an sich abprallen ließ, und irgendwann schlich der Focke entweder besänftigt oder einfach nur erschöpft davon.

»Haste du ihme gesagte, dass er solle sich hier nicht wieder sehen lasse bis in alle Ewigkeite . . .«, schnaubte Roberto. »Sonste iche mache ihme eine halbe Nase kürzer!«

Ich lachte.

Fausto warf mir einen kalten Blick zu, der einen Schmerz aus feinen Nadelstichen in meiner Blinddarmnarbe singen ließ. Beatrice drückte eine Zigarette auf einem Teller aus.

»Jetzt mal im Ernst, Beatrice«, sagte Mama und legte ihre Hand auf Beas Arm. »Hat er einen Grund oder hat er keinen?«

Dicht vorbei ist auch daneben, oder? Außerdem gibt es Menschen, die lernen nie dazu, und was Diplomatie bedeutet, wird unserer Mutter wohl für immer verschlossen bleiben.

»Jetzt reicht es mir!«, fauchte Beatrice. »Es ist meine Sache ... hört ihr ... ganz allein meine Sache ... wer der Vater dieses Kindes ist ... geht das endlich mal in eure Köpfe rein ... vor allen Dingen in deinen, Gabi!!«

Dann holte sie Maximilian aus der Küche und bat Roberto ihr ein Taxi zu bestellen.

»Aber ... wir ... können doch ... zusammen ... ich meine ... nach Hause ...«, hob Mama an.

»Du meinst doch nicht etwa, dass ich jetzt noch mit zu euch komme!«, schnaubte Beatrice.

»Aber wo willst du dann hin ...?« Mamas Stimme klang flehend. Dio mio! Solche Töne hatte sie noch nie produziert.

»Erst mal in ein Hotel«, brummte Beatrice, während sie an Maxi herumzupfte, der leise angefangen hatte zu wimmern. »Irgendwann kann ich ja auch wieder in meine Wohnung zurück!!«

Beatrice ist natürlich nicht in ein Hotel gegangen. Wozu hat man eine so umfangreiche Familie, die sich nicht nur aus Blutsverwandten, sondern auch aus jeder Menge Patchwork zusammensetzt. In diesem Fall war es unsere Patchwork-Ersatz-Oma, die sich nach dem Verlust von Gelsomina wieder recht einsam gefühlt hatte, obwohl sie bei ›The Great Event‹ nun erneut, wenn auch heimlich, das Zepter schwang.

»Ach, Rutchen, das ist so lieb von dir!«, hauchte Beatrice, die ganz schön fertig war, weil sie sich vermutlich jetzt erst darüber bewusst wurde, dass sie mit einem Säugling im Gepäck nicht so einfach irgendwo absteigen konnte.

»Ich muss sowieso gehen«, erklärte Rutchen. »Günter hat mich gebeten noch etwas im Geschäft für ihn zu erledigen«, entschuldigte sie sich, als sie mit Beatrice, ihrem Ersatzenkel und Harry, der ein Auto hatte, abzog.

Zurück blieben Gelsomina, Mama, Kevin, die Besenbinder, Loretta, die beiden Ubaldinis und ich.

Aber ich war kaum noch wirklich anwesend. Wenn ich nicht aufpasste, hätte ich mir wirklich bald eine hübsche kleine Sucht zugelegt. Anlagen dazu hatte ich ja wohl, wenn ich an Günter dachte, der in unangenehmen Lebenslagen auch recht oft zur Flasche greift.

»Nehmen Sie es nicht so schwer, Gabi«, sagte die Besenbinder zu unser aller Erstaunen. Mama blickte sie an, als wäre die Besenbinder bis jetzt ein Witz gewesen, dessen Pointe sich ihr gerade offenbarte.

»Ach ja!!«, zischte sie mit glühenden Augen, während sie automatisch nach einer Zigarettenschachtel griff. »Das müssen gerade Sie mir sagen ... mit Ihnen fing doch das Elend in dieser Familie an! Nicht nur, dass Sie mir eine meiner Töchter weggenommen haben ... nein, Sie müssen auch die anderen manipulieren ... jawohl ... manipulieren! Erst versuchen Sie es bei Gelsomina und dann bei Petra ... diese Geschichte mit dem Ultraschallfoto ist ja wohl das Perverseste, was ich je von einer Ärztin gehört habe!! Wissen Sie, dass ich Sie anzeigen könnte ...??«

Schlagartig war ich nüchtern!

Langsam hob ich den Kopf, weil ich Faustos Blick, in dem das Misstrauen wie ein schlafendes Tier erwachte, fast körperlich spüren konnte.

Loretta warf ihre Serviette auf den Tisch. Sie landete mitten in der kalten Suppe, die über den Tellerrand schwappte. »Komm, Hedda, wir gehen! Aber dieses Mal endgültig!«

Die Besenbinder hielt Loretta am Handgelenk zurück. »Warte noch, bitte. Ich muss hier jetzt erst mal was klären!« Loretta blieb zögernd und misstrauisch hinter ihrem Stuhl stehen, dessen Lehne sie mit ihren Fingern umklammerte, bis ihre Knöchel ganz weiß wurden.

»Jetzt sage ich Ihnen mal was, Frau Blumenstock!«, fuhr die Besenbinder mit kalter Gelassenheit fort, die etwas genauso Beunruhigendes hatte wie der wässrige Glanz ihrer Augen. »Wenn Ihre Töchter zu solchen Mitteln greifen ... wie zum Beispiel Ihre Tochter Petra, die ja, wie ich gehört habe, früher auch kleptomanisch aufgefallen ist ... dann sollten Sie sich einmal überlegen, wieso das so ist und ob es nicht damit zusammenhängen könnte, wie sie Sie als Mutter erlebt haben! Ein Baby zu erfinden, um gleich auf den Punkt zu kommen, ist nämlich ein hochgradig neurotisches Verhalten ... und deutet auf ausgeprägten Mangel an Liebe in der Kindheit hin ... Ihre Tochter sucht Aufmerksamkeit und für ihre verdrängten Gefühle ein Liebesobjekt, verstehen Sie das!!«

Was für ein Vortrag! Was für ein Schweigen danach! Ich schloss die Augen und dachte, dass der einzige positive Effekt dieser unerwarteten Enthüllung der war, dass ich um ein Geständnis herumgekommen war.

»Wasse iste dasse für eine Unsinn ...«, rief Roberto ärgerlich. »Kanne keine Frau eine Baby erfinden, wenn sie hatte eines in ihre Bauch!!«

Was bei Roberto aus Gründen des Alters und der mangelnden Vorstellungskraft etwas länger dauerte, hatte bei Fausto sofort gezündet.

Mama wollte sich eben mit lautem Gebell für diese Psychokeule an der Besenbinder abreagieren, als Fausto mich am Arm packte, vom Stuhl zerrte und mich so dicht an sich heranschob, dass sich fast unsere Nasenspitzen berührten. »Ich will es nicht glauben, Petra«, sagte er hart. »Ich will es einfach nicht glauben, dass du so etwas tun konntest!« Dann schnappte er sich meine Hand und zerrte mir den Verlobungsring vom Finger! Einfach so, ohne dem, was er mir entgegengespuckt hatte, noch etwas hinzuzufügen.

Was für eine Demütigung! Was für eine nicht mehr zu

übertreffende Demütigung. Ich, nur ich, hätte es sein müssen, die ihm den Ring mit einer großen dramatischen Geste vor die Füße warf, weil er so mitleid- und gefühllos gewesen ist, dass er sogar den Namen *unseres* Babys, auch wenn es noch gar nicht vorhanden war, meiner Schwester überlassen hatte.

24

Nun hätte ich Fausto wenigstens darüber aufklären können, dass ich nicht vorsätzlich gelogen hatte. So glaubten doch alle, ich hätte das Baby erfunden, weil ich neidisch auf Beatrice war.

Doch vielleicht war tatsächlich Neid der Grund dafür, dass ich es nicht tat. Ich hatte weder etwas verloren noch Schaden angerichtet.

Schrecklich jedenfalls war das Erwachen am nächsten Morgen, als die Erinnerung in meinem Kopf langsam Gestalt annahm.

Wenigstens hatte Beatrice meine Niederlage nicht miterleben können. Das war zwar nur ein schwacher Trost, denn die Buschtrommeln würden sie spätestens heute Morgen über den moralischen Untergang der Petra Blumenstock informiert haben. Wie würde sie reagieren? Mit Triumph? Mit Betroffenheit?

Mit Sicherheit aber würde sie mich für verrückt halten, weil Verhaltensweisen dieser Art ihr völlig fremd sind. Früher hatte ich geklaut und jetzt hatte ich eine Schwangerschaft erfunden, während Beatrice bloß auf eine ganz alltägliche Weise unsozial gewesen war, indem sie uns durch ihre Vielmännerei in allerlei nicht unbeträchtliche Schwierigkeiten hineinmanövriert hatte!

Besonders peinlich war mein Coming-out natürlich vor Gelsomina, die mich beim Frühstück kaum anschaute und vor Verlegenheit zu blinzeln begann, wenn sich unsere Blicke zufällig einmal trafen.

»Es war nicht meine Absicht! Glaub mir, Mina ... irgendwie bin ich da so reingerutscht, weil Roberto gleich so ein Affentheater gemacht hat!!«, versuchte ich es ihr verzweifelt zu erklären.

Mama räusperte sich widerspruchsvoll.

»Ich versteh das trotzdem nicht«, murmelte Gelsomina. »Irgendwie passt das auch gar nicht zu dir ... so was hätte ich eher Beatrice zugetraut ...«

Auch ein Aspekt! Vielleicht hatten wir jetzt die Rollen getauscht und waren jeweils in die Identität der anderen geschlüpft. Nur mit dem Unterschied, dass Beatrice nun offensichtlich beides verkörperte: Schönheit *und* charakterliche Größe!

»Aber ich sag doch, dass ich es nicht geplant habe!!«, jammerte ich. »Ich weiß selbst nicht mehr, wie ich so blöd sein konnte!« Nun hatte ich meinen Liebsten und meine Arbeit verloren!

Es war natürlich klar, dass ich mich unter diesen Umständen vorläufig auf keinen Fall im Lampedusa blicken lassen würde.

»Sprich doch noch mal mit Fausto«, sagte Mama. »Wenn er dich liebt, wird er es verstehen!«

Wie sollte Fausto es verstehen, wenn ich es selbst nicht verstand? Außerdem hatte er mich viel zu sehr gekränkt, als dass ich überhaupt das Bedürfnis gehabt hätte, mich mit ihm zu versöhnen. Jetzt nicht und vielleicht niemals mehr!

»Er hat Beatrice den Namen *unseres* Babys geschenkt«, sagte ich. »Das verzeih ich ihm nie!«

Mama runzelte die Brauen. »Es gab nie eines, Petra, vergiss das nicht!«, sagte sie so eindringlich, als müsste sie nun wirklich um meine Gesundheit fürchten.

Und wenn! Schließlich hätten wir irgendwann eins haben können! Außerdem hatte ich keine Lust, immer nur Angst haben zu müssen, dass Fausto sich vielleicht doch mehr für Beatrice als für mich interessierte und ihn dann sowieso eines Tages zu verlieren, nämlich dann, wenn ich gar nicht mehr damit rechnen und es aus diesem Grund besonders schlimm sein würde!

»Ich finde es schade ...«, sagte Gelsomina traurig. »Ihr wart ein so tolles Paar!!«

Das hat schon ganz schön wehgetan! Schließlich war es das erste Mal, dass jemand von unserer Beziehung in der Vergangenheit sprach. Als bestätigten sich die Dinge erst in dem Augenblick, wenn jemand sich traute, sie beim Namen zu nennen.

Ich hätte mich am liebsten wieder in mein Bett verkrochen, da rief Leo an. Er war fündig geworden und wollte sich unbedingt gleich mit mir treffen.

Das würde mich ablenken, auch wenn ich im Augenblick wenig Bock auf das Günter-liebt-Elli-Drama hatte, das nun wohl auch seinem turbulenten Ende entgegensteuerte.

»Sie hat mal einen Nachtclub geführt ... ›Lolita‹ hieß der Laden ... falls du verstehst, was ich meine ...«, erzählte Leo mit begeistertem Eifer. »Irgendwann ging der Laden wegen irgendwelchen Drogengeschichten hoch ...«

Wir saßen in einem Café in der Innenstadt. Leo trank einen Kakao und ich einen Pampelmusensaft. Ich rauchte wie ein Schlot und empfand kein bisschen Genugtuung.

»›Lolita‹ ...«, murmelte ich. »Da hat Elli auch gearbeitet ... Ich hab mal gehört, wie sich die beiden darüber unterhalten haben ...«

»Na ... als was die da angetreten ist, kann sich ja wohl jeder denken ...«, freute sich Leo. »Und hier spielt sie die Unschuld vom Lande!«

Im Prinzip war ich doch auch so etwas wie eine Hochstaplerin. Hatte ich da ein Recht über jemanden wie Elli ein Urteil zu fällen und vielleicht auch noch meinen Dad unglücklich zu machen?

»Was ist los, Petra? Bist du nicht froh, dass sie noch rechtzeitig entlarvt werden kann?«, fragte Leo verwundert und auch ein bisschen beleidigt, weil ich seinem Eifer so wenig Anerkennung zollte.

»Ach«, seufzte ich. »Mir geht's im Augenblick nicht so gut!«

»Wieso das denn ... ach, ich weiß schon ... na ja ... das ist bestimmt auch bald vorbei«, mitfühlend legte Leo seine Hand auf meine Hand. Das löste einen regelrechten

Gefühlssturm in mir aus. Leos Hand war so warm und sie fühlte sich genauso an wie Faustos Hand, deren Druck ich schon so wahnsinnig lange nicht mehr gespürt hatte und plötzlich richtig schmerzhaft vermisste. Das muss wohl der Grund dafür gewesen sein, dass ich Leo plötzlich alles erzählte. Es brach einfach so aus mir heraus und als ich mit Erzählen fertig war, lag ich plötzlich flennend an seiner Schulter. Sanft zupfte er ein paar tränennasse Haarsträhnen aus meiner Stirn und strich behutsam über meine Wangen. »Und was ist mit Fausto?«, fragte er vorsichtig.

»Ich weiß es nicht ... huhuhu ... gestern hat mir vor allen Leuten den Verlobungsring wieder abgenommen ... huhuhu!«, heulte ich.

»Na so was«, brummte Leo. »Ein bisschen mehr Verständnis hätte er ja wohl zeigen können!«

Ich richtete mich auf und rückte ein Stück von Leo weg. Wenn Männer sich *nicht* mit anderen Männern solidarisieren, hat das meistens nur einen Grund, sie sind scharf auf dich.

»Ich liebe ihn aber immer noch!!«, erklärte ich kühl, um gleich jeden Zweifel auszuräumen. »Außerdem hab ich wirklich Mist gebaut!«

Leo räusperte sich verlegen. »Klar doch!!«, sagte er rau. »Das hab ich mir eh gedacht.«

Er sah auf einmal so traurig aus. ›Mich liebt sowieso keine‹, las ich in seinem enttäuschten Blick. »Aber einen guten Freund könnte ich brauchen!!«, sagte ich.

»Na klar«, erwiderte er. Auch wenn das nicht sehr überzeugend klang, ließ ich die Sache erst einmal auf sich beruhen und wollte mich auf den Weg zu meinem Vater machen, nachdem ich Leo eingeschärft hatte, niemandem von Elli und Rita und ihrem heimlichen Gewerbe zu erzählen. Schließlich konnten wir nicht so Hals über Kopf mit der Tür ins Haus fallen. Zuerst wollte ich wissen, in welcher Verfassung sich mein Vater befand, bevor ich ihm endgültig sein unerwartetes spätes Lebensglück zerstören musste.

Leo war ein bisschen enttäuscht, dass er nicht mitkommen durfte. Aber ich blieb hart. Leo gehörte nämlich zu den Kerlen, die schon so viel Hiebe bekommen hatten, dass sie mit dem Mut der Verzweifelten eine solche Beharrlichkeit an den Tag legten, um vielleicht doch eines Tages an das Ziel ihrer Wünsche zu gelangen.

Aber mein Vater war nicht im Geschäft. Ich hätte mir denken können, dass er jetzt Tag und Nacht bei Elli und dem Baby im Krankenhaus hockte.

Rutchen hatte alle Hände voll damit zu tun, den Bürokram aufzuarbeiten, der sich in ihrer Abwesenheit gestapelt hatte, und Harry war im Aufbahrungsraum mit der Verschönerung einer Leiche beschäftigt. Über den Rand ihrer Brille warf mir Rutchen einen prüfenden ängstlichen Blick zu. ›Wer hatte geplaudert?‹, fragte ich mich, ›wer?‹

»Du weißt es also schon«, seufzte ich. »Vermutlich denkst du nun auch, ich hab eine Vollmacke!«

Mama hatte sie angerufen und gefragt, ob sie mich irgendwo gesichtet hatte.

Weil ich den ganzen Tag unterwegs gewesen war, machten sie sich wohl zu Hause Sorgen um mich. Eine Irre wie ich konnte schließlich zu allem fähig sein.

»Bevor du mich fragst, warum ich das gemacht hab«, rief ich schnell, »kann ich dir nur sagen ... ich weiß es selbst nicht! Vielleicht bin ich wirklich nicht ganz dicht!«

Zum Glück war Rutchen so diskret, dass sie mir tatsächlich keine Fragen stellte und mir stattdessen einen Kaffee kochte und mich mit Kuchen versorgte.

Da hockte ich nun inmitten von wuchtigen Särgen, die schauerliche Schatten an die Wände warfen, und musste niesen, weil mir Weihrauchgeruch in die Nase stieg. Der Bistrotresen stand einsam und unbeleuchtet wie ein utopisches Ungeheuer mitten im Raum und erinnerte mich an die wunderbaren Zeiten im Lampedusa, als ich noch Faustos beste Freundin war, und außer der, dass ich möglicherweise niemals eine richtige Frau werden könnte, keine Sorgen hatte.

»Arbeit hab ich nun auch keine mehr!«, klagte ich, während ich den Kaffee schlürfte.

»Roberto hat dich doch wohl nicht rausgeworfen! Schließlich bist du so etwas wie eine Tochter für ihn!«, rief Rutchen empört.

»Du glaubst doch wohl nicht, dass ich da noch arbeiten könnte ... mit Fausto!«, erwiderte ich matt.

Rutchen starrte den Monitor ihres Computers an. »Wir könnten hier auch Hilfe gebrauchen«, sagte sie dann. »Manchmal kommen Leute rein, die bloß was trinken und sich Informationsbroschüren mitnehmen wollen!«

Was für eine Idee und was für ein Abstieg! Ich als Tresentussi in einem Bestattungsinstitut, das ich zwar einmal erben, aber garantiert sofort verkaufen würde.

»Vorübergehend!«, warf mir Rutchen gezielt einen Köder zu. »Nicht für immer!«

Na ja, was hätte ich dagegen haben sollen. Schließlich kannte ich den Laden seit meiner Kindheit und hatte auch schon jede Menge Leichen gesehen. Mit Rutchen und Harry an meiner Seite würde ich mich auch nicht ganz so verlassen fühlen wie irgendwo anders, wo ich zwar einen Job finden könnte, aber eine Fremde wäre.

»Du kannst gleich anfangen!«, sagte Rutchen. »Wenn du willst!«

Was ich wollte, wusste ich nicht, aber das Gefühl, gebraucht zu werden, war auch nicht schlecht, und die Leute, die kurze Zeit später kamen, um einen letzten Blick auf den Verstorbenen zu werfen, den Harry in einem Meer von Blumen mit feierlich brennenden Kerzen gerade hergerichtet hatte, hatten einen Drink bitter nötig.

Im Mixen bin ich gar nicht schlecht, und was lag näher als für diesen Laden seiner Funktion entsprechend mal ein paar abgefahrene Cocktails zu erfinden. ›Vampire's Delight‹ zum Beispiel mit Tomatensaft, einem Schuss Campari und jeder Menge Blutorangen für die weniger Trinkfesten oder ›Cold Coffin‹ aus Wodka, Minze und Limonen für die Hartgesottenen.

Die leise Musik im Hintergrund, die sanft und unaufdringlich spielte, und die Teelichter, die ich in Gläsern auf dem Tresen verteilt hatte, schafften eine Atmosphäre, die irgendwie entkrampfte und die Trauer entschärfte.

Sicherlich ist so was nicht jedermanns Sache, doch die kleine Trauergesellschaft, die sich an diesem Nachmittag um den Bestattungsbistrotresen geschart hatte, war sehr angetan und Rutchen fand die Idee mit den Trauercocktails sogar richtig genial.

Also mixte ich, was das Zeug hielt und sich unsere Gäste leicht, aber angenehm benebelt verabschiedeten und versprachen dieses familien- und trauerfreundliche Bestattungsinstitut unbedingt weiterzuempfehlen. Da ging es mir schon erheblich besser und ich mixte für Harry, Rutchen und mich einen ›Gravedigger's Dream‹ aus Kirschsaft, Bitter Lemon und zerstoßenem Eis, um auf meinen Einstieg in das Team von Griffel-Grabesruh anzustoßen.

›Es ist auf jeden Fall von Vorteil, wenn man eine richtige Aufgabe hat, vor allen Dingen dann, wenn einem so ein richtiger satter Liebeskummer das Herz fast in tausend Stücke reißt‹, dachte ich, da kam Günter!

Er sah aus wie einer, der irgendwann einmal bessere Tage gesehen hatte und auf einer Parkbank eingeschlafen war. Übernächtigt und unrasiert. Der alberne Elli-Schlips baumelte erschlafft mit gelockertem Knoten über seinem halb geöffneten Hemd und auf seiner Anzugjacke tummelten sich einige unappetitliche Flecken.

»Es ist ein Junge ... Petra ...«, rief er mir entgegen. »Weißt du das schon ...« und schien überhaupt nicht erstaunt darüber zu sein, dass ich hinter seinem Bistrotresen stand und für seine Leute Cocktails mixte.

Er sank auf einen Barhocker und zündete sich eine Zigarette an. Rutchen verzog befremdet den Mund. Harry klopfte Günter wohlwollend auf den Rücken.

»Herzlichen Glückwunsch, Alter!«, sagte er. Mein Vater lächelte ihn dankbar an. »Von uns allen!« Rutchen und ich nickten wie folgsame Schafe.

»Haach ... «, seufzte Günter. »Zum Glück ist alles in Ordnung mit dem Kind ... und Elli geht es auch gut ...«

Sollte ich ihn aufklären oder sollte ich nicht? Ich hatte ja noch nicht einmal Rutchen mit den brandheißen Neuigkeiten versorgt. Außerdem hätte ich gerne erfahren, ob das Kind denn nun tatsächlich Günters Kind war oder nicht.

Wenn es nämlich von Günter war, würde ich doch lieber für mich behalten, was ich wusste, vorerst wenigstens. Wenn nicht, dann sollte er auf jeden Fall erfahren, was Elli für ein hinterhältiges Biest war.

»Wie viel zu früh ist das Kind denn gekommen?«, fragte Rutchen spitz mit angerauter Stimme.

Harry und ich sperrten die Ohren auf. Doch gerade als Günter antworten wollte, polterte ein massiger Kerl in den Laden und ich benötigte nur ein paar Sekunden, um ihn wiederzuerkennen.

»Wo ist sie?«, brüllte der Löwenwirt. »Und wer ist der Kerl, der ihr das Kind gemacht hat?«

Später habe ich über Umwege gehört, dass Rita Rogge manchmal mit ihrer Mutter im Nachbarort telefonierte und der alte Löwenwirt so erfahren haben muss, wo Elli war und dass sie inzwischen auch ein Kind bekommen hatte.

Ganz unbeabsichtigt hatte die Rogge diese Information

wohl nicht rübergereicht, denn wie ich gleich am Anfang festgestellt hatte, war sie immer ein bisschen neidisch auf Elli, die nicht nur im ›Lolita‹ die besseren Kerle abgestaubt hatte.

Zum Glück war Harry da, der sich Ellis Vater gleich in den Weg stellte, um eine Keilerei unter leidenschaftlichen Vätern zu verhindern.

Günter war so daneben, dass er sich gleich als der zu erkennen gab, den der Löwenwirt gesucht hatte.

»Aber ich bitte Sie«, sagte er erschrocken. »Ich bin mit Elli verlobt und wir wollen heiraten!«

Ich goss schnell ein Glas mit ›Gravedigger's Dream‹ voll und schob es dem Löwenwirt über den Tresen.

»Sie könnten ihr Vater sein«, brüllte der Löwenwirt, aber den Drink nahm er trotzdem gleich. »Vielleicht sogar ihr Großvater!!«

Zum Beleidigtsein hatte Günter vermutlich keine Kraft, vielleicht sah er aber auch ein, wie absurd es wäre, den potenten Gockel herauszukehren, wo Elli sich doch seiner Meinung nach ganz freiwillig für ihn entschieden hatte.

»Aber ich sag Ihnen eins«, fauchte der Löwenwirt, nachdem er noch einen ›Gravedigger‹ ausgetrunken hatte. »Ich zeige Sie an wegen Verführung Minderjähriger und Elli kommt zu mir zurück, mit dem Kind!!«

»Dazu haben Sie kein Recht ... und was heißt hier Verführung Minderjähriger«, sagte mein Vater blass. »Ich meine ... ich dachte ...«

Ich schnappte mir seine Hand, die kalt und leblos über dem Tresen hing.

»Nimm's nicht so schwer!«, raunte ich ihm zu. »Elli hat dich nicht nur in diesem Punkt gelinkt!«

Günter starrte mich an, als würde ich eine Sprache sprechen, die er nicht beherrschte. »Was?«, fragte er blöde.

»Sie ...«, brüllte der Löwenwirt in meine Richtung. »Sie ... reden Sie ja nicht so ...« Mit aller Kraft versuchte Harry den Kerl zu bändigen, der einen wirklich tollwütigen Eindruck machte, als würde er auf jeden losgehen, auch auf mich und vielleicht sogar auf Rutchen.

»Wenn Sie nicht sofort unser Geschäft verlassen, dann rufe ich die Polizei!!«, rief sie mit zitternder Stimme und hatte schon ihr Schnurloses in der Hand.

»Tun Sie das ... tun Sie das nur ...«, keifte der Löwenwirt. Im nächsten Augenblick gelang es ihm, Harry beiseite zu schubsen und sich auf meinen Vater zu stürzen. Der kippte mit seinem Barhocker um, landete mit dem Hinterkopf auf dem Boden und blieb bewegungslos dort liegen.

»Günter!!«, kreischte Rutchen, ließ das Telefon achtlos in eine Bergpalme fallen und sank neben meinen Vater auf die Knie, als schon Blut aus seiner Nase schoss und der Löwenwirt, vermutlich von nackter Angst gepackt, das Weite suchte, ohne dass Harry, der ihm hinterhergestürmt war, ihn aufhalten konnte.

25

Aber Günter ist nicht gestorben! Glücklicherweise war er nicht einmal schwer verletzt, sondern hatte nur Nasenbluten und eine bedeutungslose Schramme am Hinterkopf. Wir versorgten ihn mit Kaffee und Pflaster und stopften ihm aus Tempos gerollte Propfen in die Nase.

»Na so was aber auch …«, stöhnte er, als er einigermaßen wieder bei sich war. Mit Harrys Hilfe hatten wir Günter in einen Sessel gehievt und ihm einen Hocker unter seine Beine geschoben.

»Sagt bloß Elli nichts davon!«, schärfte er uns ein. »Sie regt sich sonst zu sehr auf …«

Unsere Aufregung schien ihn dagegen kaum zu kümmern. Das ärgerte mich nicht nur, das machte mich so wütend, dass ich mich nicht beherrschen konnte und Günter in einem zornigen Monolog die ganze schäbige Wahrheit ins Gesicht brüllte. »Von wegen aufregen …«, keuchte ich, als ich mich abreagiert und meinen Vater in einen Zustand fassungslosen Schweigens befördert hatte.

»Ich hab es gewusst«, murmelte Rutchen. »Ich hab es von Anfang an gewusst!«

Harry zog sich diskret zurück, um den Aufbahrungsraum zu putzen. Mit Familiendramen hatte er schon genug in seinem Berufsalltag zu tun und, weil er selbst ohne Anhang war, hatte er vermutlich verständliche Schwierigkeiten damit, gerade das Gemetzel in unserem Clan zu begreifen.

»Das habt ihr euch ausgedacht«, knurrte Günter plötzlich. »Das habt ihr euch ausgedacht, weil ihr Elli nicht leiden könnt. Besonders dir, Rutchen, war sie gleich ein Dorn im Auge ...«

Rutchen schnaufte empört. »Das hab ich nicht nötig, Günter ... wirklich, das hab ich nicht nötig!« Dann rannte sie schniefend zur Toilette und ließ sich eine halbe Stunde nicht mehr blicken.

Mein Zorn war inzwischen verraucht und ich schämte mich, dass ich so unbeherrscht gewesen war. Schließlich hätte ich meinem Vater die Elli-Story auch behutsamer und auch nicht gerade jetzt beibringen können.

»Mensch, Papa«, sagte ich beschwichtigend und setzte mich zu ihm auf die Sessellehne. »Keiner will Elli was am Zeug flicken. Uns geht es nur um dich ... weil wir dich lieben!«

Alles vergebliche Liebesmüh, kann ich nur sagen. Günter war so verbohrt oder verzweifelt oder beides und vielleicht dachte er auch an Robertos endgültigen Triumph!

»*Sie* soll mich bloß in Ruhe lassen mit ihrer Liebe! Was glaubt sie denn, wer *sie* ist ... meine Mutter?!«, fauchte er die Klotür an. »Eifersüchtig ist sie. Weil Elli jung ist und sie alt!!«

Ein Glück bloß, dass Rutchen das nicht gehört hatte. Eine solche Gemeinheit hätte selbst sie Günter niemals verziehen.

»Jetzt hör mir mal zu, du dummer alter Narr!!«, herrschte ich meinen Alten an, stützte meine Hände an den beiden Lehnen seines Sessels ab und beugte mich über ihn. »Merkst du eigentlich nicht, wie lächerlich du dich machst? Du könntest nämlich wirklich Ellis Großvater sein. Alle lachen sie schon längst über dich. Und sie haben echt Grund dazu, weil du nicht rechnen kannst, mein Lieber! Oder du hast damals nicht mitgekriegt, wie lang eine Schwangerschaft dauert, als Mama mit mir unterwegs war!«

Günter blinzelte. Mit den Propfen in seiner Nase sah er recht albern aus und ich musste gegen meinen Willen grinsen.

»Ha!«, machte er nur und äugte listig zu mir hinauf. »Ich wusste von Anfang an, dass ich nicht der Vater von Ellis Kind sein konnte. Da staunst du, was?!«

Ich staunte tatsächlich!

Anschließend hielt mir Günter einen salbungsvollen Vortrag über männliche Nächstenliebe, die vielleicht ein katholischer Schwachkopf wie Roberto einem armen Mädchen wie Elli vorenthalten hätte, das von dem nichtsnutzigen Erzeuger ihres Baby sitzen gelassen worden war. Ohne Gnade und ohne Geld.

»Wie bitte schön, wie hätte sie denn ihrem Vater wieder unter die Augen treten sollen? Hä? Du hast ihn ja erlebt ... und Elli liebt ihren Vater, ja das tut sie!«

O dio mio, wenn Günter alles gewusst hatte, war es um ihn noch viel schlimmer bestellt, als ich dachte. Dass Elli in einem Pseudopuff gearbeitet hatte, schien ihn auch nicht zu kratzen. Im Gegenteil, Günter fügte es nahtlos ein in die Story vom arglosen, kleinen Mädchen, das von ihrer ersten großen Liebe verführt und von dem Kerl dann in die Gosse getrieben worden war.

Dass es sich dabei um einen Kunden von Lolitas Nachtbar gehandelt haben musste, schien er entweder zu ignorieren oder auch das war ihm egal. Und das bloß, weil mein Alter fast fünfzig war und Elli einen Apfelbusen und eine Vorliebe für Laufmaschen an den richtigen Stellen hatte.

»Dem ist nicht mehr zu helfen«, sagte ich zu Rutchen, nachdem ich am Bistrotresen klar Schiff gemacht hatte und Günter nach Hause gegangen war.

»Aber das ist doch der reinste Irrsinn!«, jammerte Rutchen. »Er läuft doch geradezu in sein Unglück!«

Das war meinem Alten inzwischen vermutlich genauso egal wie mir. Manche Leute brauchen eben die Nackenschläge im doppelten Dutzend, bis sie endlich kapieren, wo der Hase im Pfeffer oder der Hund begraben liegt.

»Sie wird dich ganz um dein Erbe bringen«, versuchte Rutchen mich bei der Stange zu halten. »Ist dir das auch egal?«

Ich zuckte die Schultern. »Ich geh sowieso weg von hier ...«, sagte ich. »Und mach in Amiland mein Glück!«

Von der Kellnerin zur Hollywoodproduzentin für genau die dramatisch kitschigen Filme, die ich so liebe!

Denn viele andere Möglichkeiten würde ich nicht haben – im Prinzip gar keine.

Das wurde mir nicht erst klar, als ich am Abend nach Hause kam, wo Mama mit Maxi auf dem Schoß und Roberto an ihrer Seite auf dem Wohnzimmersofa saß, während der Kassettenrekorder eine Kassette mit italienischen Kinderliedern spielte.

Roberto trällerte mit und seine Schnurrbartspitzen wippten begeistert. Das Bild einer glücklichen Familie, auch wenn es nur die Großmama mit einem Möchtegern-Großpapa waren, die da eine dicke, fette Harmonie produzierten, welche mir entgegenrollte wie eine Lawine, unter der ich bald begraben liegen würde, sollte ich nicht so schnell wie möglich das Weite und mir damit eine neue Heimat suchen.

Das Lampedusa hatte Ruhetag und die Frage, wo sich Fausto herumtrieb, verkniff ich mir aus verständlichen Gründen.

Wie ich gleich etwas umständlich aufgeklärt wurde, hatte Beatrice die Windpocken bekommen und das Baby ganz schnell in ungefährlichere Regionen verfrachtet.

Roberto behandelte mich, als wäre ich eine Fremde. Was ja in gewisser Weise auch zutraf, wenn man die Abgründe berücksichtigte, die ich mir nicht einmal selbst zugetraut hätte.

Gelsomina hatte das Kochen übernommen und versuchte sich an einem Eintopf, der wirklich lecker schmeckte.

Nicht einmal als Köchin wurde ich also noch gebraucht. Weder hier noch im Lampedusa!

Ich fühlte mich so nutzlos wie noch nie. Dabei hatte ich früher immer darunter gelitten, dass meine Familie gerade mir das Prädikat ›besonders nützlich‹ verpasst hatte. ›Besonders nützlich‹ bedeutete genauso wenig wie besonders langweilig, besonders blöde und besonders unattraktiv. Sollte ich nun weniger langweilig und weniger blöd und viel attraktiver geworden sein, bloß weil ich nicht mehr nützlich war?

Heimlich packte ich meine Sachen zusammen, stopfte sie in eine Reisetasche und verließ auf Zehenspitzen die Wohnung, als die glückliche Familie sich im Wohnzimmer gerade zum Essen am Tisch versammelte.

Vielleicht hätte ich auch unter anderen Umständen mal ein bisschen Zeit für mich gebraucht und mich aber nicht getraut, sie mir zu nehmen, geschweige denn, mir das einzugestehen?

Alle hatten sie schon einmal das Schiff verlassen, das Gabi Blumenstock mehr oder weniger geschickt durch das Meer unseres Lebens gesteuert hatte.

Selbst Gelsomina hatte sich bereits an der Meuterei beteiligt. Bloß ich nicht!

Ich nahm mir ein Hotelzimmer. Erstaunlicherweise deprimierte mich das viel weniger, als ich befürchtet hatte. Irgendwie fand ich es sogar ein bisschen verwegen, weil die normale Petra Blumenstock so etwas nie getan hätte. Doch eine, die ein Baby erfand, hätte auch in einen Film gepasst oder die Heldin eines dramatischen Romans sein können!

Zum ersten Mal in meinem Leben war ich nämlich wirklich allein! Obwohl ich für meine Familie immer so etwas wie die Zweitbesetzung für Mama gewesen bin, erlebte ich auf einmal bewusst, was es bedeutete, wirklich selbstständig und ausschließlich für sich verantwortlich zu sein. Ich weiß, das hört sich ziemlich hochtrabend an, aber es war tatsächlich so.

Denn vermutlich hatte ich durch meine Rolle als Mädchen für alles ja gar keine Zeit gehabt, mich um mich selbst zu kümmern.

Und genau das würde ich jetzt tun. Hurra, das Leben war auf einmal gar nicht mehr so grau und das Hotelzimmer, das ich mir ausgesucht hatte, war sogar recht hübsch. Außerdem hatte es einen Fernseher mit allen Programmen, so dass ich mir rund um die Uhr meine kitschigen Lieblingsfilme anschauen konnte!

Ich hätte vielleicht uralt dort werden und sterben können, während gerade ›Der gläserne Pantoffel‹ mit Leslie Caron oder ›Königin Christine‹ mit Greta Garbo im Fernsehen lief, wenn, ja wenn ich nicht doch Sehnsucht bekommen hätte!

Bis zum nächsten Tag schaffte ich es, nicht einmal zu Hause anzurufen, geschweige denn irgendeinem anderen Fast-Mitglied unserer Family, wie Rutchen zum Beispiel, zu verraten, dass ich nicht gestorben, sondern nur auf eine Reise in die Selbsterfahrung und die Welt wunderbarer, alter Hollywood-Schinken aufgebrochen war.

Weil ich mich zu Hause nicht sehen lassen wollte und weil mich auch das schlechte Gewissen wegen meines

Jobs bei meinem Alten beutelte, entschloss ich mich aber, wenigstens dort anzutreten und eine Absichtserklärung abzulegen.

Nämlich die, dass ich zukünftig weder in einer Pizzeria noch in einem Bestattungsinstitut als Kellnerin arbeiten, sondern endlich einmal etwas aus mir machen würde.

Mama war da, was mich ärgerte, denn ich wollte noch eine Weile verschollen bleiben, Maxi war auch da, was mich freute, damit ich mich von ihm richtig verabschieden konnte.

Günter war nicht da, Rutchen trank mit Mama Kaffee und Maxi lag in seiner Wippe und schlief.

»Ach, du bist es«, sagte Mama beiläufig und warf einen liebevollen Blick auf das Baby. Sie schien nicht einmal bemerkt zu haben, dass ich ausgezogen war.

»Gut, dass du kommst, Petra«, sagte Rutchen. »Heute Nachmittag wird hier der Teufel los sein.«

Meine Güte, wenn sie gewusst hätte, auf welch *schreckliche* Weise sie Recht behalten sollte!

»Aber ich wollte eigentlich ...«, begann ich. »Ich meine ...«

Warum ich blieb, weiß ich nicht. Jedenfalls bereute ich es einige Stunden später bitter!

Es war wieder eine Trauergesellschaft zu versorgen. Diesmal eine recht umfangreiche. Mama war mit einem Haufen unerledigter Post beschäftigt, die Rutchen nicht allein bewältigt und deshalb Mama um Hilfe gebeten hatte.

Maxi schlief die ganze Zeit in seiner Wippe, die auf

Günters Schreibtisch stand, damit wir ihn immer gut im Auge hatten.

Ich mixte ein paar ›Gravedigger‹ und einen ›Friedhofsfieber‹, den ich gerade erfunden hatte, und die Leute waren begeistert. Als sie bereits sehr cocktailselig abgezogen waren und ihre Trauer vermutlich für ein paar Stunden vergessen hatten, konnte ich endlich einmal aufs Klo gehen. Das dauerte nicht mehr als fünf Minuten. Doch als ich zurückkam, war Maxis Wippe leer. Zuerst dachte ich mir nichts dabei und nahm an, Mama und Rutchen hätten ihn zu sich ins Büro geholt. Oder Harry würde mit ihm spielen. Doch der wusch die Leichenwagen auf dem Hof und im Büro war niemand!

Immer noch dachte ich an nichts Schlimmes, bis Mama und Rutchen aus dem Lager zurückkamen. Gerade war eine Lieferung neuer Särge eingetroffen und Rutchen hatte sich um die Lieferscheine kümmern müssen, während Mama die Särge in Empfang genommen hatte.

»Wo ist denn Maxi?«, rief Mama gleich. »Ihr sollt ihn doch nicht aus der Wippe nehmen, wenn er schläft!«

Der Schreck hatte mir die Sprache verschlagen. Langsam begriff ich, dass Maxi verschwunden war.

»Ich ... ich ... hab ihn nicht ...«, stammelte ich und kam auf die absurde Idee, Maxi wäre vielleicht aus der Wippe gefallen und irgendwohin gerobbt, obwohl ich wusste, dass er dazu viel zu klein war. Außerdem hätte er bestimmt gebrüllt wie am Spieß. ›O mein Gott‹, dachte ich, ›Heilige Jungfrau steh mir bei und ich werde von heute an wirklich an dich glauben, das schwöre ich!‹

Wie die Irren rasten wir dann durch den Laden und, als ich immer wieder gegen Särge und anderes Leichenzubehör prallte, wurde mir mit Schrecken bewusst, in welch perverser Kulisse sich die Hälfte meines Lebens abgespielt hatte. Auch das würde ich hinter mir lassen und außerdem würde ich dafür sorgen, dass mein kleiner Neffe ein normales Leben führen und nicht einfach so mir nichts dir nichts irgendwo abgestellt werden konnte, während alle Aufsichtspersonen mit anderen Sachen beschäftigt waren.

Ich konnte mich gerade noch beherrschen in einem der Särge nachzuschauen, so verrückt vor Angst bin ich gewesen!

»Maxi!!«, brüllte ich. »Maxi ...!«

Auch wenn er da gewesen wäre, hätte er mir nicht antworten können. Aber er war nicht da!

Obwohl ich schon mehrmals beim Aufschreiben dieser haarsträubenden Geschichte behauptet habe, dieser oder jener wäre der schrecklichste Augenblick meines Lebens gewesen, kann ich euch sagen, *dieser* und nur dieser, als uns Maxi plötzlich abhanden kam, dieser war der allerschlimmste und wird es bleiben, bis ich sterbe, das schwöre ich!

»Der ist gekidnappt worden!«, stellte Harry ohne Umschweife fest. Was für ein Wahnsinn!

Wir riefen natürlich sofort die Bullen. Aus der Geschichte mit dem Mord, der keiner war, hatten wir wenigstens das gelernt: Versuche nie ein Verbrechen zu vertuschen, weil du die Aufklärung selbst in die Hand nehmen willst oder du dir die Bullen aus irgendeinem anderen Grund vom Hals halten musst.

Bald war der erste Bullenwagen angerückt und innerhalb kürzester Zeit wimmelte es im ›Great Event‹ von Grünröcken nur so.

Ein Kommissar kam auch vorbei und ließ sich von uns mit den Tatsachen füttern. Ob wir bedroht worden wären, fragte er, oder ob wir irgendwelche Feinde hätten und solche Sachen eben, die man aus dem Fernsehen kennt.

Wieder einmal wurde mir mit Schrecken bewusst, wie die Wirklichkeit und erfundene Welten plötzlich fast deckungsgleich sein können.

Mama heulte und Rutchen heulte auch. Ich versorgte sie mit Taschentüchern und war nicht fähig, auch nur eine einzige Träne zu produzieren.

Vermutlich machte mich das verdächtig. Obwohl ich es immer noch unglaublich finde, dass meine Familie überhaupt auf so einen Gedanken kommen konnte.

Wenigstens warteten sie, bis die Bullen das Weite gesucht und uns versichert hatten, alles Menschenmögliche zu tun, um unser Baby wieder aufzutreiben.

»Warum hast du bloß nicht aufgepasst?«, schluchzte Mama. »Ein Baby lässt man doch nicht einfach so allein!!«

Während sie sich die Nasen schnäuzten, blinzelten sie mich beide argwöhnisch an und ich begann fassungslos meinen Kopf zu schütteln.

»Das denkt ihr doch nicht wirklich?«, fragte ich und hatte das Gefühl, ich würde gleich ersticken. »So etwas kann man doch keinem zutrauen, den man liebt!«

Mama seufzte. Immer noch liefen Tränen über ihre Wangen. Rutchen konnte sich auch nicht beruhigen. »Es ist nur ...«, begann Mama verschnupft herumzustammeln, »weil ... du ... dich doch in letzter Zeit oft so merkwürdig benommen hast ... bestimmt ... war es keine böse Absicht ... vielleicht so etwas wie eine Kurzschlusshandlung ...«

Meine eigene Mutter hielt mich für eine Kidnapperin. Sie traute mir tatsächlich zu, ich wäre nicht ganz richtig im Kopf und hätte deshalb das Kind meiner Schwester irgendwo versteckt!

»Das muss ich mir nicht antun!«, rief ich und konnte immer noch nicht heulen. »Als wenn es nicht genug andere gäbe, die wirklich einen Grund hätten. Der geheimnisvolle Kindsvater kommt euch wohl gar nicht in den Kopf ... was?«

Sie schwiegen betroffen. »Falls es euch entgangen sein sollte, ich liebe diesen kleinen Burschen genau wie ihr ... ach, was rechtfertige ich mich überhaupt ... ich ... ich ...«

Vermutlich tat es ihnen schon Leid. Vielleicht hatten sie auch nie richtig an mir gezweifelt. Doch es reichte, dass ihnen solche Gedanken überhaupt im Kopf herumspukten. Das bewies mir doch eindeutig, was sie von mir dachten, dass das, was ich als Liebe empfunden hatte, bestimmt bloß die Nachsicht einer Verrückten gegenüber gewesen war!

Was hielt mich dann noch hier außer der Angst um Maxi, die mich überallhin verfolgen würde?

26

Glücklicherweise wusste niemand, dass ich mich in einem Hotel einquartiert hatte. Also würden sie mich auch nicht finden, vorausgesetzt, dass sie mich überhaupt suchen wollten.

Natürlich konnte ich mich nicht einfach so aus dem Staub machen, bevor ich wusste, was mit Maxi geschehen war, also rief ich Leo an.

Um unser Baby nicht zu gefährden, war die Presse noch nicht informiert worden. Aber es würde nicht lange dauern und in allen Berliner Schmierblättern würden die Schlagzeilen von der Entführung eines Babys aus einem zwielichtigen Bestattungsinstitut prangen, das von einem italo-allemanischen Familienclan geführt wurde.

»Was für eine Story!«, sagte Leo, als wir uns ganz konspirativ in einer düsteren Bahnhofskneipe trafen. »Einfach unglaublich!«

Er war nicht betroffen und durch seinen Job ziemlich abgestumpft. Einer, der tagtäglich mit Mord und Totschlag zu tun hat, kann es sich schließlich nicht erlauben, so zimperlich zu sein.

»Natürlich könnte der Kindsvater als Täter infrage kommen. So abgefertigte Kerle drehen oft ganz schön durch«, erklärte Leo. »Wer könnte es denn sein?«

»Sein könnten es viele …«, murmelte ich. »Aber einer käme gleich in die engere Wahl!«

So wie der Focke sich neulich aufgeführt hatte, kam er nicht nur in die engere Wahl, für mich war er der Hauptverdächtige. Möglicherweise war es mehr ein Wunsch als wirkliche Überzeugung, denn der Focke war zwar nicht ganz dicht, aber er war im Prinzip harmlos und würde niemals einem Kind etwas antun. Ganz egal, ob es seines war oder ein anderes. Er war weder gewalttätig noch ein Sadist, er war bloß ein ganz normaler Irrer, der meiner Schwester in die Hände gefallen war, als sie noch nicht Mutter, sondern eine Nymphomanin war.

»Und was ist mit diesem Typen aus der Karibik … der, der deiner Schwester immer Briefe schreibt?«, fragte Leo. »So Kindesentführer sind nämlich meistens Ausländer!«

Auch wenn das stimmen sollte, hatte doch einer, mit dem Bea offensichtlich in regem Briefwechsel und damit auf gutem Fuß stand, keinen Grund, sein Kind zu entführen, oder?

»Na, dann knöpfen wir uns doch den Focke einfach einmal vor!«, sagte Leo. »Ich krieg das schon aus dem raus, ob er das Kind hat oder nicht!!«

Vielleicht war Maxi ja auch schon längst wieder zu Hause? Was hätte ich dafür gegeben, wenn es nur ein Spuk gewesen und Maxi unversehrt und wohlbehalten wieder in seiner Wippe gelandet wäre.

Aber Maxi war immer noch verschwunden. Mama war am Telefon, als ich anrief, und im Hintergrund hörte ich Beatrice kreischen. Sie war wohl völlig durchgedreht und hatte sich über meine Sachen hergemacht. CDs zertreten und Kleider zerschnitten und Ähnliches, weshalb Mama mir riet mich vorläufig nicht in Beatrices Nähe zu wagen.

»Das ist doch auch verständlich, oder?«, murmelte Mama verschnupft und ich hängte augenblicklich ein.

Vielleicht wäre ich ja an ihrer Stelle auch auf solche Gedanken gekommen. Warum sollte jemand, der ein Baby erfinden konnte, nicht auch in der Lage sein, eins zu entführen? Wenn Neid und Eifersucht die Motive waren, und das glaubten sie ja alle, dann schälte sich da sogar eine bestürzende Logik aus der Geschichte heraus, der selbst ich mich nicht ganz entziehen konnte.

Abgesehen davon, dass ich sowieso keine ruhige Minute mehr haben würde, bis Maxi wieder auftauchte, hatte ich also nicht einmal die Wahl und entschied mich ohne zu überlegen für die eigenmächtige Verbrecherjagd, die mit einem waschechten Bullen an meiner Seite weniger gefährlich und vielleicht auch erfolgreich sein würde.

Da ich nicht wusste, wo der Focke wohnte, weil er inzwischen umgezogen war, statteten wir Rita Rogge in ihrem Dessous-Tempel einen Besuch ab.

Sie war blass und abgemagert, was ihrem Hintern zwar gut tat, ihr aber das Aussehen einer Flunder verlieh, die jemand auf Diät gesetzt hatte.

Im Gegensatz zu sonst wirkte sie heute aufgekratzt und unsicher wie jemand, der ein verdammt schlechtes Gewissen hatte und sich ordentlich Mühe gab, dass das keiner bemerkte.

»Wo ist Hubertus Focke?«, fragte Leo in Bullenmanier, als wäre dies ein Auftrag und keine Selfmade-Verbrecherjagd, die ihn nicht nur seine Sterne, sondern vermutlich das ganze Bullenkostüm kosten könnte.

Rita Rogge ordnete hektisch ein paar BHs in eine Glasvitrine ein.

»Was weiß denn ich?«, knurrte Rita Rogge und schrie leise »Verdammt«, als einer ihrer Anderthalbmeter-Fingernägel das Zeitliche segnete.

»Aber Sie sind doch, wie ich erfahren habe, ein Paar!!«, beharrte Leo.

»Das waren wir ... bis ...«, Rita Rogge feuerte einen hasserfüllten Blick auf mich ab, »bis die Schwester von der da ihr Balg gekriegt hat!«

›Was für ein Frust‹, dachte ich und ›was für ein Motiv!‹

»Das Balg, wie du es nennst!«, pfiff ich sie an und nahm eine gefährlich drohende Pose ein. »Das ist verschwunden, meine Liebe. Und das findet keiner von uns witzig!«

Blass geworden öffnete Rita Rogge den Mund.

»Also, wir hören!«, knurrte Leo.

»Was soll ich denn verdammt noch mal dazu sagen? Ich weiß nicht, wo der Focke sich rumtreibt ... und wo euer Baby ist, weiß ich auch nicht!«

Rita Rogge nagte an ihrer Lippe und musterte uns. »Wenn ich allerdings darüber nachdenke ...«, fuhr sie nach einer kleinen Pause fort, »... dann liegt ihr mit eurem Verdacht vielleicht wirklich nicht ganz falsch ...«

Was für eine Gelegenheit, es dem Focke heimzuzahlen!

»Gerade neulich hat er nämlich herumgekräht wie ein Verrückter, dass das sein Kind ist ... und ...« Die Rogge holte Luft und machte einen auf reichlich zerknirscht. Natürlich wollte sie uns weismachen, wie Leid es ihr tat, ihren Exfreund als das zu entlarven, wofür sie ihn nun gerne selbst gehalten hätte. »Und ... dass er es sich holen wird ... wenn es sein muss! Ja, das hat er gesagt.«

Ihre Absicht war so durchschaubar wie gemein!

Wenn sie ihn nicht kriegen konnte, dann sollte ihn keine haben, auch wenn die Rogge dabei leer ausging, weil es kein Hilfsmittel gegen den Beatrice-Blumenstock-Virus gab, sobald man sich einmal damit infiziert hatte.

›Ob das auch für Fausto galt‹, dachte ich plötzlich. Sollte unsere Liebe nur ein Nebenprodukt und vorübergehend Ersatz gewesen sein?

Inzwischen war meine Wut verraucht und ich hätte Fausto gern wieder an meiner Seite gehabt, um die Wärme seines Körpers zu spüren, was mich erleichtert und besänftigt und vielleicht auch mit mir selbst versöhnt haben würde.

Aber das war nun einmal gelaufen! What a mess! Meine wunderbare Liebe, einfach so, futschikato, kaputt!

Leo war der Meinung, dass wir den Focke-Verdacht an seine Bullenkollegen weiterleiten sollten, damit sie eine Suchmeldung herausgeben konnten.

»Aber ich bin mir doch gar nicht hundertprozentig sicher«, wandte ich ein.

Für so eine Menschenjagd müsste man schließlich hieb-

und stichfeste Beweise haben. Auch wenn sich die Unschuld von Hubertus Focke herausstellen würde, bliebe immer so ein Hauch von Verdächtigung an ihm haften, was ich im Fall einer Kindesentführung gemein und nicht gerecht fand, auch wenn er für die Sache mit dem Mord, der keiner war, längst einmal einen Denkzettel verdient hätte.

»Aus welchem Grund sollte er sonst untergetaucht sein, hä?«, fragte Leo. »Er hat eindeutig Dreck am Stecken!« Seine Bullenehre verlangte ihr Recht. Mein Flehen und Betteln half überhaupt nichts. Vielleicht hätte ich Hubertus Fockes Haut damit retten können, indem ich Leo meine vorübergehend zur Verfügung gestellt hätte. Aber so weit ging meine Menschenliebe nun mal nicht. Was den Focke betrifft, so ist sie sowieso blockiert.

Jedenfalls ging noch am gleichen Tag eine Suchmeldung nach Hubertus Focke durch die Presse und sämtliche Rundfunksender und Fernsehstationen.

Wie ich befürchtet hatte, stürzten sie sich wie die Aasgeier auf die verwickelte Geschichte unserer Familie, die mir manchmal auch so vorkommt, als hätte sie irgendein Schreiberling der Yellow-Press erfunden.

In der Hoffnung unentdeckt zu bleiben, verkroch ich mich in meinem Hotelzimmer. Aber die Wirtin hatte mein Foto in der Zeitung gesehen und wollte schätzungsweise kostenlose Werbung für ihr Hotel haben.

Das hatte zur Folge, dass am nächsten Morgen nicht nur ganz Berlin wusste, wo eine gewisse Petra Blumenstock sich versteckt hielt, sondern meine Familie auch, weil das

Foto des Hotels gut sichtbar mit Namen und Pfeil über dem Fenstersims meines Zimmers die Titelseite unseres Berliner Oberschmierblattes zierte.

Es gab nun kein Entkommen mehr. Die aufdringlichen Pressetypen konnte ich mir zwar vom Leibe halten, meine Schwester Beatrice aber nicht! Nachdem sie sich mit einem Schirm Platz verschafft und die wilde Horde von sensationsgeilen Pressefuzzis versprengt hatte, war sie wie eine Furie ins Hotel gestürmt, so dass ihr die Wirtin vor lauter Schreck sogar einen Zweitschlüssel für mein Zimmer ausgehändigt hatte.

»Da bist du ja, du feiges kleines Stück!«, keifte sie, als sie hereingekommen war und die Tür wieder hinter sich abgeschlossen hatte. »Ich finde es mehr als merkwürdig, wie du dich verhältst … Petra Blumenstock. Und ich sage dir eines, wenn du auch nur mit einer Fingerspitze in diese Sache verwickelt bist, dann bringe ich dich um … eigenhändig!«

Ich glaubte ihr aufs Wort. Von eitrigen roten Pusteln übersät, die sich über Körper und Gesicht verteilt hatten, machte sie auch äußerlich einen bedrohlichen Eindruck. Mit Windpocken sah selbst eine Beatrice Blumenstock nicht mehr strahlend und schön aus!

Ich lag auf dem Bett und Beatrice stürzte sich auf mich.

»Was soll das!!«, keuchte ich, während wir uns über die Matratze wälzten. »Wie könnt ihr alle nur so etwas von mir glauben! Auch wenn wir nie miteinander klargekommen sind, so muss ich doch dein Baby deswegen nicht hassen …!«

»Du hasst es ja auch nicht!«, zischte Beatrice. »Du willst es für dich!«

»So etwas würde ich dir nie antun«, schnaubte ich, »weder dir noch sonst jemandem!«

Das muss sie überzeugt haben. Beatrice zog ihre Krallen aus meinem Fleisch und richtete sich schnaufend auf. Ein Teil ihrer Haare bildete eine zeltartige Erhöhung auf ihrem Kopf, der andere verstreute sich strohhalmartig über ihren Oberkörper.

»Ich vermisse den Kleinen genauso wie du ... Bea ... Das musst du mir wirklich glauben ...«, sagte ich leise.

Beatrice blickte mich zweifelnd an. »Ich dachte schon, du hättest dich mit dem Focke verbündet ... aber glaube deshalb nicht, dass er irgendein Recht auf das Kind hat ...«, erklärte sie mir mit kratziger Stimme.

»Aber wie kann er denn so etwas behaupten?«, fragte ich.

»Du kennst ihn doch!!«, antwortete sie ausweichend. »Der spinnt doch immer!«

Das traf zwar zu, aber ich glaubte ihr trotzdem nicht. Auch wenn der Focke fantasiemäßig schon einen Haufen Schrott produziert hatte, in diesem Fall kam er mir glaubwürdiger vor als meine Schwester. Ich meine, der Vater eines Babys zu sein, kann sich doch nur jemand einreden, wenn es wenigstens eine Prise Anlass dazu gab! Oder?

Da klingelte Beas Handy. Mama rief an, um ihr zu berichten, dass sie den Focke auf der Autobahn gefasst hätten, wo er auf dem Weg nach München gewesen war, um ein paar neue Drehbücher für seine durchgeknallte Sitcom abzuliefern.

»Siehst du!!«, schluchzte Beatrice plötzlich auf. »Nicht einmal davor macht er Halt, um sich Bedeutung zu verschaffen ... nicht einmal davor, ein kleines Baby aus den Armen seiner Mutter zu reißen ...!!«

27

Ich träumte von Rieseneidechsen an einem blassblauen See, dessen Oberfläche völlig glatt und unbewegt war. Außerdem erschien mir der Focke im Traum und montierte sich seine Nase vom Gesicht.

»Das ist mein Pfand ...«, erklärte er mir, während er mir die Nase überreichte. »Das Pfand für meine Unschuld!«

Ich weiß nicht, ob das fremde Zimmer für meine absurden Träume verantwortlich war oder die Reporter, die immer noch das Hotel belagerten, um ein Interview mit der Schwester der verzweifelten Kindsmutter zu ergattern.

Die verzweifelte Kindsmutter hatte jedenfalls nur wieder unter Einsatz ihres Schirmes heil das Taxi erreicht, das die Wirtin vom Hotel ihr bestellte, nachdem sie von Beatrice ein Autogramm erbettelt hatte. Da gab es doch mal so einen Fall von Kindesentführung, der um die ganze Welt ging. Ein Autogramm von den Lindbergh-Baby-Eltern wäre heute bestimmt auch eine ganze Menge wert!

Jedenfalls wurde ich mitten in der Nacht wach, als jemand an meine Tür pochte und leise meinen Namen rief.

Ich dachte zuerst, das wäre Leo, der immer noch auf eine Belohnung lauerte und jetzt vielleicht der Meinung war, er hätte ein Recht dazu, sie sich einfach zu holen.

Aber es war Loretta, die verschnupft um Einlass bat!

»Haben sie jetzt dich geschickt?«, fragte ich spöttisch, obwohl ich eigentlich nicht wirklich glaubte, dass gerade Loretta sich für so etwas einspannen ließ.

»Ach was«, schniefte sie. »Ich brauch bloß eine Bleibe!«

»Hast du dich mit Hedda gestritten?«

»Gestritten ist gut ... Die ganze Beziehung war ein einziger Stress, kann ich dir sagen!«

Dann erzählte sie mir, wie eifersüchtig die Besenbinder wäre und wie besitzergreifend. Richtig verliebt sei Loretta eigentlich nie gewesen, eher neugierig, weil die Besenbinder eine zwar undurchsichtige, aber sehr kluge Person war. »Deswegen habe ich sie auch nie nach Hause gebracht ... Ich wollte eh nichts Ernstes ... und wenn Gabi nicht so verrückt gespielt hätte, wär ich da gar nicht so tief reingeschlittert ...« Loretta schüttelte den Kopf und seufzte. »Meine Güte ... was mir erspart geblieben wäre!«

Dass Loretta nämlich zu ihr gezogen war, hielt die Besenbinder für ein Zeichen ganz großer Amore und Loretta hatte sie nicht rechtzeitig gebremst. »Einerseits, weil sie mir Leid tat ... und andererseits hatte ich ja kaum eine Wahl. Irgendwie hab ich Mama auch den Triumph nicht gegönnt ... weißt du?«

Ich nickte. »Und was ist mit Nina?«, fragte ich vorsichtig.

»Was soll mit Nina sein? Wir haben uns zufällig getroffen und sie hat mir einige unerfreuliche Sachen erzählt, die Hedda betreffen.«

Demzufolge war die Besenbinder in Lesbenkreisen wohl berühmt berüchtigt für ihre schon krankhafte Eifersucht und ein unglaubliches Geltungsbedürfnis.

»Irgendwann hat sie mir gedroht, sie bringt sich um, wenn ich sie verlasse ... was hätte ich da tun sollen?«

Die letzten drei Tage hatte Loretta bei Nina übernachtet, aber dann kam deren neue Freundin von einer Reise zurück und es war kein Platz mehr.

»Und ... wieso ... hast du ...?«, wollte ich von Loretta wissen.

»Sie wollte mich einsperren ... kannst du dir das vorstellen ... Ich sollte die Wohnung überhaupt nicht mehr verlassen ...« Loretta schnäuzte sich die Nase.

Ich hatte der Besenbinder ja alles Mögliche zugetraut. Aber das nicht!

Nun konnte ich mir auch erklären, wieso sie sich uns so aufgedrängt hat. Durch den Kontakt zur Familie wollte sie Loretta immer fester an sich binden. Dabei war sie alt genug um zu wissen, dass so was so gut wie nie funktioniert.

»Und jetzt diese Geschichte mit Maxi ...«, stöhnte Loretta. »Wie schrecklich das ist ... Da hab ich auf einmal sogar total Mitleid mit Beatrice ...«

»Vielleicht hat der Focke ja schon gestanden und Maxi ist längst wieder da?«, überlegte ich. Es war zwar mitten in der Nacht, doch als ich zu Hause anrief, sagte mir Mama, dass sie den Focke wieder freigelassen hatten, weil nicht der kleinste Beweis gegen ihn vorlag und auf bloßen Verdacht konnten sie ihn schließlich nicht festhalten. Viel mehr erschüttert als wütend über die Tatsache, dass wir ihm so etwas Schreckliches zutrauen konnten, hatte er bei uns zu Hause angerufen und sich obendrein noch ordentlich ausgejammert. Schließlich war er immer noch der Meinung, dass Maxi sein Sprössling war!

»Wann kommst du wieder nach Hause, Petra?«, fragte Mama mich mit stiller Verzweiflung. »Wir brauchen dich hier ...«

Vor kurzer Zeit wäre ich auf der Stelle in den Schoß meiner Familie zurückgekehrt. Dieser Appell an das ergebene dumme Schaf in mir, als das ich fast mein ganzes Leben herumgetrottet war, hatte noch nie seine Wirkung verfehlt. Außerdem besaß ich kaum andere Vorzüge, auf die ich mir was einbilden konnte.

»Ich weiß noch nicht!«, antwortete ich ausweichend und versprach mich bei Günter sehen zu lassen, wo sich am Nachmittag, wohl in der Hoffnung, dass der Täter an den Ort seiner Tat zurückkehren würde und sie ihn dann auf frischer Tat ertappen könnten, alle versammeln würden.

Loretta wollte lieber im Hotel bleiben. Sie fühlte sich noch nicht fit genug, um sich unserer Family zu stellen. Schon gar nicht in so einem Augenblick!

Sogar Günter war da. Frisch gewaschen und trotzdem ziemlich zerknautscht.

»Meine Güte, wenn ich daran denke, Ellis Baby hätte hier herumgestanden ...«, fing er plötzlich an gedankenlos vor sich hin zu spinnen.

Beatrice, die mit mattem, glanzlosem Haar und zerdrückten Klamotten, von Windpocken entstellt, auf Günters Angebersessel kauerte, brach in Tränen aus. Mama warf Günter einen verächtlichen Blick zu. Rutchen war sowieso auf hundertzehn und beachtete ihn gar nicht mehr. Sogar Gelsomina und Kevin waren mitgekommen und saßen mit blassen Gesichtern auf zwei Hockern, die sie dicht nebeneinander gestellt hatten. Kevin streichelte Gelsominas kaputten Finger. Fast sah sie aus wie früher, als sie noch unsere strahlende Bella bellissima war. Sanft und ungeschminkt, ohne den mürrisch trotzigen Ausdruck auf ihrem Gesicht, den sie nicht erst seit ihrem Unfall so gern zur Schau getragen hatte. Die beiden Ubaldinis fehlten und Harry kam eben mit Tullio vom Gassigehen zurück.

Maxis leere Wippe stand immer noch am gleichen Platz und ließ vermutlich jeden von uns das Schlimmste befürchten.

Die Polizei hatte eine Fangschaltung eingerichtet. Einer der Bullen hockte davor und wartete. Wie wir alle!

Doch bis jetzt hatte noch niemand angerufen. Das wäre ungewöhnlich, meinte der Bulle, weil es bei Entführungen in den meisten Fällen um Geld ginge. Wenn es nicht um Geld ginge, dann wäre Rache das häufigste Motiv. Manchmal holten sich auch verwirrte Frauen, die irgendwelche Probleme mit dem Kinderkriegen hatten, Babys von wildfremden Leuten und gaben sie als ihre eigenen aus.

In der letzten Zeit hätte es sogar ein paar ganz ungewöhnliche Fälle gegeben, wo ein Baby entführt und nach ein paar Tagen unversehrt wieder irgendwo abgestellt worden war, ohne dass einer irgendeine Forderung gestellt hätte!

Keiner sprach es zwar aus, aber ich spürte, was sie alle in diesem Augenblick dachten: ›Könnte es nicht vielleicht sein, dass doch …?‹

»Verdammt noch mal, ich war es nicht!«, brüllte ich in das Schweigen hinein und begann aus Verzweiflung ein paar Cocktails zu mixen.

»Wenn es Ellis Baby gewesen wäre, hätte man ja meinen können, ihr Vater hat es geholt … aber so …«, murmelte mein Vater, während ich den Mixbecher schüttelte. Die Uhr über dem Tresen tickte. Auf dem Tresen standen in kleine Vasen verteilt Sträuße mit Wicken und Löwenmaul!

Vor Schreck fiel mir der Mixbecher aus der Hand und das, was ein ›Vampire's Delight‹ hätte werden sollen, ergoss sich blutig rot über den Boden.

Tullio raste um die Lache herum und fand irgendein undefinierbares Plastikteil unter Maxis Wippe, das uns bestimmt keinen Aufschluss über seinen Entführer geben würde.

»Und wenn es sich um eine Verwechslung handelt?«, rief ich selbst überrascht von dieser Variante. »Schließlich hat Ellis Vater damit gedroht, dass er sich das Kind holt! Aus welchem Grund sollte er wissen, dass es nicht Ellis ist?«

Günter zog erstaunt die Brauen in die Höhe. »Aber woher soll der denn wissen, dass Elli schon entbunden hat …?«

»Keine Ahnung! Wo Elli sich aufhält, hat er doch auch irgendwie erfahren«, sagte ich. »Dann kann ihm doch das mit dem Enkel auch irgendwer gesteckt haben!«

»Aber das ist …«, keuchte Beatrice plötzlich los. »Dann ging es gar nicht um Maxi, sondern um das andere Baby!«

Weil ja nun der Focke als möglicher Täter nicht mehr infrage kam, leuchtete diese Möglichkeit als besonders plausibel ein und wir mussten nicht einmal darum bangen, dass Maxi irgendetwas passiert war. Denn ganz egal, welches Temperament so ein Großvater hatte. Enkel blieb Enkel und diesem würde sicher nicht einmal so ein Typ wie der Löwenwirt ein Härchen krümmen!

Beatrice sprang sofort in ihr Auto. Mama lieh sich das von Günter und ist mit mir hinterhergefahren!

»Wenn ihr bloß nichts passiert«, jammerte Mama und ließ mich fahren, weil sie viel zu zittrig war, um das Steuer zu halten. »So fertig hab ich sie noch nie erlebt!«

Das würde wohl jeder von uns so gehen, wenn sie Mutter war, nicht wahr? Mama hatte auch immer gesagt, einen Mann zu verlieren, wäre halb so schlimm wie der Verlust des eigenen Kindes. Dem hatte sogar Roberto nie widersprochen. Er war nicht einmal beleidigt darüber, dass Mama ihn damit ja auch darüber aufgeklärt hatte, dass er niemals den wichtigsten Platz in ihrem Leben einnehmen würde.

Jedenfalls raste ich Beatrice hinterher wie eine Teufelin. Was sicherlich auch nicht sehr vernünftig war. Aber Vernunft war in dieser Situation echt nicht angesagt.

Genützt hat uns die Raserei trotzdem nichts. Denn der Löwenwirt hatte geschlossen! Vor den Fenstern waren die Läden heruntergelassen und die Eingangstür versperrte ein Eisengitter, an dem Bea sofort zu rütteln begann.

»Aufmachen!!«, brüllte sie. »Macht sofort auf, ihr Verbrecher!«

Ein paar Neugierige waren aus ihren Häusern herausgekrochen und andere spähten aus den Türspalten heraus. Hunde bellten mit verrückter Begeisterung in den hellen ahnungslosen Tag.

»Beatrice ... komm beruhige dich ...«, versuchte Mama sie zu besänftigen.

Doch nun hieb Beatrice mit den Fäusten auf den Fensterläden herum. Vermutlich hätte sie sich ihre Fingerknöchel blutig geklopft, wenn uns nicht ein Einheimischer, der gerade vorbeispazierte, darüber aufgeklärt hätte, dass die Familie Löwe ganz plötzlich verreist wäre.

»Das ist der Beweis!!«, rief Beatrice. Durch das viele Brüllen hatte ihre Stimme an Klang verloren. Ihre Verzweiflung hatte sie so zermürbt, dass sie vermutlich bald in so eine Art Seelenkoma fallen würde, weil sie selbst zum Leiden kaum noch die Power hatte. Kraftlos glitt sie an der Kneipentür hinunter und blieb in Hockstellung dort sitzen. »Das ist der Beweis!!«, murmelte sie matt. »Der Beweis ... Sie sind auf und davon und haben meinen süßen, kleinen Jungen mitgenommen!«

Natürlich lag die Vermutung nahe. Wenn Leute so plötzlich verreisten, machte sie das meistens verdächtig. Auch wenn der Löwenwirt unser Baby für seinen Enkel hielt, hatte er sich auf jeden Fall strafbar gemacht und wusste das vermutlich auch. Doch Leute wie er glauben in den meisten Fällen, dass sie im Recht sind. Deswegen würde er auch nicht einsichtig sein und das Baby reumütig zurückgeben. Es sei denn, jemand zwang ihn dazu!

Nach Hause fuhr Mama mit Beas Auto, während Bea selbst wie eine ausgestopfte Puppe neben ihr auf dem Beifahrersitz hing und kein Wort mehr sagte.

28

Natürlich mussten wir die Polizei über unseren Verdacht informieren und der Bulle mit der Fangschaltung hielt uns tadelnd einen Vortrag über die Gefahren eigenmächtigen Handelns von Zivilpersonen bei der Aufklärung von Verbrechen.

Nichtsdestotrotz ging sofort eine Suchmeldung durch sämtliche Medien.

Seit Maxis Verschwinden waren nun schon zwei Tage vergangen und ich begann mich langsam davor zu fürchten, dass sich der Löwenwirt auch als der falsche Entführer herausstellen würde und wir dann andere, viel schrecklichere Möglichkeiten nicht mehr ausschließen konnten.

Weil Berlin täglich irgendwelche spektakulären Geschichten zu bieten hat, wurden wir von den Journalisten wenigstens nicht mehr ganz so gnadenlos gejagt wie am Anfang. Obwohl Mama mich regelrecht angefleht hatte nach Hause zurückzukommen, schlief ich immer noch im Hotel. Dass sich auch Loretta dort einquartiert hatte, wusste niemand. An der Geschichte mit der Besenbinder schien sie ganz schön zu knabbern zu haben. Normalerweise steckt Loretta Beziehungskisten oder andere vermeidbare Belästigungen total gut weg. Das heißt, sie zieht sich einfach zurück, wenn es ihr zu heftig wird, und verliebt sich in die Nächste. Dieses Mal aber wirkte sie richtig verstört und überhaupt nicht cool!

Sollte ich mir Sorgen um sie machen? Hatte ihr die Besenbinder vielleicht nicht nur mit Selbstmord gedroht?

Jedenfalls bemerkte ich, dass sie am liebsten allein gelassen werden wollte, und da ich nun auch erfahren hatte, wie wohltuend das manchmal sein konnte, zog ich aus und bezahlte das Hotel für eine Woche im Voraus. Schließlich wusste ich, dass Loretta, was ihre Finanzen betraf, augenblicklich ganz schön auf dem Schlauch stehen musste.

Ich hatte noch keine Ahnung, ob ich wieder nach Hause zurückgehen oder meine Nächte vorübergehend im ›Great Event‹ verbringen sollte.

Kaum hatte ich jedenfalls das Hotel verlassen, kehrte mein Fausto-Kummer ungeschmälert zurück. Wegen Maxis Entführung hatte ich keinen Gedanken mehr an meinen Ex-Verlobten verschwendet und deshalb geriet ich natürlich gefühlsmäßig in einen katastrophalen Zustand, als ich ihm im ›Great Event‹ begegnete. Roberto war auch da und katerte fürsorglich um Mama herum, die mit dem gleichen verheulten Gesicht wie Beatrice durch die Gegend lief.

Es hatte immer noch niemand angerufen und irgendeine Forderung gestellt!

Ich murmelte ein sprödes ›Hallo‹ an Fausto vorbei, das

er ebenso spröde erwiderte. Mir entging dabei nicht, dass er hin und wieder forschende Blicke in meine Richtung warf. Sollte er etwa auch den Verdacht haben, dass ich in Maxis Entführung verwickelt war?

Bevor ich mir wirklich ernsthaft Gedanken darüber machen konnte, tauchte Elli mit ihrem Baby wutschnaubend auf.

Das war vielleicht ein Auftritt! Denn sobald Elli den Laden betreten hatte, erwachte auch Beatrice wieder aus ihrer Starre und fing hysterisch an zu schluchzen, als sie Elli und ihr Baby erblickte, das rosig und rund in einer Tragetasche schlief.

Mein Vater war ganz aus dem Häuschen vor Aufregung. »Wieso hast du das Krankenhaus schon verlassen und wieso hast du nicht angerufen?«, bombardierte er Elli gleich mit Fragen.

»Wieso ... wieso!!«, keifte sie ihn an. »Ich sag dir wieso ... es ist nämlich kein tolles Gefühl, wenn ein Opa verhaftet wird, nur weil er sein Enkelkind mal besuchen wollte.«

Na ja, sie hatten den Löwenwirt an Ellis Wochenbett geschnappt, als Elli gerade ihren kleinen Wonneproppen stillte.

»Ich dachte, mich tritt ein Pferd!«, schnaubte Elli weiter. »Ich mach die Glotze an und wen seh ich auf einem Fahndungsfoto ... meinen Vater ...!«

Ich konnte mir gut vorstellen, was das für ein Gefühl war. Gerade das Unerwartete, das aus heiterem Himmel über einen hereinbricht, kann sich schrecklich in einem ausbreiten.

»Ihr habt sie wohl nicht mehr alle!«, keifte Elli. »Wieso sollte mein Vater denn euer Baby entführen ... hä?«

»Ich habe das nie gedacht!«, beeilte sich mein Alter inbrünstig seine Unschuld zu beteuern. »Sie waren das ... Sie haben das angezettelt!«

So ein Feigling! Für dieses Verhalten würde ich Günter von nun an immer ein wenig verachten. Ganz egal, ob zweiter oder dritter Frühling. Bei aller Tragik seiner bestattungsunternehmerischen Existenz und dem Schicksal, ein abgelegter Lover von Gabi Blumenstock zu sein, ein bisschen mehr Haltung konnte man in so einer Situation wirklich erwarten!

Wer weiß, vielleicht hätte auch Elli die Achtung vor ihm nicht ganz verloren, wenn er nicht so armselig vor ihr auf dem Boden herumgekrochen wäre und im Prinzip sogar mich, seine eigene Tochter, angeschwärzt hätte?

»Ihr seid doch alle gleich!«, wetterte Elli. »Ihr seid doch alle total bemackt. Eine Vollmeise habt ihr. Jawohl! Auf so eine Familie kann ich echt total scheißen ... ein Glück, dass ich noch einen Vater hab, jawohl!!« Sie leckte sich die Lippen. »Aber eins sag ich euch, wenn mein Vater nicht sofort wieder freigelassen wird, dann hetze ich euch einige nette Leute auf den Hals. Das geb ich euch schriftlich ...« Sie verstummte, weil ihr Baby zu brüllen begann. Wie sich gleich darauf herausstellte, war wohl Stillzeit und der Kleine musste hungrig wie ein Wolf sein.

Logisch war das ein Grund, das Baby sofort abzufüttern. Aber dass Elli ausgerechnet in Gegenwart von Beatrice ihren Busen auspacken und sich wie die Heilige Jungfrau persönlich auf Günters Besuchersofa pflanzen musste, um ihr Baby zu stillen, das war an Geschmacklosigkeit echt kaum zu übertreffen.

Die Kerle bekamen natürlich glänzende Augen, vor allen Dingen mein Alter!

Der Bulle, der an der Fangschaltung hockte, leckte sich genießerisch die Lippen und Elli warf ihm verführerische Blicke zu, während das Baby an ihrem Busen hing und schmatzte.

So viel Mitgefühl wie in diesem Augenblick hatte ich mit Beatrice noch nie in meinem Leben. Vermutlich würde es einzigartig bleiben, dass ich mit ihr zusammen litt.

Auch wenn Maxi hier gewesen wäre, stillen hätte sie ihn sowieso nicht mehr können. Mit den Windpocken war ihr die Milch ausgegangen. Abgesehen von der Entführung war das schon tragisch genug!

»Komm mir bloß nicht zu nahe«, rief Elli mitleidlos, als sie endlich registriert hatte, wovon meine Schwester befallen war. Günter nickte beifällig.

»Wenn es dir nichts ausmacht ... Beatrice ... würdest du dich dann vielleicht woanders ... ich meine ... wenn du hier bleibst «, begann er loszufaseln. »Du könntest doch auch nach nebenan in den Aufbahrungsraum ... vielleicht ...«

Das war nun wirklich nicht mehr zu überbieten!

»Schluss jetzt!«, schrie Rutchen meinen Alten nieder. Der zuckte erschrocken zusammen. »Auf der Stelle wirst du dich bei Bea entschuldigen ... und *sie* da ...«, angewidert deutete Rutchen auf Elli, die sich eben ein paar

Tropfen Milch von ihrem Busen wischte. »Die kann sich gefälligst woanders entleeren ...«

Ihr merkt es schon, die lampedusisch aufgeheizte Stimmung schlug mal wieder alle Rekorde. Geschämt haben wir uns später. Unsere Furcht um Maxi rechtfertigte einiges, meine ich, und bestimmt auch die Tatsache, dass uns Ellis Baby so wenig rührte, obwohl es doch genauso unschuldig wie Maxi war und es sich ebenso wenig hatte wünschen können, in welcher Familie mal sein Zuhause sein würde.

Das Ende vom Lied war, dass der Bulle an der Fangschaltung von einem anderen Bullen abgelöst wurde und Elli anbot sie zu chauffieren. Ganz egal, wohin sie wollte. Auch zum Nordpol hätte er sie gefahren, so beeindruckt schien er von Ellis mütterlichen Reizen gewesen zu sein.

Das war der Untergang von Günter Griffel!

Nicht nur, dass Elli ihm demonstrativ die Wohnungsschlüssel auf den Tisch knallte, nein, sie konnte es sich auch nicht verkneifen, meinen Alten einen ›trägen, alten Hecht‹ zu nennen, der wohl nicht mehr ganz so konnte, wie er wollte.

»In diese Leichengrube setze ich keinen Fuß mehr!«, erklärte Elli voller Triumph, bevor sie sich von dem netten Bullen zu seinem Auto begleiten ließ, während er die Tragetasche mit Ellis Balg schleppte und sie sich im Gehen die Bluse wieder zuknöpfte.

Wenigstens hatte sich Roberto diesmal zurückgehalten und nicht eine einzige blöde Bemerkung über den Vorfall verloren!

Harry stellte eine spanische Wand auf, damit sich nicht nur Günter ungestört und polizeilich unbeaufsichtigt dahinter ausheulen konnte. Außerdem hängte er das ›Vorübergehend geschlossen‹-Schild an die Tür, weil heute keiner von uns die Bedürfnisse von Trauernden wirklich ernst genommen hätte und das nicht nur geschäftsschädigend, sondern auch eine Art von seelischer Grausamkeit uns selbst gegenüber gewesen wäre.

Na gut, diesen Tag haben wir auch überstanden!

Den Löwenwirt setzten sie am nächsten Morgen wieder auf freien Fuß, weil sie auch gegen ihn nichts in der Hand hatten, was ihn tatsächlich als Täter ausgewiesen hätte.

Es war kaum noch auszuhalten!

Beatrice musste inzwischen mit Valium ruhig gestellt werden und mein Alter erlag einer gnadenlosen Sucht nach starkem Kaffee. Rutchen hatte ihn nach Hause verbannt, weil der Laden ja trotz der Entführung und allen damit verbundenen Schrecklichkeiten weiterlaufen musste.

Dabei war es ganz rührend, wie manche der Lampedusa- wie auch der ›Great Event‹-Kunden uns mit kleinen Geschenken und Trostbriefchen aufzurichten versuchten, während andere ganz sensationslüstern bloß mal einen Blick auf die vom Schicksal gebeutelte Familie werfen wollten, die nun vermutlich in ganz Berlin für ihre verworrenen Verwandtschaftsbeziehungen mehr berüchtigt als berühmt geworden war.

Mit Kevin und Gelsomina heftete ich Suchmeldungen mit einem Foto von Maxi überall an Bäume und die Schaufenster von Geschäften.

Über die Angst um Maxi schien Gelsomina den Verlust ihrer Fingerfertigkeit beim Klavierspielen völlig vergessen zu haben. Das schrille Outfit, mit dem sie sich eine Weile so trotzig aufmotzen musste, hatte sie wieder abgelegt. Ihre alte, kindliche Haut hatte sie natürlich trotzdem abgestreift, dafür aber irgendwie an Reife gewonnen, was ihr einen neuen, ergreifenden Zauber verlieh. Na ja, Verlust und Schmerz und dieses ganze Zeug machen einen wohl immer erst wirklich zu einem Menschen, oder?

Dem Typen aus der Oberstufe, mit dem sie eine Weile herumgezogen war, hatte sie wohl auch den Laufpass gegeben und darüber war Kevin natürlich besonders happy!

Jedenfalls kam ich beim Suchmeldungenverteilen auch ganz zufällig an Rita Rogges Dessous-Schuppen vorbei. Obwohl es mitten in der Woche war und nicht einmal Mittagszeit, war der Laden geschlossen. Aber es sah nicht nach ›Ich komme gleich‹, sondern viel eher nach ›Ich komme überhaupt nicht mehr wieder‹ aus.

Irgendwie schienen sie alle auf der Flucht oder in Großväterangelegenheiten unterwegs zu sein, dachte ich. Denn ich vermutete, dass weder der Löwenwirt noch Rita Rogge es sich leisten konnten, einfach so ohne triftigen Grund ihre Geschäfte zu schließen.

Da fiel es mir wie Schuppen von den Augen und ich erinnerte mich daran, was der Focke über Rita Rogge gesagt hatte. Außerdem hatte der eine Bulle uns doch auch darüber aufgeklärt, dass oft Frauen, die keine Babys haben konnten, sich aus lauter Verzweiflung die von anderen, glücklichen Müttern holten.

Wenn es dann auch noch das der verhassten schönen Rivalin war, gab das dann nicht vielleicht einen ganz besonderen Kick?

29

Weil wir bei der Auswahl der Verdächtigen bisher kein glückliches Händchen bewiesen hatten und die Berliner Bullen deswegen inzwischen von irgendeinem hohen Tier öffentlich getadelt worden waren, wurde keine Fahndung nach Rita Rogge eingeleitet.

Die Polizei könnte nicht auf bloßen Verdacht hin reihenweise unbescholtene Leute festnehmen, wurden wir aufgeklärt. Außerdem hätten sie den Eindruck, dass wir bei der Auswahl unserer Verdächtigen nicht ganz unvoreingenommen wären und ein paar Leute auf diese Weise eliminieren wollten, bloß weil wir mit ihnen auf Kriegsfuß standen …

Das war die Höhe! Schließlich ging es doch hier um die Entführung eines Babys und nicht um einen persönlichen Rachefeldzug der Familie Ubaldini-Griffel-Blumenstock!

Der letzte Ausweg war, die Sache nun selbst in die Hand zu nehmen. Schließlich hatten wir ja mit dem Mord, der keiner war, schon einmal bewiesen, dass wir uns auch selber helfen konnten!

Loretta war inzwischen nach Hause zurückgekehrt und Mama hatte kein Wort darüber verloren.

»Du kannst natürlich dein altes Zimmer wiederhaben«, sagte sie bloß. »Aber nur, wenn du willst!« Unglaublich, aber wahr! So viel Fingerspitzengefühl und Vorsicht waren Mama vor kurzer Zeit noch fremd gewesen. Sie hatte wohl begriffen, dass wir uns für immer aus dem Staub machen könnten, wenn sie uns nicht endlich nach unseren Vorstellungen leben ließ, und die Angst um Maxi hatte sie so zahm gemacht, dass sie sogar Roberto erlaubte nun jeden Tag in ihrem Bett zu schlafen!

Außerdem hatte er das Lampedusa vorübergehend geschlossen.

»Mit diese Unruhe in meine Bauch iche kanne nichte denke eine klare Gedanke und arbeiten auch nichte!«, hatte Roberto erklärt und war nicht nur in Mamas Achtung ordentlich gestiegen.

Mir gegenüber war er leider immer noch recht frostig. Aber manchmal vergaß er wohl, was ich ihm und seinem wunderbaren Sohn angetan hatte, und dann sprach er ganz normal mit mir so wie früher. Fausto dagegen ließ sich bei uns überhaupt nicht blicken. Er rief zwar täglich an. Aber dann wollte er nicht mich, sondern Mama sprechen. Es tat ziemlich weh, aber die Angst um Maxi beherrschte auch mich so ausschließlich, dass ich mir Liebeskummer einfach nicht leisten konnte.

Einmal rief sogar die Besenbinder an und beteuerte aufrichtig, wie sehr sie mit uns litt. Sie wäre so froh, wenn sie etwas für uns tun könnte, sagte sie. Aber nach Loretta fragte sie nicht. Natürlich wird sie gewusst haben, dass Loretta nicht nur kein Wort mehr mit ihr reden würde, sondern sie auch nicht mehr sehen wollte. Wenigstens war die Besenbinder taktvoll genug mich nicht für einen Versöhnungsversuch einzuspannen, obwohl sie mir ja auch einmal auf recht fragwürdige Weise geholfen hatte!

Auch wenn Mama den Anruf registriert haben musste, äußerte sie sich nicht dazu. Sie ließ Beatrice nicht mehr aus den Augen, die zwar nicht mehr ununterbrochen weinte, dafür aber den Eindruck machte, als hätte sie die Lust am Leben völlig verloren, und vielleicht gingen ihr sogar ganz konkrete Selbstmordgedanken durch den Kopf.

Ich hätte das verstehen können. In so einer Situation ist es schwer, sich die Hoffnung zu bewahren, dass alles wieder gut wird. Wenn ich ein Baby gehabt hätte und ihm etwas zugestoßen wäre, hätte ich trotz meiner Liebe zu Fausto bestimmt auch aufgegeben.

Langsam begann so ein vages Schuldgefühl an mir zu nagen. Schließlich trug ich genauso viel Verantwortung wie Mama und Rutchen. So oft hatte ich von Müttern oder anderen Aufsichtspersonen gelesen oder gehört, die ihre Kinderwagen einfach unbeaufsichtigt vor irgendwelchen Läden hatten stehen lassen, während sie einkaufen gingen. Wie habe ich mich immer darüber aufgeregt und wäre nie auf den Gedanken gekommen, dass mir etwas Ähnliches auch einmal passieren könnte. Und jetzt?

In meiner Verzweiflung rief ich den Focke an. Seitdem er unseretwegen auf so üble Weise in die Schlagzeilen geraten war, hatten wir nichts mehr von ihm gehört. Verständlicherweise, meine ich. Auch wenn er selbst nicht gerade zimperlich im Umgang mit anderen Menschen war, grenzte das, was wir angezettelt hatten, doch irgendwie an Rufmord.

Doch glücklicherweise war der Focke kein bisschen nachtragend. Im Gegenteil, er war total happy darüber, dass ich mich bei ihm meldete. Bestimmt glaubte er immer noch, dass Maxi sein Sohn war, und war vermutlich deshalb gleich bereit, mir bei der Suche nach Rita Rogge zu helfen.

Ich kannte ihre Adresse nicht und ihr Geschäft war immer noch geschlossen.

»Sie war wohl ziemlich hinüber wegen der Trennung von dir ... oder?«, wagte ich einen Vorstoß in Richtung Tatmotiv.

»Es war nie was Ernstes ...«, erwiderte der Focke unbekümmert. »So einer wie Rita muss das doch klar sein!!«

Das war wieder typisch Mann! Dass eine wie Rita Rogge auch ein ganz normales Bedürfnis nach romantischer Liebe haben könnte, kam dem Focke überhaupt nicht in den Sinn.

»Vielleicht hat sie das anders gesehen«, sagte ich, als wir in Fockes Auto schon unterwegs zu Rita Rogges Wohnung waren.

»Das ist ihr Pech! Ich hab ihr jedenfalls nie was versprochen!«

Wenn sie den Focke tatsächlich für Maxis Vater hielt, hätte Rita Rogge nach dieser Niederlage noch mehr Grund gehabt, unser Baby zu entführen.

»Sollte sie wirklich den Kleinen gekidnappt haben, dann ..., ich sage dir, Petra ... dann ...«

Der Focke schrammte wie ein Wahnsinniger durch die Stadt und ich fragte mich, ob es wirklich besonders klug war, gerade ihn für diese Aktion einzuspannen. Jetzt war ich mir nämlich sicher, dass er sich immer noch für Maxis Vater hielt.

Zum Glück hatten die Journalisten inzwischen ganz das Interesse daran verloren, sich unserer Familie an die Fersen zu heften. Es waren schon wieder zwei Kinder verschwunden und augenblicklich beherrschten die Spekulationen über deren Schicksal die Zeitungsschlagzeilen und die Fernsehnachrichten.

Manchmal fragte ich mich, wie viele dieser Fälle unaufgeklärt blieben und selbst die Eltern, die sich eigenmächtig auf die Suche nach ihren Kindern machten, irgendwann erschöpft und entmutigt damit aufhörten. Und das, glaube ich, ist das Schlimmste, nicht zu wissen, was tatsächlich geschehen ist!

»Wir finden ihn ... Petra ... verlass dich drauf ...«, versuchte der Focke mich zu trösten, als er meine Tränen bemerkte. Er nahm seine Hand vom Schaltknüppel und drückte meinen Arm. Weil es inzwischen Hochsommer und entsprechend heiß geworden war, trug er ein ärmelloses T-Shirt und da entdeckte ich die drei Leberflecken auf seiner Schulter.

Augenblicklich versiegten meine Tränen. ›So etwas ist kein Zufall‹, dachte ich, denn die Leberflecken befanden sich in der gleichen sternzeichenähnlichen Anordnung wie die von Maxi. War das nicht ein eindeutiges Merkmal von genetischer Verwandtschaft?

»Das da …«, sagte ich mit rauer Stimme und deutete verkrampft auf die Leberflecken, als wären sie irgendein abstoßend blutiger Abzess. »Hattest du die schon immer …?«

Der Focke nickte und jagte bei Rot über die Kreuzung. »Von Geburt an!«, bekannte er freimütig. »Ein unverwechselbares Kennzeichen, nicht wahr?«

›So unverwechselbar wie seine gewaltige Nase‹, dachte ich, die unserem kleinen Maxi glücklicherweise erspart geblieben war!

Verstohlen äugte ich den Focke von der Seite an und verkrampfte meine Hände im Schoß. In so einem verrückten Augenblick auf die Wahrheit zu stoßen, war wieder einmal typisch für unsere Familie. Ebenso typisch war es, dass ich es war, der so jäh wie unerwartet das buchstäbliche Licht aufging, denn nun gab es keinen Zweifel mehr daran, wer Maximilian-Salvatore Blumenstocks geheimnisvoller Daddy war!

Rita Rogge war natürlich nicht zu Hause. Das war zu erwarten gewesen. Jedenfalls unter dem Aspekt ihrer Täterschaft. Vielleicht war sie aber auch bloß in Urlaub gefahren, weil sie Berlin und sämtliche Kerle, die die neue Hauptstadt bevölkerten, inzwischen zum Kotzen fand.

Doch der Focke hatte noch einen Wohnungsschlüssel und zögerte nicht einen Augenblick ganz hausfriedensbruchmäßig in Rita Rogges Wohnung einzudringen!

Es roch nach schwerem Parfüm und Zigarettenrauch.

Lange konnte Rita Rogge noch nicht weg sein. Mit unglaublicher Kühnheit durchforstete der Focke sämtliche Schränke und Nischen und auch die Speisekammer, als würde er glauben, Rita Rogge hätte unser Baby zwischen den Milchtüten versteckt!

Mir war nicht sehr wohl bei der Sache und in den Verdacht gegen Rita Rogge hatten sich inzwischen auch einige Zweifel gemischt.

War es nicht in jedem guten Krimi auch immer so, dass die, die sich besonders verdächtig machten, in den seltensten Fällen die Täter waren?

»Hier ist was!«, schrie der Focke plötzlich hysterisch auf und schüttete Rita Rogges Papierkorb über ihrem Bett aus. Zwischen zerknülltem Briefpapier und diversen Zigarettenschachteln fanden wir die Verpackung einer Babyausfahrgarnitur und einen Katalog für Babybedarf

»O mein Gott!«, rief ich entsetzt. Denn plötzlich so kurz vor dem Ziel zu sein, verursachte alles andere nur keine Erleichterung in mir. Es hört sich vielleicht komisch an, aber diese Spuren machten Maxis Entführung erst zu einer greifbaren Realität. Bisher hatten die Bullen noch gar keine Spuren. Sie hatten nicht einmal Fingerabdrücke an Maxis Wippe gefunden. Entweder hatte der Täter Handschuhe getragen oder alles sauber gewischt. Er hatte keinen Ohrring oder ein anderes eindeutiges Indiz verloren. Im Grunde genommen hätte sich unser Kleiner auch in Luft aufgelöst haben können.

Nun waren sogar die Bullen bereit die Fahndung nach Rita Rogge aufzunehmen, nachdem wir sie, vorausschauend, wie wir inzwischen waren, in Rita Rogges Wohnung gerufen und ihnen dort an Ort und Stelle die Beweise gezeigt hatten!

»Jetzt wird alles gut«, sagte der Focke zuversichtlich. »Die kommt nicht weit!«

›Hoffentlich‹, dachte ich, und fragte mich, was wohl wäre, wenig Rita Rogge einfach in ein Flugzeug gestiegen und mit Maxi zum Beispiel nach Feuerland geflogen war?

Mit bestimmten Ländern gab es ja nicht einmal Auslieferungsverträge. Aus einer Talkshow im Fernsehen weiß ich von einer Frau, die mit einem Türken verheiratet war, der das gemeinsame Kind entführt hatte und in die Türkei abgehauen war, wo er unbehelligt weiterleben konnte!

»Sie ist zwar durchgeknallt, aber nicht gemein … auf keinen Fall tut sie ihm was …«, meinte der Focke. Wie konnte er sich da so sicher sein? Schließlich war die Entführung eines Babys doch schon Gemeinheit genug!

Jedenfalls haben wir von Angst zerrissen gewartet und gewartet und auf den Anruf gehofft, der uns endlich von dieser entsetzlichen Furcht erlösen würde.

Als ich davon erzählte, wie bereitwillig mir der Focke geholfen hatte, kam ein bisschen Leben in Beas versteinertes Gesicht. Gemeinsam mit der ganzen Familie hockten wir im Wohnzimmer vor dem Telefon und ich überlegte, ob ich ihnen nun verraten sollte, dass der Focke Maximilians Daddy war.

Natürlich hätte ich auch gern gewusst, wann und warum es zu dieser Liebesnacht gekommen war. Schließlich bedeutete das, dass der Focke meiner Schwester in die Karibik hinterhergejettet sein musste, nachdem wir ihn als Regisseur dieser makabren Komödie um einen Mord, der keiner war, entlarvt und ihm Beatrice als vermeintliche Leiche präsentiert hatten. Ganz schön mutig, nicht wahr? Aber schon damals hatte ich doch den Eindruck gehabt, dass der Focke in Beas Achtung mächtig gestiegen war. Vorher hatte sie ihn bloß für einen Spinner gehalten. Plötzlich nahm sie ihn wohl ernst. Wie ernst, das bewies Maxis Existenz!

O Maxi! Immer wieder kreisten meine Gedanken um meinen Neffen und endlich kam er, der ersehnte Anruf.

Doch wieder erwies sich unser Verdacht als völlig falsch, denn Rita Rogge war bloß zur Taufe von Ellis Baby gefahren und hatte als Taufpatin natürlich auch entsprechende Geschenke für das Baby eingekauft.

Meine Güte, muss die sauer gewesen sein, denn sie hängte dem Focke gleich eine Anzeige wegen Hausfriedensbruch an. Auch eine Art von Rache. Denn ich war ziemlich überzeugt davon, dass Rita Rogge sich in den Focke wirklich verknallt und vermutlich erwartet hatte, es hätte auch bei ihm ordentlich gefunkt.

Wir jedenfalls versanken in dem tiefen schwarzen Loch allumfassender Ratlosigkeit. Nun rechneten wir mit dem Schlimmsten. Wenn irgendein Fremder ohne konkretes Motiv unser Baby mitgenommen hatte, lag der Verdacht nahe, dass es sich um einen Irren handeln musste, der zu allem fähig war.

»Warum ich«, brüllte Beatrice. »Warum mein Baby?«

Ich hätte alles dafür gegeben, wenn ich darauf eine Antwort gewusst hätte!

30

Ich weiß nicht mehr, wie viele Tage seit Maxis Entführung vergangen waren, als Fausto sich endlich bei uns blicken ließ.

Bis auf Loretta und Gelsomina, die zur Schule mussten, gingen wir kaum noch nach draußen. Höchstens um einzukaufen oder mit Tullio Gassi zu gehen, wenn er mit Kevin da war. Fast die ganze Zeit campierten wir im Wohnzimmer, wo wir auch schliefen. Zum Teil sogar in Decken gewickelt auf dem Boden, weil keiner von uns gern allein in seinem Zimmer gewesen wäre.

Mit verzweifelter Hoffnung warteten wir auf einen Anruf!

Eine Fangschaltung gab es längst nicht mehr und die Bullen versorgten uns bloß mit mageren Nachrichten, wenn wieder irgendwelche Hinweise aus der Bevölkerung eingegangen waren, die sich aber ziemlich schnell als bedeutungslos herausstellten.

Auch wenn es schrecklich klingt, aber in dieser Zeit der Notgemeinschaft haben wir uns wunderbar verstanden. Sogar Beatrice und Loretta gingen friedfertig miteinander um und Mama war die Fürsorge in Person. Nicht ein böses Wort kam über ihre Lippen. Sogar dann nicht, wenn Roberto den sizilianischen Macho herauskehrte, was er nun einmal nicht ganz abstellen konnte.

Zum Beispiel sah er es gar nicht gern, dass Kevin so oft bei uns war. Manchmal zogen sich Kevin und Gelsomina nämlich in ihr Zimmer zurück, da bestimmte Roberto, dass Gelsomina die Tür offen lassen sollte. Ziemlich daneben, nicht wahr? Aber Gelsomina parierte. Irgendwie war sie, wie wir alle, bestrebt keinen Streit aufkommen zu lassen, ganz egal, wie viel man deswegen zurückstecken musste.

An diesem Morgen hatte ich den Küchendienst übernommen und gerade eine Kartoffelsuppe gekocht. Französisch, mit sehr viel Sahne und kleinen Schweinefiletstreifen. Loretta öffnete die Tür und ließ Fausto herein. Schon allein der Klang seiner Stimme versetzte mich in einen Zustand totaler Unruhe. Ich roch sein Aftershave und ein bisschen auch den lampedusischen Küchengeruch und nach langer Zeit begannen meine neapolitanischen Glocken wieder zu bimmeln. Doch es war weniger das Bedürfnis nach Sex als das nach Trost. Männlichem Trost, der auch väterlich und brüderlich sein konnte, wenn du einen Kerl wirklich liebst.

Wieder warf mir Fausto bloß ein sprödes ›Hallo‹ zu wie neulich, als ich ihm im ›Great Event‹ über den Weg gelaufen war. Doch, irrte ich mich oder schien er auf etwas zu warten und seine verhaltene Begrüßung war nur der Auftakt zu etwas gewesen, von dem er noch nicht wusste, wie er es rüberbringen sollte?

Ich drehte mich um und wir blickten uns an!

Dio mio, sah Fausto schön aus! Traurig und ernst und irgendwie verloren. Wäre ich mutiger gewesen, ich wäre ihm sofort in die Arme geflogen, denn irgendwie glaubte ich zu spüren, dass auch er sich nach Trost sehnte, genau wie ich.

Aber so mutig war ich nicht. Vor allen Dingen deshalb nicht, weil ich mir wegen meiner erfundenen Schwangerschaft inzwischen ziemlich lächerlich vorkam. Was musste Fausto für ein Bild von mir haben, wenn er glaubte, ich hätte die Geschichte absichtlich inszeniert. Dass Roberto mich überrumpelt hatte, konnte ich inzwischen selbst kaum noch glauben.

Dann aßen wir zusammen am großen Tisch im Wohnzimmer. Fausto hatte sich neben Beatrice gesetzt, die sich ihre Windpocken dick mit Zinksalbe eingeschmiert hatte.

Diesmal war ich nicht ein bisschen eifersüchtig auf meine Schwester. Auch wenn Fausto sie immer noch lieben sollte, nun, dann war es eben so. Sollte uns Maxi zurückgegeben werden, hätte ich vielleicht sogar Fausto dafür geopfert!

»Ich hab den Focke getroffen«, erzählte Fausto beim Essen. »Den scheint die Sache mit Maxi ganz schön mitzunehmen . . .«

Vermutlich bin ich rot geworden, denn ich wusste ja, warum Hubertus Focke so betroffen war.

Beatrice löffelte schweigend ihre Suppe. Inzwischen brachte es sie nicht einmal mehr aus der Fassung, wenn jemand den verheimlichten Kindsvater erwähnte.

»Na ja ... er bildet sich halt immer noch ein, er sei Maxis Vater«, sagte Mama.

Um mich nicht zu verraten, eilte ich mit der Suppenterrine in die Küche, um sie nachzufüllen.

Als ich zurückkam und die dampfende Suppe auf den Tisch stellte, schwappte etwas davon über den Rand und Fausto auf seine nagelneue Wildlederhose, die ihm wirklich fantastisch stand.

Er hat später behauptet, ich hätte das mit Absicht gemacht, um sein bestes Teil zu ruinieren und damit für andere Frauen unbrauchbar zu machen. Scherzhaft natürlich!

Wenn ich ihn tatsächlich absichtlich mit Suppe bekleckert hätte, um genau das zu erreichen, hätte ich ganz bestimmt nicht nur ein paar Tropfen verspritzt, sondern gleich die ganze Terrine über Fausto ausgekippt.

Wie auch immer! Fausto sprang auf und hastete ins Badezimmer, wo ich ihm mit ein paar feuchten Tüchern nützlich zu sein versuchte.

»Die neue Hose, Mensch ... das tut mir echt Leid ...«, jammerte ich, während ich tüchtig an den Flecken rieb und gar nicht bemerkte, wie ich dabei auch an Faustos erogene Zonen geriet und sie in Brand setzte!

Jedenfalls stieß er irgendwann mit dem Stiefel die Badezimmertür zu, die sich immer noch nicht abschließen lässt, und nahm mich behutsam in seine Arme. »Mensch, Petra ...«, seufzte er, während er Küsse in mein Haar hauchte, »ich hab dich so vermisst ...«

»Ich dich auch ...«, flüsterte ich. »So sehr ... gerade jetzt, wo das mit Maxi passiert ist ...«

Wir umarmten uns und sagten kein Wort dabei. Wir standen nur so da, ganz fest aneinander geschmiegt, und mir kam es vor, als ob wir in dieser stillen und doch so bedeutungsvollen Umarmung zu einem Wesen werden würden.

Loretta, die mal aufs Klo musste, zog sich diskret zurück. Ich schämte mich, dass ich in einer solchen Situation so egoistisch sein konnte, und machte mich schnell von Fausto los, nicht ohne ihm noch ein entrücktes ›Ti amo‹ ins Ohr gehaucht zu haben!

»Alles wieder in Ordnung?«, fragte mich Loretta später, als wir zusammen den Abwasch machten.

Ich nickte und wurde rot vor Verlegenheit.

»Und bei dir?«, fragte ich zaghaft.

Loretta zuckte die Schultern, während sie einen Teller polierte. »Ganz schön auf Frust ... Wenigstens bin ich bald mit dem Abi fertig ...«

»Und dann?«

»Weiß noch nicht ... Auf den Reiki-Kursus hab ich auch keinen Bock mehr ...«

Sie erzählte, dass die Besenbinder ihr gestern vor der Schule aufgelauert und sie bekniet hätte, zu ihr zurückzukommen. »Sie würde sich ändern, hat sie behauptet, ich wäre ihr so wichtig wie noch keine andere ... und so einen Schrott ...« Loretta stöhnte. »Als wenn wir keine anderen Sorgen hätten, meine Güte, die Frau hat sie wirklich nicht mehr alle!«

Nun hätte ich sagen können, dass ich nie verstanden hab, was sie an der Besenbinder gefunden hat. Aber das verkniff ich mir selbstverständlich.

Vermutlich erriet Loretta meine Gedanken, denn sie sagte: »Sie hat auch eine andere Seite, weißt du, außerdem hat sie es nicht leicht gehabt. Sie ist im Heim aufgewachsen und hat sich immer so was wie eine richtige Familie gewünscht ... so was wie unsere ...« Loretta lachte trocken. »Na ja, auf den ersten Blick sind wir auch ganz okay ...!«

›Dem zweiten würden wir auch standhalten‹, dachte ich, das hatten wir nicht erst seit Maxis Entführung bewiesen!

»Bleibst du?«, fragte ich Fausto, als es schon ziemlich spät war. Wir hatten die Glotze angestellt, um uns abzulenken. Gelsomina war auf dem Sofa eingeschlafen und Beatrice lag wie eine Tote auf ihrem Bett. Ab und zu warf Mama einen Blick in Beas Zimmer, um sich zu vergewissern, dass sie keinen Mist baute. Loretta spielte mit Roberto Schach und Kevin war mit Tullio draußen.

»Soll ich denn bleiben?«, flüsterte Fausto mir ins Ohr.

Ich nickte heftig.

Also blieb er. Obwohl wir in dieser Nacht nicht miteinander schliefen, war es eine der schönsten, die ich bis dahin mit ihm erlebt hatte. Wir unterhielten uns buchstäblich über Gott und die Welt und zum ersten Mal wagte es Fausto, seinen Vater zu kritisieren. Was für eine wunderbare Hoffnung da in mir keimte. Sollte es möglich sein, dass Fausto sich tatsächlich von diesem ganzen rückständigen Müll emanzipieren konnte, den Roberto ihm sein ganzes Leben eingebläut hatte?

»Weißt du, worüber ich am meisten enttäuscht war, Petra?«, sagte er schließlich und mein Herz begann beunruhigt schneller zu klopfen. »Spätestens nach deiner Blinddarmgeschichte hättest du mir die Wahrheit sagen müssen ... der ganze andere Mist, das Ultraschallfoto ... na ja ... okay ... aber dann ...«

Ich legte einen Finger auf seinen Mund. »Ich weiß«, murmelte ich. »Ich wollte es auch ... immer wieder hab ich es mir vorgenommen ... aber ich war einfach feige ... Ich hatte solche Angst, ich könnte dich verlieren ... und dabei hätte ich dich gerade wegen meiner Feigheit fast für immer verloren!«

Dann erzählte ich ihm, wie es tatsächlich gewesen war und wie ich mich immer mehr verstrickt hatte. »Ich habe mich so beschissen gefühlt wie noch nie in meinem Leben!«, erklärte ich.

Was für eine Erleichterung war es, endlich richtig beichten und mich damit vielleicht auch ein bisschen von dem Verdacht befreien zu können, ich hätte das alles nur deshalb gemacht, weil ich Beatrice ihr Baby nicht gegönnt hätte.

Irgendwann sind wir ineinander verschlungen eingeschlafen.

Mitten in der Nacht klingelte das Telefon. Die Bullen teilten uns mit, dass sie Maxi auf einem Parkplatz ganz in unserer Nähe gefunden hatten!

Es war unglaublich, aber auf die gleiche mysteriöse Weise, wie er verschwunden war, kehrte unser süßer kleiner Maximilian-Salvatore in unser Leben zurück.

Ihr könnt euch bestimmt vorstellen, was für eine Freude das war. Ach was, Freude ist gar kein Ausdruck dafür. Glückseligkeit war es, die totale Ekstase, als Beatrice, die Maxi mit Mama zusammen vom Revier abgeholt hatte, unser Baby in seiner Tragetasche hereintrug und hemmungslos heulte.

Davon abgesehen heulten wir alle. Fausto und Roberto auch. Und der Hund jaulte. Und Maxi brüllte und wir erlebten die schönste Nacht unseres Lebens!

Roberto machte eine Flasche Champagner auf und nacheinander durften wir Maxi im Arm halten und wiegen, bis ihn seine aufgelöste Mutter geizig zurückverlangte.

Erst viel später fragten wir uns natürlich, *wer* Maxi entführt und *warum* er ihn nun zurückgebracht hatte. Sollte so ein Mensch nicht auf jeden Fall gefunden werden, damit er nicht anderen Familien das gleiche Leid antun konnte wie uns? Die Tatsache, dass Maxi zurückgebracht worden war, änderte schließlich nichts daran, dass Kidnapping ein Verbrechen ist.

Außerdem war unser Kleiner doch einer ständigen Gefahr ausgesetzt, wenn sein Entführer nicht gefunden werden würde. Auch wenn wir ihn garantiert nicht eine Sekunde lang mehr aus den Augen lassen würden, hätten wir doch immer das Gefühl, auf einer Zeitbombe zu sitzen.

Die Bullen untersuchten Maxis Tragetasche auf Fingerabdrücke oder andere Spuren. Aber sie fanden nichts, was auf den Täter hätte hinweisen können.

Wenigstens war unser Kleiner unversehrt und auch nicht vernachlässigt worden. Im Gegenteil. Seine neue

Ausfahrgarnitur, seine Strampler, sein Mützchen, alles duftete nach Sauberkeit und irgendwie auch nach Liebe.

Ein Fläschchen lag in seiner Tragetasche, ein Schnuller und eine kleine Rassel, mit der Maximilian besonders gern zu spielen schien.

Nicht einmal mit dieser Rassel hätte man den Täter ermitteln können. Diese Dinger gab es zu Tausenden in den Kaufhäusern und die Bullen spekulierten darauf, dass auch Maxi diesem seltsamen Kidnapper zum Opfer gefallen war, der grundlos Babys klaute, sie gut versorgte und dann zurückbrachte.

Weil aber auch das nicht definitiv zu beweisen war, fanden wir uns langsam damit ab, dass das Rätsel um Maxis Entführung wohl niemals gelöst werden würde.

31

Einen Tag nachdem Mama und Roberto geheiratet haben, fand ein großer Maskenball im Lampedusa statt.

Nun staunt ihr was? Wir konnten es auch kaum glauben, aber die beiden haben sich wirklich getraut! »Iche mache noche eine Antrakk ... danne nie wieder in meine Lebbe ... schwöre ich bei die Heilige Jungfrau!«, hatte Roberto erklärt.

Da Mama sein Verhältnis zur Heiligen Jungfrau inzwischen ganz gut kannte und auch seine diesbezüglichen Schwüre einzuschätzen wusste, hat sie kurzerhand zugestimmt, Frau Gabriele Blumenstock-Ubaldini zu werden.

»Musse seine eine doppelte Name ... wozu?«, maulte Roberto. Aber das war die Bedingung, die er zähneknirschend akzeptieren musste. »Scheißeemanzipatione ...«, beschwerte er sich und hätte doch eigentlich froh sein können, dass eine Amazone wie Mama ihn nicht dazu gezwungen hatte, in Zukunft Roberto Blumenstock zu heißen!

Meinem Vater entlockte die bevorstehende Hochzeit nur ein müdes Schnaufen.

Inzwischen waren ein paar Monate vergangen und von Elli hatte er gehört, dass sie nun mit einem Fleischer verheiratet war, der gleich noch ein Kind angesetzt hatte. Dieses kleine Biest hatte doch tatsächlich die Unverschämtheit besessen, ihm eine Heiratsanzeige zu schicken! Schließlich war Günter immer total fair gewesen und sie hatte keinen Anlass, so boshaft zu sein. Aber ich schätze, sie wollte nicht Günter etwas beweisen oder heimzahlen, sondern uns, den Damen Blumenstock, weil wir Format hatten und sie nicht!

Kurz nach dem Elli-Desaster fing Rutchen langsam an die heimliche Herrscherin von ›The Great Event‹ zu werden und stellte für Harry eine nette Kollegin ein, die ein Bodybuildingstudio für Frauen geführt hatte, bevor es pleite ging und sie ein bisschen zu alt war, um woanders noch Fuß zu fassen.

Plötzlich lief Rutchen auch in neuen, raffinierten Klamotten rum, schminkte sich und manchmal denke ich, sie hat sich sogar das Gesicht liften lassen, als sie vor einigen Wochen angeblich für ein paar Tage zu ihrer Schwester gefahren war, von der wir noch nie etwas gehört haben.

Der Laden lief nun wieder prächtig. Jung und Alt versammelten sich an dem neuen Bistrotresen und schlürften meine Trauercocktails.

Als ich die Einladung zur Blumenstock-Ubaldini-Hochzeit überbracht hatte, hatte ich sogar den Eindruck, dass mein Vater Rutchens Reize inzwischen auch registrierte.

Schließlich ist sie noch ganz gut beisammen. Sie ist

schlank, hat ein glattes, kaum von Falten gefurchtes Gesicht und so, wie sie sich jetzt verpackt, konnte ich sogar feststellen, dass sie noch einen recht ansehnlichen Busen hat!

»Das wird die Hochzeit des Jahrhunderts!«, spottete Günter, der ein bisschen fett geworden war. Das Jung-sein-Wollen war ihm vermutlich zu anstrengend geworden und jetzt gab es ja keinen Grund für ihn mehr, seinem wahren Alter davonzulaufen!

»Oder des Jahrtausends«, sagte Rutchen. »Wenn man bedenkt, wie lange es gedauert hat, bis sie sich endlich gefunden haben.«

Sollte das meinem Vater auf die Sprünge helfen oder rächte sich Rutchen in kleinen ironischen Portionen für das Desinteresse, das Günter ihr gegenüber als Frau gezeigt hatte?

»Aber warum ein Maskenball!?«, wollte Günter wissen. »Das ist bestimmt auf Robertos Mist gewachsen!«

Das war es in der Tat! Denn der kleine Italiener wollte sich unbedingt einmal als großer italienischer Padrone präsentieren, wie ihn Burt Lancaster so hinreißend in ›Der Leopard‹ verkörpert hatte. Das Lampedusa würde seinem Namen alle Ehre machen, deswegen waren auch alle unsere Stammgäste zum Hochzeitsfest eingeladen. Alle die, die dem Lampedusa seit Jahren und nicht erst seit den Karaoke-Nächten die Treue hielten!

Ich bin auch nicht unbedingt ein Freund von Kostümfesten, das muss ich zugeben. Vielleicht habe ich die Abneigung von Günter geerbt, denn meine Mutter ist regelrecht versessen auf Masken und Flitter und den ganzen Schnickschnack, der zum Verkleiden dazugehört.

Um Roberto ebenbürtig zu sein, hatte sie sich in einem Kostümverleih so einen Scarlett-O'Hara-Fummel aus tausend Metern rotem Taft besorgt, dessen Korsett ihr zwar fast die Lungen zerdrückte, aber ihre Taille sah um zehn Zentimeter schlanker aus.

Beatrice hatte Larry auch eine Einladung geschickt. Weil er schon zu Maxis Taufe nicht herübergejettet war, hoffte sie, dass er diesmal wenigstens Zeit hätte, nicht nur Mamas und Robertos Hochzeit mitzufeiern, sondern endlich auch seinen kleinen Enkel kennen zu lernen, auf den er sich so tierisch gefreut hatte.

›Sorry‹, schrieb Larry, leider, er könnte nicht kommen, denn, what a big surprise, er hatte selbst wieder geheiratet und würde mit seiner nagelneuen Gattin nach Hawaii in die Flitterwochen fliegen.

Dafür schickte er einen Scheck, den Bea einlösen und ein really big present für das italo-allemannische Hochzeitspaar kaufen sollte.

»Ich hab euch doch gesagt, dass das ein ganz egoistischer Mistkerl ist«, wetterte Beatrice, die trotz ihrer zur Schau getragenen Schroffheit ziemlich gekränkt war. Na ja, die Väter! Meiner war schließlich auch nicht mehr der liebenswürdige Daddy für mich, seit er mich wegen unseres kleinen Busenwunders fast um mein Erbe gebracht hatte.

Kurz vor der Hochzeit traf zum vierten Mal ein Brief aus der Karibik ein. Diesmal war es ein gelber Umschlag, der die gleichen Schriftzüge wie die anderen trug. »Er heißt José! ...«, flüsterte Mama. Ich schätze, sie wird zwar nie wieder heimlich unsere Post öffnen, aber jetzt den Namen des Absenders *nicht* zu lesen, brachte sie wohl nicht übers Herz.

»Ich bringe noch jemanden mit zur Hochzeit!«, war alles, was Beatrice nach dem Erhalt des gelben Briefes zu verkünden hatte, obwohl wir immer noch vor Neugier brannten und alle der Meinung waren, wir hätten eine Aufklärung verdient.

Nach meiner Versöhnung mit Fausto war ich natürlich an meinen Platz in die lampedusische Küche zurückgekehrt, ackerte wieder wie vor meiner erfundenen Schwangerschaft und hatte nach wie vor unter Robertos unsäglich schnulzigem Bella-Italia-Musikgeschmack zu leiden.

Trotzdem war ich glücklich! Meine neapolitanischen Glocken hatten sich zurückgemeldet. Zuerst zaghaft und dann mit Sturmgeläut!

Ich fragte mich, wieso ich jemals hatte glauben können, dass Fausto mich nicht liebte und immer noch Bea hinterhertrauerte.

So leidenschaftlich, wie Fausto jetzt war, gab es für mich keinen Zweifel mehr an seiner Liebe zu mir!

»Dann lass uns endlich auch heiraten und wirklich ein Baby haben!«, flüsterte Fausto mir eines Nachts ins Ohr, nachdem wir uns atemberaubend lange und zärtlich geliebt hatten und ich mich noch an einem Ort befand, für den ich keine Worte der Beschreibung hatte.

»Was?«, fragte ich verwirrt und war schlagartig ernüchtert. »Ich meine ... warum jetzt ... Wir haben doch Zeit ...«

Fausto zog seine Hand von meinem Bauch und richtete sich auf. »Ich denke, du liebst mich?«, fragte er mich eine Spur schärfer und sehr misstrauisch.

»Ich liebe dich ... natürlich ... ja ... aber ein Baby ... heiraten ...«, stammelte ich.

»Wenn man sich liebt, ist das überhaupt kein Problem! Wann willst du denn ein Kind haben ... mit vierzig?« Fausto streifte sich sein Unterhemd über den Kopf. Und ich hatte geglaubt, er würde sich emanzipieren. Stronzo!

»Musst du denn gleich so übertreiben, Fausto!«, klagte ich und strich über seinen Rücken. Fausto versteifte sich.

»Weißt du, Petra«, sagte er, während er die gegenüberliegende Zimmerwand anstarrte und seine Hände auf den angezogenen Knien liegen ließ. »Nach der ganzen Scheiße, die wir erlebt haben, hab ich gedacht, jetzt gehören wir zusammen ... richtig ... und nicht so ... so ...«

»Wie denn so ...«, fuhr ich ungeduldig dazwischen. »Es geht uns doch gut ... so!!«

»Gut ... gut ... als wenn das alles ist ...«, meckerte Fausto.

›Manchen gelingt nicht einmal das‹, dachte ich betrübt.

»Ich möchte ... ich möchte ... eine Familie ... eine Frau ... na ja und Kinder ... Eigentlich dachte ich, gerade das willst du auch!«, sagte Fausto spitz.

Natürlich verstand ich die Anspielung. »Aber ich habe das Baby doch nicht absichtlich erfunden«, widersprach ich mutlos, weil ich schon ahnte, wie vergeblich der Versuch sein würde, das Fausto klarzumachen.

»Wenn du es unabsichtlich erfunden hast, ist es ja noch viel schlimmer«, murrte er. »Dann sollte ich mir wohl ernsthaft Sorgen um dich machen!!«

Warum musste er immer gleich so rumzicken, obwohl es mir nicht um eine grundsätzliche Absage ging, sondern nur um ein bisschen Zeit ...?

»Um mich muss sich niemand Sorgen machen«, rief ich gespreizt. »Das Einzige, was ich wirklich brauche, ist mal ein bisschen Zeit für mich!!«

Schneller und langfristiger hätte ich Fausto wirklich nicht wieder verärgern können. Am liebsten hätte ich mich selbst gebissen vor Kummer und Selbstmitleid und überhaupt. Müssen denn Liebesbeziehungen wirklich so anstrengend sein? Wenn man sich liebt, warum ist es dann verdammt noch mal so schwer, sich entsprechend zu verhalten, nämlich liebevoll, und eine andere Meinung nicht gleich als persönlichen Angriff zu empfinden?

»Also ihr streitet euch ja wirklich *permanent*!«, behauptete Beatrice, die nun häufig aufmuckte, seit sie von den Pocken geheilt war und Maxi seinen ersten Zahn bekommen hatte. Nach einem kurzfristigen Haarausfall breitete sich nun heller rötlich schimmernder Flaum auf seinem Kopf aus.

Meine Güte, ihr hättet Beatrice bloß mal keifen hören sollen, als ich den rötlichen Schimmer im Haar meines kleines Neffen bemerkte.

»Und es ist trotzdem nicht deins!«, fauchte mich Bea an,

weil Maxi total auf mich abfuhr und manchmal sogar heulte, wenn seine Mama ihn auf den Arm nehmen wollte!

Und da ließ ich meinen Geliebten so schnöde auflaufen, wo ich so einen Schlag bei kleinen Kindern hatte. Vielleicht war ich die geborene Mutter und ich sollte es doch mit Fausto probieren. Nicht irgendwann, sondern jetzt! War es nicht sogar furchtbar dumm von mir ihn abzuweisen, wo sich Tausende von anderen Frauen gerade einen solchen Kerl gewünscht hätten, der so versessen darauf war, ein Kind zu haben? Warum ich nicht? Hatte ich bloß Angst oder war ich meiner Liebe nicht sicher genug?

So viele Fragen und solange ich nicht wirklich eine Antwort darauf wusste, war es wohl besser, die Finger von einer Schwangerschaft zu lassen!?

Nachdem ich mich von meiner Schlagseite erholt und meinen angekratzten Ruf ein bisschen abgehobelt und aufpoliert hatte, kam sogar Gelsomina wieder zu mir, um mich ins Vertrauen zu ziehen.

Das heißt, es blieb ihr eigentlich nichts anderes übrig, da ich sie an einem Nachmittag, wo der Rest der Familie ausgeflogen war und sie mich auch für abwesend hielt, mit Kevin im Bett überraschte, als sie wohl gerade ihr ›Erstes Mal‹ starten wollten.

»Dass du es weißt, er hat ein Kondom dabeigehabt!«, erklärte sie mir, ohne dass ich ein Wort über meine Entdeckung verloren hätte. »Schließlich sind wir nicht dumm!«

›Dumm nicht, aber unerfahren‹, dachte ich und konnte Mama endlich davon überzeugen, Gelsomina die Pille zu besorgen. Wie ich aus eigener Erfahrung wusste, hielten Kondome längst nicht das, was die Aids-Spots immer versprechen.

»Jetzt wird sogar das letzte Küken flügge«, sagte Mama pathetisch, während sie ihren Scarlett-O'Hara-Fummel anprobierte. So hatte sie sich früher nie ausgedrückt. Sie hätte auch nie solche Gedanken gehabt. Oder sie hat sie immer schon gehabt und wollte bloß ihr Image als toughe megafortschrittliche, absolut tolerante Mutter des einundzwanzigsten Jahrhunderts nicht beschädigen. Aber ehrlich, so war sie mir lieber!

Was meinen kleinen Ärger mit Fausto anging, so musste ich mir wieder tierisch Mühe geben, um ihn zu versöhnen. Langsam dämmerte mir, dass das wohl meine Rolle in dieser Beziehung sein würde, weil Fausto ein ebensolcher Kindskopf wie Roberto und diese Art von Sturheit sicherlich nicht nur ein Merkmal sizilianischer Männer war.

Mama und Roberto heirateten ganz still und nur im kleinsten Kreis einen Tag vor Silvester auf dem Standesamt. Wir tafelten diesmal nicht im Lampedusa, sondern in einem kleinen Gasthof auf dem Land, wo Roberto einen Tisch für uns bestellt hatte.

Ganz unüblich für Feste in unserer Familie lief dieses harmonisch und ohne erwähnenswerte Zwischenfälle ab, was vermutlich auch daran gelegen haben kann, dass Günter nicht dabei war. Zum Maskenball an Silvester würde er kommen, okay, aber diese Hochzeit, die er mit Mama nie erlebt hatte, die hätte er wohl nicht so einfach verdaut.

Also, wie gesagt, wir waren fröhlich und stritten nicht,

obwohl Fausto sich mir gegenüber ein paar winzige, doch treffsichere Spitzen nicht verkneifen konnte. Ich nahm es gelassen und ahnte wohl schon, dass diese beschauliche Familienfete bloß die Ruhe vor dem großen Tornado gewesen sein könnte!

»Nun biste du meine Padrona ... Gabriella Ubaldini!«, freute sich Roberto nach der Hochzeit.

»Blumenstock-Ubaldini, vergiss das nicht, Amore«, sagte Mama.

Das letzte Wort würde sie wohl immer haben!

Jedenfalls knallten an Silvester schon am frühen Abend die Sektkorken im Lampedusa. Ein neues Jahr würde anbrechen und Mama war endlich unter die Haube gekommen. Das waren doch handfeste Gründe, um tüchtig abzufeiern, oder?

Damit wir Maxi auch dabeihaben konnten, hatte Roberto das Lampedusa in dieser Nacht zur rauchfreien Zone erklärt. Die Abhängigen rotteten sich dementsprechend in Horden auf der Straße und im Hof zusammen, wo sie qualmten, was das Zeug hielt.

Bis auf Beatrice, die ihren Besuch (»Das ist garantiert dieser José«, prophezeite Mama), vom Flughafen abholen wollte, hatte sich der Clan Blumenstock-Ubaldini-Griffel vollzählig im Lampedusa versammelt.

Günter kam als Clown und sah aus wie der von McDonald's. Wie selbstironisch er plötzlich sein konnte!

»Passte zu ihm wie die Fauste auf die Auge!«, wieherte Roberto, der als Padrone zwar nicht so imposant wie Burt

Lancaster wirkte, aber doch ein bisschen sizilianisch aristokratischen Pomp in das Lampedusa brachte.

Mit Mama an seiner Seite hinter dem Tresen, die nun nicht mehr nur seine Lebensabschnittsgefährtin, sondern seine rechtmäßig angetraute Ehefrau war, verstrahlte er massig Stolz und eine theatralisch patriarchalische Würde, wie Loretta kichernd bemerkte.

Sie kam als Piratin mit Augenklappe und kniehohen Schaftstiefeln und hatte sich von der Katastrophe mit Hedda Besenbinder offensichtlich wieder erholt. Von Beziehungen jedoch hatte sie erst einmal die Nase voll, weil ihrer Meinung nach Homokisten oft genauso zwanghaft ablaufen würden wie die von Heteros. Klang das etwa nach einer Umorientierung?!

»Das glaube ich kaum«, sagte Mama in ihrer roten Robe, während sie ein Tablett mit Proseccogläsern voll stellte.

Rutchen als Blumenmädchen Eliza half ihr dabei und ließ den Clown Günter kaum aus den Augen.

Gelsomina und Kevin hatten sich punkig aufgemöbelt und versprachen uns eine Überraschung, die sie nach Mitternacht enthüllen wollten.

Als sich im Laden schon Kostümierungen aller Art präsentierten und die Stimmung sich langsam in Richtung mitternächtlicher Ekstase bewegte, hatte Beatrice ihren großen Auftritt!

Mir war natürlich klar, dass sie nach ihrem Windpockentrauma endlich einmal wieder glänzen und die Schönste im ganzen Land sein wollte.

Sie kam als Caribbean-Queen und brachte einen hübschen, milchkaffeebraunen Jungen mit, auf dessen nackten Oberkörper sich sofort gierig die Augen aller anwesenden weiblichen Wesen hefteten.

»Das ist er!!«, flüsterte Mama und strahlte in der Erwartung, Beatrice würde den geheimnisvollen José nun endlich als Maxis Daddy vorstellen.

Nabelfrei, mit vielen bunten Rüschen, die um ihre nackten Beine und Arme und ihren Busen wippten, tänzelte Beatrice an der Hand des schönen José durch die Menge und versprühte so viel Lebenslust wie schon lange nicht mehr.

Roberto runzelte die Brauen, als er bemerkte, dass auch Mama sich den Reizen des Caribbean-Boy nicht ganz entziehen konnte und umschlang besitzergreifend ihre Hüften.

Dann kam die Begrüßungszeremonie, die der schöne Junge in perfektem Deutsch absolvierte, wir wurden vorgestellt und alles war perfekt! Verdächtig perfekt, wenn man die Katastrophen bedenkt, die in unserer Familie nun schon fast alltäglich sind.

»Das ist José … der Vater von Maximilian-Salvatore …«, erklärte Beatrice und Mama entfuhr ein erleichterter Seufzer.

Ich runzelte die Stirn und war weniger erfreut. Auf der einen Seite hätte ich natürlich viel lieber einen Schwager wie José gehabt. Aber er war nun einmal nicht Maxis Dad und ich war der Meinung, dass Beatrice nicht das Recht dazu hatte, sich einfach den Erzeuger auszusuchen, der den knackigeren Hintern und vielleicht auf bestimmten Gebieten das größere Talent hatte.

Fausto, der mit dem Zubereiten von kalten Platten in der Küche beschäftigt war und als Don Juan di Marco sogar den schönen José in den Schatten stellte, freute sich nicht unbedingt über männlichen Zuwachs in unserer Familie.

Ich dagegen hätte das als ausgleichende Gerechtigkeit empfunden, wenn es für ihn nun auch eine ebenbürtige männliche Konkurrenz gegeben hätte. Schließlich hatte ich mich mit Beas Erfolgen bei den Kerlen mein halbes Leben herumschlagen müssen! Schön wär's gewesen! Aber es war nun einmal nicht so!

32

Nun war ich in der Zwickmühle und ich fragte mich, ob ich mich da wirklich einmischen sollte.

Bis auf Fausto waren sie alle total begeistert von dem hübschen José, der nicht nur ein bisschen karibischen Wind in unsere Familie bringen, sondern auch ihre multikulturelle Note besonders unterstreichen würde.

›Verdammt‹, dachte ich, warum musste ausgerechnet ich mit der Nase auf die Wahrheit stoßen? Warum nicht Mama oder Roberto? Die wären kaltblütig genug, um die Sache für sich zu behalten, und hätten bestimmt nicht einmal ein schlechtes Gewissen deswegen.

Zuerst pirschte ich mich an Mama heran, die in einer wagemutigen Mischung aus Spanisch, Deutsch und Englisch mit dem schönen José zu kommunizieren versuchte, der, wie sich herausstellte, außer ein paar auswendig gelernten Höflichkeitsfloskeln kein Deutsch konnte.

»Ich muss mal mit dir sprechen!«, wisperte ich Mama ins Ohr. »Es ist wichtig!«

»Später, Petra … später …«, wehrte Mama mich ab und wedelte ungeduldig mit ihrem Fächer.

›Auch gut‹, dachte ich. Dann würde sie die Schreckensnachricht eben unerwartet treffen und ich überlegte, ob ich Loretta um Rat fragen sollte.

Aber die war mit einer Dame in Grau beschäftigt, die verdächtig viel Ähnlichkeit mit Hedda Besenbinder hatte.

Gegen meinen Willen tat mir die Dame Leid! Sie war wohl eine von denen, die selber immer viel zu viel lieben und wenig zurückbekommen. Auf die Dauer macht das krank und erzeugt bestimmt eine Menge Wut.

Bevor ich Fausto in mein Geheimnis einweihen konnte, sichtete ich den Focke in der tanzenden Menge. Obwohl er nicht ausdrücklich eingeladen worden war, hätte uns klar sein müssen, dass er sich diesen lampedusischen Maskenball auf keinen Fall entgehen lassen würde.

Nach Maxis glücklicher Rückkehr hatte er ein Riesenpaket mit Spielzeug geschickt und sich häufig in seinem Auto vor unserem Haus herumgedrückt.

Vielleicht weil ich wusste, dass er Maxis Vater war, hatte ich weniger Vorbehalte gegen ihn als früher. An Beas Stelle hätte ich ihn wenigstens mal zum Kaffee eingeladen, wenn er sich schon so rührend um unser Baby kümmerte. Außerdem hatte er sich ganz schön ins Zeug gelegt, um Maxis Entführer zu finden. Der Focke war als Glöckner von Notre-Dame kostümiert und ich, wie passend für Schwager und Schwägerin, als Zigeunerin. Er tanzte mit einer fülligen Haremsdame Samba und hatte den schönen José vermutlich noch nicht gesichtet, geschweige denn erfahren, dass Bea ihn schon als Maxis Dad vorgestellt hatte.

Bestimmt wollte er incognito bleiben, denn hätte sein

Fetzenhemd nicht die drei Leberflecken auf seinem Schulterblatt freigegeben, hätte vielleicht nicht einmal ich ihn erkannt.

Natürlich gab es an Silvester auch einige Karaoke-Einlagen. Diesmal ganz frei nach dem Motto ›alles, was gefällt‹.

»Ich hab 'ne Superüberraschung für dich!«, versprach Leo, der in einer schwarzen amerikanischen Bullenuniform den Sheriff spielte. Wie originell, nicht wahr?

Als der erste Karaoke-Block vorüber war, ganz französisch mit Edith Piaf und so weiter, fing Maxi an zu brüllen. Er hatte Hunger und ich bot Bea an, ihn an ihrer Stelle zu füttern, damit sie sich um José kümmern konnte. Schließlich waren sie doch ein Liebespaar und hatten sich lange nicht gesehen.

In dieser Nacht gab es keine warme Küche, sondern bloß kalte Platten, von denen einige schon abgeräumt waren, so dass Fausto in der Küche für Nachschub sorgte.

»Mia bella Mamma ...«, schwärmte Fausto, während ich mit Maxi im Arm am Herd stand und sein Fläschchen wärmte. Hoffentlich fing er jetzt nicht wieder davon an, dachte ich. So süß, wie ich meinen kleinen Neffen auch fand, inzwischen war ich mir sicher, dass ich noch nicht reif für ein Kind war und erst noch ein paar andere Sachen ausprobieren wollte, bevor ich mich auf diese Weise für immer festlegte.

»Wenn wir es heute machen, wird es wirklich ein Löwe ... oder?«, scherzte Fausto.

Abgesehen davon, dass es eine Jungfrau werden würde, fand ich das nicht besonders witzig. Machte Fausto mir doch damit klar, dass er nicht locker lassen und ich vielleicht nicht genug Zeit haben würde, eine Entscheidung zu treffen, hinter der ich wirklich stehen konnte, und mich vielleicht halbherzig auf die Erfüllung seines Wunsches einlassen musste, nur um unsere Beziehung nicht aufs Spiel zu setzen.

Während ich Maxi sein Fläschchen gab, tanzte ganz zufällig der Glöckner von Notre-Dame vorbei und blieb natürlich stehen, um Maxi gebührend zu bewundern.

Obwohl ich mich in eine etwas ruhigere Ecke verzogen hatte, war auch hier jede Menge Trubel. Garantiert unbeabsichtigt stieß mich einer von hinten an und mir fiel Maxis Fläschchen aus der Hand. Ich legte unser Baby schnell dem Focke in den Arm, um das Fläschchen aufzuheben und am Tresen abzuspülen.

Ehrlich, ich hatte mir nichts dabei gedacht, obwohl mir Bea später unterstellte, dass ich es darauf angelegt hatte, den Focke zu outen.

Na ja, ganz von der Hand weisen kann ich das nicht. Denn ich wollte ja und wusste nur nicht wie. In diesem Fall ist mir wieder einmal der Zufall zu Hilfe gekommen!

Als ich mit dem Fläschchen zurückkam, war der Focke mit Maxi im Arm auf einen Stuhl gesunken und schaute unser Baby an, als wäre es das achte Weltwunder und dem Focke hätte es sich gerade als solches offenbart.

Mir schwante natürlich gleich, was passiert war: Der Focke hatte Maxis Sternzeichen auf dem Rücken entdeckt und war nun ganz hinüber vor Vaterfreude.

»Du hast es gewusst? Nicht wahr, Petra?«, fragte er mich. »Du hast es gewusst und mir kein Wort gesagt ...«

Ich seufzte. »Wir hatten andere Probleme, wie du weißt ... aber ehrlich ... irgendwann hätte ich es gesagt ... dir und den anderen auch ...«, beteuerte ich. »Aber Beatrice hat sich schon einen anderen Vater ausgesucht!«

Gerade kamen sie wieder herein, sehr karibisch und sehr erotisch und ziemlich aufgeheizt wie die Samba, die sie gleich darauf auf die lampedusischen Bretter legten.

»Na, die kann was erleben ...«, rief der Focke entrüstet und schoss in die Höhe. Glücklicherweise konnte ich ihm rechtzeitig Maxi entwenden. »Warte lieber noch ...«, flehte ich den Focke an. »Das ist jetzt bestimmt kein günstiger Augenblick ...«

Für günstige Augenblicke hatte der Focke noch nie ein Händchen. Es ist ihm vermutlich auch egal, in wie viele Fettnäpfe er täglich tritt und wie oft er unnötig Porzellan zerschlägt.

Ich verzog mich jedenfalls mit Maxi zu Roberto hinter den Tresen, dem sichersten Platz im Lampedusa, wenn Gefechte im Anzug waren. Ganz egal ob verbal oder sonst wie!

Es kam, wie es kommen musste, der Focke drängte sich zwischen die beiden Sambatänzer und packte Beatrice an ihrem Rüschenrock.

»Jetzt mal Klartext, meine Liebe! Ich weiß, dass Maximilian mein Sohn ist und du weißt es auch!«, rief der Focke.

»Lass mich sofort los, du Idiot ... sonst bist du die längste Zeit ein Mann gewesen ... Und wer Maxis Vater ist ... muss ich ja wohl am besten wissen«, keifte Bea entflammt und entriss dem Focke die Rüsche ihres Rocks.

Mama, die bis eben mit Leo getanzt hatte, warf einen beunruhigten Blick auf das Paar. José stand ratlos dazwischen und verstand kein Wort. Die anderen Gäste verlangsamten ihre Tanzerei und lauschten gespannt, obwohl uns Roberto wieder einmal lautstark mit Bella-Italia-Schnulzenmusik folterte.

»Wasse gibte der Kerl schon wieder an wie eine Tüte mit Mücke? Hä?«, wetterte Roberto. »Kann er nicht endlich kapieren, dass er hatt null Chance bei Beatrietsche ... von wegen die Papa von unsere Bambino ... hatte er Tomate auf die Auge ... wo iste Maxi hübscheste Bambino von die Welt ... und er ... ha!«

Roberto schnippte mit den Fingern und Mama bahnte sich mit besorgtem Gesicht einen Weg durch die Menge.

»*Das* ist Maximilian-Salvatore Blumenstocks Daddy!«, fauchte Bea und zerrte José an ihre Seite. »Dieser und kein anderer!!«

Da zog ein listiges Lächeln über Fockes Gesicht. »Aha ... und wo ist der Beweis?«, fragte er lauernd.

»Was für ein Beweis?«, erwiderte Beatrice verblüfft.

»Da du offensichtlich mit uns beiden zur entsprechenden Zeit zu tun hattest, musst du doch einen Beweis für seine Vaterschaft haben, wenn du dir so sicher bist?«

Scarlett O'Hara hatte sich nun zu Beatrice durchgekämpft, was mit so einem ausladenden Fummel gar nicht so einfach war. Schwer atmend war sie stehen geblieben, als der Focke in dramatischer Pose seine Schulter entblößte und alle sein Sternzeichen aus Muttermalen sehen konnten.

Beatrice schlug sich vor Schreck beide Hände vors Gesicht. Mamas Busen wogte so heftig, als bekäme sie schlecht Luft, was wegen der mörderisch engen Korsage ihres Kleides kein Wunder gewesen wäre.

»Aber das ist doch nicht möglich ... Beatrice ... wie ...«, stammelte Mama, »wie kann das denn sein?«

»Wie wohl ...«, murmelte ich und drückte Maxi an mich. Roberto zupfte an seinem Schnurrbart und überlegte wohl noch, was er von dem neuen Tatbestand halten sollte. Während sich Fausto bestimmt darüber freute, dass der schöne José nur ein kurzes Gastspiel bei uns gab.

»Das ist doch ... unglaublich ist das, dass du ausgerechnet an Silvester vor allen Leuten so eine Show abziehen musst, Focke!«, schnaubte Beatrice den Focke an, der sich nun siegesgewiss seine Quasimodo-Maske vom Gesicht zerrte.

»Nun mal im Ernst, Beatrice, es geht doch hier nicht um irgendwas, sondern um unseren Sohn!«, versuchte er gönnerhaft einzulenken.

Unser Sohn! Da war es ausgesprochen und Mama taumelte zerschmettert ihrem Ehemann in die Arme. Wäre Mitternacht schon vorbei gewesen, sie hätte sich auf der Stelle nach Hause bringen lassen.

Aber es war Silvester und sie wollte natürlich nicht den Beginn des neuen Jahres verpassen, bloß weil der Focke uns wieder einmal einen Streich gespielt hatte. Obwohl es in diesem Fall doch eher auf das Konto meiner Schwester ging, die, wenn sie ehrlich gewesen wäre, sich und uns diesen Zirkus hätte ersparen können.

»Ganz egal, welche Beweise du noch anbringst ... du hast null Rechte an dem Kind ... kapiert!«, bellte Beatrice, während sie ihren Rock raffte und an den Tresen eilte, um Maxi aus meinen Armen zu reißen!

»Das werden wir ja noch sehen!«, drohte der Focke. »So einfach ist das heute nämlich nicht mehr ... Väter haben inzwischen nämlich auch Rechte ...«

»Ja, wenn sie verheiratet sind, mein Lieber. Und nur dann!«, triumphierte Beatrice.

Obwohl ich ihn gerade abgefüttert hatte, begann Maxi zu weinen.

Bis dahin hatte er noch nie ohne ernst zu nehmende Gründe geheult. Kurz vorher hatte ich seine Windel gewechselt und ihm seinen Schnuller in den Mund gestopft. Na ja, ich schätze, es war der streitbare lampedusische Geist, der unseren Kleinen so erschreckt hatte, oder die Besenbinder, die, wie ich erst jetzt bemerkte, unser Baby mit ihren Sphinxblicken fixierte.

Loretta hatte sich nach irgendwohin verdrückt und die Besenbinder hing ein bisschen verloren in der Menge herum. Obwohl heute keiner rauchte, hatte sie mit asthmathischen Hustenanfällen zu kämpfen und presste sich ihren Inhalator auf das Gesicht. Asthma hatte doch oft auch psychische Ursachen, dachte ich, warum gerade so eine wie die Besenbinder nicht darauf kam. Na ja, auch Psychologen wissen ja meistens besser über andere Bescheid als über sich selbst.

Es war eine halbe Stunde vor Mitternacht und alle hüpften und sprangen sie längst wieder ausgelassen in der Gegend herum, nachdem der Väterstreit etwas abgeflaut war.

Irgendetwas irritierte mich, aber ich wusste nicht, was es war. Ich kam nicht drauf und hatte auch keine Zeit weiter darüber nachzudenken, weil ich Roberto beim Einschenken der Sektgläser helfen musste, damit um Mitternacht jeder eins zum Anstoßen hatte.

Der Focke war schmollend in der Menge verschwunden und Mama hatte sich mit Beatrice und Maxi an unseren Familientisch gesetzt, während der schöne José von einigen unserer mittelalten weiblichen Stammgäste zum Tanzen entführt worden war, damit er ihnen zeigte, wie geschmeidig man in der Karibik die Hüften schwingen konnte.

Dann war es zwölf und der Augenblick, dem man den ganzen Abend lang entgegengefiebert hatte, war viel zu schnell vorbei.

Ein Wahnsinnsgefühl und doch nicht mehr als das, was ich jedes Jahr nach der Knallerei um zwölf empfunden hatte.

»Mia bella, ti amo!!«, flüsterte Fausto an meinem Ohr. Dann küssten wir uns. Alle küssten sich. Auch die, die sich in dieser Nacht zum ersten Mal begegnet waren.

»Prost Neujahr!!«, brüllten einige Nimmermüde. »Prost Neujahr!« Da war die Knallerei schon längst abgeebbt, Beatrice war mit Maxi und José nach Hause gefahren und ein paar unserer vormitternächtlichen Gäste schwärmten bereits auf der Suche nach anderen abenteuerlicheren Partys durch die Nacht!

Es hätte alles so schön enden können, wenn ich ein bisschen wachsamer gewesen wäre. Den Glöckner von Notre-Dame hatte ich ebenso aus den Augen verloren wie Leo, an dessen angekündigte Überraschung ich längst keinen Gedanken mehr verschwendete.

Na ja, bei uns passiert immer so viel auf einmal, dass man allen Handlungssträngen gar nicht mehr gerecht werden kann, wenn man so eine Geschichte erzählen will.

Ich erzähle sie trotzdem zu Ende, auch wenn mir das Herz dabei blutet!

33 Fast ein Epilog!

Silvester ist nun schon ein paar Tage vorbei! Ich sitze in meinem Zimmer und in der Nacht heule ich den Mond an. Ganz egal, ob voll oder halb voll oder unsichtbar!

Natürlich hat es in der Silvesternacht noch zwei mittelschwere Katastrophen gegeben.

Die eine ging auf Leos Konto, der irgendwann gegen eins auf die Bühne sprang und einen Strip hinlegte. »Auf besonderen Wunsch von Petra Blumenstock!«, brüllte der Dummkopf in die Menge, gerade als Fausto mir den Verlobungsring wieder an den Finger gesteckt hatte. Eigentlich hätte das ja eine ganz harmlose Angelegenheit sein können, wenn Fausto nicht so ein engstirniger, eifersüchtiger sizilianischer Gockel wäre. Nicht ein bisschen hatte er sich emanzipiert und ist total ausgerastet, als Leo schon damit begonnen hatte, sich seiner Kluft zu entledigen und unter dem Geschrei der Weiber einen Gürtel über seinem Kopf kreisen ließ.

»Auf besonderen Wunsch also!«, fauchte Fausto mich an. »Dann lass dir mal auch deine anderen Wünsche von dem Kerl erfüllen!« Und weg war er!

Einfach so. Ich war total geplättet. Schließlich hatte ich mir nichts zuschulden kommen lassen, was er mir wirklich vorwerfen konnte oder sein Verhalten irgendwie gerechtfertigt hätte. Jedenfalls zog Leo bis auf einen Stringtanga, der gerade mal sein Teil bedeckte, alle seine Klamotten aus und sämtliche noch anwesenden Weiber, außer mir versteht sich, waren total aus dem Häuschen.

Leos Strip war die Sensation des Abends. Warum er nicht regelmäßig dort auftreten könnte, wollten die Weiber wissen, das wär doch mal was!

Ich weiß ja nicht, ob Leo als Bulle sich so einem zwielichtigen Gewerbe widmen durfte. Wo kämen wir denn da hin, wenn die Ordnungshüter sich dann irgendwann vielleicht auch noch ein paar Mäuse als Callboys dazuverdienten, was?!

Fausto ließ sich nicht mehr blicken, nicht einmal dann, als Gelsomina und Kevin ihre ›Boy Meets Girl Group‹ präsentierten, die sie gerade gegründet hatten. Es hatte wohl nicht nur mit ihrem Finger zu tun, dass meine kleine Schwester plötzlich ihre Liebe zu ganz profaner Pop-Musik entdeckt hatte. Außerdem hatte sie eine astreine Girlie-Stimme, die sich bestimmt sogar vermarkten ließe, und Kevin mit seiner E-Gitarre war auch nicht übel.

»Fantastico!« Roberto strahlte und war wieder einmal sehr stolz auf seine kleine Tochter. Mama grämte sich immer noch über die Tatsache, dass der Focke Maximilians Erzeuger und damit ja auch ein Blutsverwandter war!

Na ja, mit dem Focke nun verwandt zu sein, hat keinem geschmeckt, nur mir tat er plötzlich irgendwie Leid!

Schließlich ist er kein schlechter Mensch. Er ist nur wie die meisten Künstler ein bisschen verrückt. Außerdem hat er jede Menge Geld und das dürfte in diesen mageren Zeiten auch kein uninteressanter Aspekt sein.

»Mir ist das total scheißegal«, meckerte Loretta. »Ob der Focke oder ein anderer Idiot ...«

Die Besenbinder war irgendwann abgezogen und danach war Loretta in einer Laune, die ich noch nie an ihr erlebt hatte.

»Ich habe einen schrecklichen Verdacht!«, gestand sie mir mit blassem Gesicht. »... Ich glaube, Hedda hat Maxi entführt!«

»Wie kommst du denn darauf!«, fragte ich verblüfft.

»Die Verschlusskappe von ihrem Inhaliergerät ...«, erwiderte Loretta düster.

»Was für eine Verschlusskappe ...?«

»Das Ding, das Tullio unter Maxis Wippe gefunden hat ...«

Jetzt erinnerte ich mich. »Das war es also ...«, murmelte ich. Aber reichte das als Beweis? Zu ›The Great Event‹ kamen viele ältere Leute, die Asthma hatten und so ein Ding verloren haben konnten.

»Ein richtiger Beweis ist das natürlich nicht ...«, gab Loretta zu. »Aber ich bin mir ziemlich sicher ... sie hat sich nämlich selbst verraten, als sie das Ding damals gesucht hat ... ich hab das bloß nicht gleich geschnallt ...«

Wenn Loretta tatsächlich Recht hatte, wie sollten wir uns dann verhalten?

»Das weiß ich auch nicht ... Ich weiß überhaupt nicht, ob es sinnvoll ist, daran zu rühren ... Sie ist so unberechenbar ... Vielleicht tut sie sich was an ... Wer weiß ... Daran möchte ich nicht schuld sein ... Und außerdem ist Maxi ja wieder da!«

Das war nicht unbedingt ein überzeugendes Argument. Schließlich konnte die Dame wieder auf die Idee kommen, unser Baby zu kidnappen, um uns dafür zu bestrafen, dass wir glücklich waren und sie nicht!

»Ich werde mit ihr reden ... vorsichtig ... versteht sich«, erklärte Loretta matt. Sie musste sich ganz schön beschissen fühlen nach dieser Niederlage.

Es ist bestimmt ein sehr beunruhigendes Gefühl, sich so in einem Menschen getäuscht zu haben. Der Gedanke, dass sie diejenige gewesen ist, die eine Psychopathin als Freundin angeschleppt und damit das Leben unseres Familienbabys gefährdet haben könnte, machte ihr bestimmt auch zu schaffen.

Was aber wieder einmal mehr bewies, dass niemand unfehlbar ist, nicht einmal eine so scharfsinnige Person wie Loretta!

»Ich sag keinem was«, versprach ich, als sie ging und wir uns fest umarmten.

Schließlich war ich Loretta etwas schuldig, auch wenn mir das fingierte Ultraschallfoto nichts als Ärger eingebracht hatte.

»Du bist ein Schatz, Petra!«, sagte Loretta. »Hoffentlich kapiert der Sizilianer das irgendwann!

Das hoffte ich auch! Wie sehr, kann ich gar nicht sagen!

Die ›Boy Meets Girl Group‹ spielte bis um drei, danach war Wunschmusik vom CD-Player angesagt, die Leute tanzten und soffen und freuten sich ihres Vollrausches. Schließlich ist Silvester nur einmal im Jahr.

Mama und Roberto haben sich irgendwann auch verabschiedet und gegen Morgen, als sich das Lampedusa langsam geleert hatte, blieben zwei einsame Gestalten verlassen zurück: der Glöckner von Notre-Dame, der sich vor lauter Traurigkeit seine Maske wieder über den Kopf gezogen hatte, und eine dumme kleine Zigeunerin, die wieder einmal Liebeskummer hatte, wie passend, nicht wahr?

»Komm ... jetzt ... besaufen wir uns, Focke!«, sagte ich. Und das taten wir!

Als der Neujahrsmorgen graute, kam die Putzfrau und schrie vor Schreck, als der Focke benebelt seinen Kopf hob.

Gegen Mittag, als ich seltsamerweise in meinem Bett lag und nicht wusste, wie ich dahin gekommen war, saß Mama an meinem Bett und nahm einen Beutel mit Eiswürfeln von meiner Stirn.

»Wo ... wo ist er ...?«, keuchte ich.

»Wen meinst du?«, fragte Mama spöttisch. »Deinen Saufkumpan ... oder Fausto? Dein Saufkumpan belagert Beas Zimmertür und Fausto ist nach Sizilien geflogen ... das muss irgendwie im Blut der Ubaldinis liegen ... Ich weiß auch nicht ... immer, wenn sie mal ein bisschen Kampfgeist zeigen sollen, hauen sie ab!!«

Ja, so war das. Fünf Tage ist das nun her und ich warte auf meine Verwandlung oder eine Erleuchtung. Das Schlimme ist nämlich, dass Fausto mich mit dieser Reise nach Sizilien überraschen wollte und auch für mich ein Ticket gekauft hatte.

»Es liegte bei mir in die Wohnung!«, erklärte Roberto. »Kannste du haben, wenn du willste und zu ihm fliege nach Sizilia!«

Aber ich weiß genau, was der Kerl erreichen will! Roberto hat Mama schließlich im letzten Jahr auf die gleiche Weise weich zu kochen versucht. Doch da hat er sich geschnitten ... jawohl ... niemals lasse ich mich erpressen ... niemals krieche ich zu Kreuze und fliege ihm hinterher!

Welche Uhrzeit es jetzt wohl ist auf Sizilien ... ob ich heute noch einen Flieger kriegen könnte ... oder morgen ... Stronzo maledetto, warum habe ich mich ausgerechnet in einen Ubaldini verliebt!

Nachtrag

Ob die Besenbinder unseren Maxi gekidnappt hat oder ein anderer, werden wir wohl nie genau wissen. Den Verrückten jedenfalls, der in der letzten Zeit haufenweise Babys entführt und wohlbehalten wieder zurückgebracht hatte, ohne irgendeine Forderung zu stellen, haben sie geschnappt und in die Psychiatrie gesteckt. Wer weiß, vielleicht hat die Besenbinder seine Methode kopiert und würde deshalb nie als Täterin geoutet werden?

Beweisen können wir ihr nämlich wirklich nichts. Verschlusskappen von Inhaliergeräten sind kein besonders eindeutiges Indiz. Na ja, Loretta behält die Dame jedenfalls im Auge und den anderen haben wir auch nichts gesagt.

Aber das Schärfste will ich euch nicht vorenthalten. Was Beatrices Geheimniskrämerei um Maximilian-Salvatores Papa angeht, so handelte es sich schlicht und einfach um etwas, an das sie sich nicht erinnern wollte, weil sie aus einer Laune heraus mit dem Focke geschlafen hat, der ihr in die Karibik nachgereist war. Außerdem war der Focke wohl am Morgen nach der heißen Liebesnacht verschwunden und das hat die Eitelkeit meiner schönen Schwester schwer beschädigt.

Natürlich hätte auch José der Vater sein können, denn der Focke war vermutlich nur ein Appetithäppchen und vertraut genug, um ihr über die Durststrecke hinwegzuhelfen, bis sie sich etwas Aparteres an Land gezogen hatte.

Na ja, so kann es einem gehen, wenn man glaubt, man kann sich alles erlauben.

Jetzt hat Beatrice den Focke am Hals. Lebenslänglich! Weil er sämtliche Anwälte an Land gezogen hat, die sich mit Vaterschaftsgeschichten schon goldene Löffel verdient haben! C'est la vie, Beatrice Blumenstock. Und manchmal ist es auch gerecht!

FINE

dtv junior

Der Clan vom Lampedusa

ISBN 3-423-**70979**-0
Ab 14

Vier verrückte Schwestern, ein italienisches Restaurant und ein toter Russe auf der Damentoilette – zum Schreien komisch und aufreibend spannend.

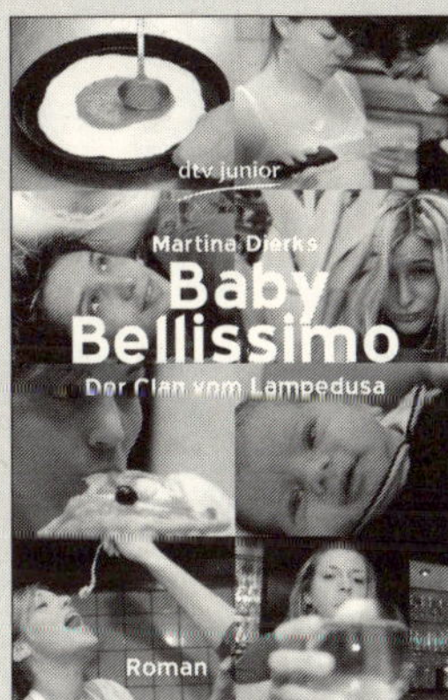

ISBN 3-423-**71175**-2
Ab 14

Beatrice ist schwanger! Petra auch. Das jedenfalls glauben alle im Lampedusa. Eine witzige, temporeiche und herrlich durchgeknallte Geschichte!

dtv junior
Verrückt nach Bon Jovi!
Sie heißt Lisa, ist 16, und alles, was sie will, ist Bon Jovi. Seit ihrem ersten Konzert vor zwei Jahren ist Lisa verrückt nach seiner Musik. Was für ein Glück, dass ihr jemand eine Karte für ein Fan-Treffen besorgen will! Doch die Sache hat einen Haken …
dtv junior
Elisabeth Gänger
Ticket zu Bon Jovi
ISBN 3-423-**70776**-3 Ab 14